瑾有獨鍾 1

文創風 611

半卷青箋 著

目錄

序文

半卷青箋

半卷青箋這個筆名取自我很喜歡的一闋詞——李清照的【浣溪沙・閨情】。

「繡面芙蓉一笑開，斜飛寶鴨襯香腮，眼波才動被人猜。一面風情深有韻，半箋嬌恨寄幽懷，月移花影約重來。」

很小的時候，我就喜歡古詩詞，接觸小說也獨愛古代背景的故事，所以開始寫文後，一直專注於此，包括重生、穿越，還有古色古香的正統古代言情小說。

這個故事來自一個夢裡的片段。

夢裡，垂枝梅上，粉色梅花盛開，最粗壯的枝幹上繫著鞦韆，俊俏的古代男子悠然盤坐，裘衣垂下，一陣風拂過，帶起未束的墨髮，微掀裘衣，露出裡面粉白相間的衣角。

他身邊坐著一個六、七歲的乖巧女孩。小姑娘抬手，想採一朵粉色的梅，可頭頂的花枝明明瞧著很近，卻摘不到。

她小心翼翼地挪著身子，去抓繫住鞦韆的藤繩，顫顫巍巍地站起來，伸手去摘，仍差那麼一點。

男子勾起嘴角，輕笑一聲，探手穿過小姑娘的耳畔，摘下開著粉梅的花枝，遞給她。

小姑娘抓著藤繩的手鬆開，去接梅枝。她本就站得不穩，轉身時，竟從鞦韆上跌落——

男子縱身一躍，在小姑娘著地之前，把她牢牢抱在懷裡。

梅林裡的鞦韆晃蕩不休，幾片粉色花瓣翩翩落下……

我醒來時，原本放在膝上的書被風吹落在地，書頁散亂不知讀到哪裡，雪白的小奶貓趴在腳邊，呼呼大睡。

夢很短，又無聲，可那幅畫面讓我記憶深刻，於是決定為夢裡的兩人寫一篇小說。

這是個重生的故事。人生有太多遺憾，能得到重生的機會，努力不懈地彌補，是幸事。正如文裡的男主角陸無硯，前世雖有太多遺憾和無能為力，可他是幸運的，因為有機會重生，才可以救身邊的親人。現實生活中，我們並無重生機會，時間也不能倒流，能做的唯有珍惜眼下，讓未來沒有遺憾。

這也是個情有獨鍾的故事。不管弱水三千，還是天上人間，陸無硯對方瑾枝的感情都是獨一無二，容不得別人踏足；同樣的，方瑾枝亦是如此。

陸無硯和方瑾枝是很完美的人嗎？當然不是，他們有很多缺點，可是那又怎麼樣？在他們眼中，對方都是最好的人。最完美的感情莫過於此，認定一個人，覺得他是天下最好的，從此眼裡再也裝不下別人。

願你們今生都能遇見這樣的人，情有獨鍾，是彼此的摯愛與唯一。

第一章

青磚路上，覆了一層薄薄的皚雪。

昨夜雪虐風饕後，今兒上午又紛紛揚揚飄了半日的雪，此時方歇，本是紅磚青瓦、草木林立的景致，如今全被白雪覆蓋。

兩個婦人沿著高牆並排走在青磚小路上，外側的婦人懷中抱著兩綑綢緞，裡側婦人懷中抱的卻是個約莫五、六歲的小女孩。女孩被霜色斗篷裹著，斗篷雖是半舊，但做工精緻，無繡紋裝飾，只用石青色華緞滾邊，素雅得很。

方瑾枝摟著衛嬤嬤的脖子，將下巴抵在她的肩窩，使勁睜大眼睛，漆黑眸子隨著細小雪沫轉動，白皙小手從袖子裡伸出來，露出腕上用紅繩繫著的金鈴鐺，發出兩聲清脆聲響。

她扯過寬大的兜帽遮住丱髮，奶聲奶氣地說：「唔，雪沒停，還下著呢！」

可衛嬤嬤和吳嬤嬤誰也沒接她的話，兩人正小聲地埋怨、爭執。

方瑾枝在心裡悄悄嘆氣，把臉貼上衛嬤嬤的肩，聽她們倆這幾日總是重複的話。

「地上滑，妳可得小心，別摔了手裡的料子。」衛嬤嬤如往常一樣絮叨。

旁邊的吳嬤嬤聞言，立即翻起白眼。「不過兩塊菱錦罷了，以前在方家時，要多少有多少。再瞧瞧這顏色，一塊鴨卵青、一塊藍灰，簡直是別人挑揀剩下的，咱們姑娘才幾歲，居然給顏色這麼暗沈的布料！」

「咱們姑娘身上有重孝，哪能穿大紅大綠的。」衛嬤嬤一邊小聲勸解，一邊四處打量，生怕被別人聽了去。

吳嬤嬤消停一會兒，又開始說：「剛才我瞧那塊妝花緞，淺淺的丁香色，很襯咱們姑娘的臉色呢，又不是大紅的忌諱色。再說了，大年三十，咱們姑娘就算戴孝，也不能穿一身素服吶！」

衛嬤嬤說不過她，只得勸：「好啦、好啦，別說了，這裡是國公府，又不是方家……」

吳嬤嬤早聽不慣衛嬤嬤滿口的「好啦、好啦」，強壓著的憋屈立時全湧上來。「國公府怎麼了？那也是咱們姑娘的外祖父家！」

吳嬤嬤拔高聲音，引得在垂花門前掃雪的兩位婦人抬頭望來。

衛嬤嬤心頭一跳，忙小聲囑咐：「別說啦！叫人聽去，會說咱們不知好歹。」

吳嬤嬤這才勉強住了口。

主僕三人穿過垂花門，衛嬤嬤又開始絮叨。「咱們在方家時，鮮衣美食樣樣豐裕，卻脫不了商賈之名，連高門大戶都瞧不上行商，何況是國公府。再說了，咱們夫人不過是溫國公府庶出的女兒，如今肯收留咱們姑娘，已是天大的恩德……」

砰！一聲鈍響，吳嬤嬤竟直接摔掉懷裡料子，駭得衛嬤嬤抱緊懷裡的方瑾枝，方瑾枝的腰背都被她勒疼了。

「妳這是做什麼?!這料子再不好，也是國公府賞下來的，快撿起來，別叫人看見！」衛嬤嬤急道。

吳嬤嬤不動手，她已經忍了六、七日。在方家時，她是頂體面的嬤嬤，可是到了溫國公府，卻處處看別人臉色。這裡的奴才個個明裡來、暗裡去地欺負人，甚至有人說她是「銅臭坑裡爬出來的老嫗」。

「商賈之家怎麼了？難道溫國公府上上下下不用花銀子？一邊看不起咱們，一邊又收了咱們家的鋪子！」提到鋪子，吳嬤嬤更氣。「什麼叫做『肯收留咱們姑娘已是天大的恩德』？有本事不要方家的鋪子，那才叫收留！二十二家鋪子、十一座莊子、四處府邸，全霸占啦！我看，就是盯上方家的家產，欺方家沒人！」

吳嬤嬤越說越憤怒，眼圈跟著紅了。她性子雖莽撞，做事也不夠圓滑，可上數三代都是方家的忠僕。

「別嚷，別嚷啊！」衛嬤嬤急得跺腳。「回去再說成不成吶？」

吳嬤嬤最不愛看衛嬤嬤窩囊的樣子。她也知道自己過火了，又怕老淚掉出來，拉不下臉，乾脆丟下她們跑走。

「這……」衛嬤嬤立在原地，瞅著吳嬤嬤跑遠的背影，不知該怎麼辦？拍了拍方瑾枝的背，低低勸慰：「沒事，姑娘不怕。」吳嬤嬤的脾氣向來不好，自從方家只剩方瑾枝一個主子之後，就更不好了。

方瑾枝並不怕，趴在衛嬤嬤懷裡，靜靜看著被雪泥染髒的布料。「先把菱錦撿起來。」

「好！」衛嬤嬤這才反應過來，把方瑾枝小心翼翼地放在地上，撿起兩綑菱錦，發現外層已被弄髒，而且她的衣襟和雙手也染上雪泥，這下沒辦法再抱著方瑾枝了。

衛嬤嬤四處張望。這裡離她們住的院子還有一段距離呢，若是平常，方瑾枝能自己走，可今日天寒地凍、滿地積雪，衛嬤嬤哪敢讓她走，萬一摔著就糟了。更重要的是，倘若讓旁人看見，更是不像話。

瞧著衛嬤嬤揪緊眉頭的樣子，方瑾枝知道她又沒主意了，便說：「不急，妳先把這兩綑菱錦抱回去，再來接我。」又加一句。「布料弄髒的那面貼著身子，別讓人瞧見。」

這話說完，方瑾枝自己都覺得好笑。如今她竟淪落到不如兩綑料子重要了。

「好，老奴等會兒就回來，姑娘別亂走。」

方瑾枝又囑咐：「妳不要慌張。如果有人問起，就說我貪玩，妳回去幫我拿斗篷。」

衛嬤嬤應是，留下方瑾枝，抱著兩綑菱錦走遠了。

看著衛嬤嬤的背影，方瑾枝拉起斗篷，走到旁邊等她回來。寬大兜帽遮住她的漂亮眼睛，也掩去她眼裡的一抹愁容。

剛才吳嬤嬤的大吵大嚷，待在垂花門前的兩個婦人不知聽去多少？若真被聽見，要不了多久，該知道的人便全知道了。

她來到溫國公府不過六、七日，卻知道這裡不比方家，規矩多著呢，算計也多，讓她明白了許多之前不曉得的事。

原來做生意會被瞧不起，那舅母們為什麼卻要走那些商鋪代為打點？

原來妾室所生當為庶出，她爹爹沒有妾室，是以她並不明白嫡庶之分。可她母親是溫國公府的庶出女兒，所以被外祖母不喜，外祖母自然也不喜歡她。

至於外祖父，他是溫國公的幼子、府裡的三老爺，許是忙吧，還沒有見到。

方瑾枝有些頭疼。她不喜歡這裡，她喜歡自己的家，可是，她已經沒有家了……

幾句孩童嬉笑聲打斷方瑾枝的思緒，很快聽出這聲音是陸無磯、陸子坤兩位表哥的，若被撞見，少不得要問她為何一個人在這裡？

方瑾枝不喜歡撒謊，更不喜歡搪塞敷衍，更何況這兩位表哥，一位七歲、一位與她同齡，皆十分調皮貪玩，她剛來溫國公府那日，就被他們捉弄過。

方瑾枝四處瞧瞧，悄悄走向身後的小徑，想避開兩位表哥。不想他們竟也朝這個方向走來，遂匆匆後退，忽見幾棵松樹後掩著一道月門，急忙鑽過去躲在門後，待小表哥們走遠，才鬆了口氣。

方瑾枝想著，得早些回去，免得衛嬷嬷等會兒見不到她，又要慌神。

她仔細回憶一遍，才抬腳離開，但從月門走出去時，竟發現多了一條路。她過來時太慌張，大抵是沒注意到，一時間不知該往哪兒走，繞著繞著又繞回月門，只得苦惱地敲敲頭，閉上眼睛仔細思索、回憶。

一會兒後，方瑾枝睜開眼睛，驚訝地看著出現在小路盡頭的人。那個人什麼時候來的？還是在那兒許久了？

那是一名十四、五歲的少年，白衣黑髮，容貌如畫；墨髮未束，傾瀉如瀑。

方瑾枝呆呆望了他一會兒，才發現他坐在輪椅上，竟是個瘸子，不由流露出惋惜神色。

她沒見過他，但瞧他身上的衣料就知，定是溫國公府裡的某位少爺。溫國公陸嘯子孫眾多，前幾日四表姊陸佳蒲跟她說過，府中有十二位少爺呢，想必面前這位就是其中一位，卻因為腿疾的緣故，遭人冷落。

方瑾枝頓時生出同病相憐的義氣，拉住斗篷前襟，小跑過去。「哥哥，你身邊的下人也把你丟在這裡不管了嗎？」又問：「哥哥要去哪兒？我推你去！」

陸無硯正打量這個闖進來的小姑娘，聞言微愣，緊接著嘴角勾了下，低低地笑。猛然見到幼時的方瑾枝，他有些不習慣。上輩子怎麼沒注意到她小時候竟是如此可愛。

「哥哥？」方瑾枝又喊了一聲。

糯糯的童音入耳，陸無硯有些恍惚，目光落在方瑾枝的臉頰上，道：「沿著這條路往前走，過一道月門再向左，就到我的住處。」

「好。」方瑾枝抬手，將擋住目光的兜帽摘下來，抬手間，手腕上的金鈴鐺發出悅耳脆響，引得陸無硯多看一眼。

她繞到陸無硯身後，奮力推著輪椅。

方瑾枝人小，推得吃力，好不容易才把陸無硯推到他說的地方，卻不知他暗中使了勁。

她有些驚訝地看著眼前院子，寬敞自不必說，整個溫國公府就沒有這般獨立的小院。更令她驚訝的是，雪未停，外面小路上仍覆著一層積雪，而眼前這院子裡，別說是鋪著青磚的路面，連邊角的土地上也乾乾淨淨，不留一絲雪痕，乾淨得有些不像話了。

方瑾枝正詫異，眼前忽然晃過一片白色，只見陸無硯緩緩起身，往前走了兩步，轉過身，朝方瑾枝伸出手。
「你、你不瘸！」方瑾枝睜大眼睛，驚訝地仰望他。
「我有說過我瘸？」陸無硯唇畔笑意更甚。
方瑾枝看看陸無硯筆直修長的腿，又看看身前的輪椅，忽然覺得自己被戲弄了，心裡有些彆扭，可仍舊把凍得發紅的小手遞給他。
陸無硯的手是溫的，骨節分明的手指收攏，將整隻小手包入掌心，讓她也溫暖起來。
前世牽方瑾枝的手時，她已是亭亭玉立的婀娜少女，重生一次，他藏在心尖裡、喜歡一輩子的人，竟變成小孩子的模樣。
造化弄人。
「妳叫什麼名字？」陸無硯一邊牽著她往前走，一邊說出上輩子說過的話。
方瑾枝小聲回答，見陸無硯沒吱聲，怕他沒聽清，又大聲重複一遍：「我叫方瑾枝。」
「嗯，瑾枝。」陸無硯垂眸凝視她的側臉，濃密睫毛映入眼中，如羽毛般，一根一根劃過他的心尖。
他把她的名字唸得很重，同時在心裡默唸，抬頭望向遠處雪山，兩世光景逐漸重疊，融為新的開始。
方瑾枝越往前走，越覺得此處院落非比尋常，除了乾淨之外，還很安靜，且這麼寬敞的院裡，竟連一個下人也沒見著。
她蹙起眉心，望著前廳正門牌匾上的題字。

「不認識那兩個字？」陸無硯的聲音忽從頭頂上傳來。

方瑾枝有些窘。她知道溫國公府裡的表姊妹們讀書甚早，連與她年紀相仿的六表姊陸佳茵都認識很多字了，便小聲說：「那兩個字筆畫太多了……」

陸無硯瞧她目光躲閃的樣子，也不拆穿，順著她說：「嗯，是不少。那兩字唸『垂鞘』。」

話音剛落，陸無硯就感覺到掌心裡的小手顫了一下。

方瑾枝不肯繼續走了，有些畏懼地望著甫認識的兩個字。

「你、你是三表哥？這裡是垂鞘院！」

方瑾枝後退一步，實在懊惱得很。府裡有很多表哥，怎麼偏偏撞上這一位？府裡的院子也很多，怎麼偏偏闖進垂鞘院？陸佳蒲曾對她千叮嚀、萬囑咐，三表哥陸無硯身分特殊，不可招惹，而他住的垂鞘院更是萬萬去不得！

陸無硯似笑非笑地望著她。此時驚慌的她與前世的小人兒逐漸重合，只是前世時，陸無硯見她因那些傳言而懼怕，直接讓人送她回去。

方瑾枝正不知如何是好，忽然前廳的門從裡面被推開，走出一名窈窕少女。瞧她的穿戴，方瑾枝知道是一等丫鬟，可她的容貌竟比幾位如花似玉的表姊還要漂亮！

少女看見方瑾枝，眼中的驚訝一閃而過，規規矩矩地朝陸無硯行禮，道了聲：「爺。」

陸無硯對方瑾枝說：「她叫入烹，後面那個叫入茶。」

後面那個？方瑾枝疑惑轉身，發現入烹身後跟著一名更加漂亮的少女，同樣穿著一等丫鬟的襖裙，懷中抱著翡翠雕竹紋手爐。

見方瑾枝望過來，入茶彎膝，笑著喊道：「見過表姑娘。」

方瑾枝明白，剛剛應該是入茶推著陸無硯，只是半路回去取東西，並不是下人把他扔下不管。更何況，陸無硯身分特殊，府裡的人唯有被他趕走，斷然沒有敢苛待他的。想起剛剛說過的話，白皙臉頰瞬間飄上一抹緋紅。

陸無硯垂眸，投下兩片暗影，鬆開握著方瑾枝的手，道：「進來吧，垂鞘院裡沒吃人的妖怪。」言罷，跨入門中。

方瑾枝猶豫一瞬，跟上去，抬腳剛要跨門檻，又把腳縮回來，因為她驚訝地發現，正廳地上竟鋪著雪白的兔絨毯。

陸無硯抬腳間，方瑾枝瞧見他的鞋底是白的，像沒穿過的新鞋子，心中頓時生出荒唐想法——陸無硯坐在輪椅上，是怕雪泥弄髒了鞋？

方瑾枝微微拉高身上的斗篷和裡面的牙色襖裙，看著自己小巧的水色繡花鞋。方才行過泥濘小徑，早就髒了。

「表姑娘，奴婢抱您。」入烹笑著走過來，朝方瑾枝伸出胳膊。

方瑾枝便讓入烹抱她去偏廳，這才發現垂鞘院裡不只是正廳，所有屋裡皆鋪著不同絨毯，樣樣都金貴得很，又想起了陸佳蒲對她說過的話。這裡應該是真的不歡迎外人吧？

入烹抱方瑾枝進去，一邊幫她脫鞋，一邊解釋：「我們少爺畏寒，冬日裡才如此。」

方瑾枝點頭。屋裡爐火燒得很旺，果然比別處暖和，吸了吸鼻子，聞到一股清香。

「真香！」

入烹笑笑。「熏的是白松香。」

方瑾枝搖頭。「不是，我說的是茶香。」

入烹把方瑾枝的鞋子收好，回道：「三少爺喜茶，是入茶在點茶。」

方瑾枝點點頭，從椅子上跳下來，腳上只穿著白襪，繞過屏風，走進正廳。

陸無硯坐在黃梨木交椅裡，雙手隨意搭著月牙扶手，腿上放著新的鎏金雕鷹紋銅手爐。窗口供桌上的博山爐裡點了白松香，煙霧從孔洞中飄出，他的目光凝在縹緲的煙霧上。

方瑾枝轉頭，望向另一側的入茶。入茶正舉著細嘴水壺，用沸水沖茶盞裡已碾碎的餅茶，隨後一雙柔荑忙拿起茶筅快速擊打，讓茶盞中浮現大量白色茶沫。

她走到入茶身邊，看著案几上還沒收起來的餅茶，忍不住開口。「繡茶。」

「表姑娘知道繡茶？」入茶有些驚訝。繡茶是用精緻材料做成五色龍鳳圖形裝飾的餅茶，是宮裡的玩意兒，不是尋常人家能見到的。

陸無硯聞言，側首睥了入茶一眼。

入茶心中一驚，知道自己失言，急忙恭敬地將兩盞茶放在陸無硯面前的桌上，麻利地收拾好茶具，悄悄退出去。

方瑾枝將兩人神色收入眼底，走到陸無硯身邊，說：「以前家裡有很多茶莊，娘親會挑選最好的茶，點給我們吃，所以才認得。」

「嚐嚐入茶的手藝，看看喜不喜歡？」陸無硯微抬下巴，指向桌上的茶。

方瑾枝點頭，踮起腳尖，費力坐上另一把黃梨木交椅。她面前的茶碗是圓口的祭藍茶碗，而陸無硯面前那只卻是純黑釉的建盞。她捧起面前茶盞抿一口。茶是好茶，點泡火候也剛剛好，入茶的手藝的確不錯，但畢竟不是娘親點出來的茶，遂低著頭，不肯再喝了。

「這茶太苦，等會兒吃點心吧。」陸無硯不動聲色地推開方瑾枝面前的茶。

方瑾枝握起小拳頭敲敲頭，皺眉望著陸無硯，苦惱地說：「三哥哥，吳嬤嬤說，我高興或不高興都寫在臉上。以前我不信，現在全被你瞧出來，可見她說的是真的。」

不知不覺間，方瑾枝竟開始同前世一般，喊他三哥哥。

陸無硯望著那張皺巴巴的小臉，總不能說知道她喪母的難過，遂抬手捏她的臉蛋，笑道：「不是，妳藏得很好，是三哥哥太聰明了。」

方瑾枝眨眨眼，訥訥地說：「哪有這樣拐著彎誇自己的？」

陸無硯垂眸，但笑不語。

這時，入烹端著幾碟糕點，從另一側的屏風繞進來，笑著說：「今天上午新做了點心，表姑娘嚐嚐看。」

這些糕點裡有方瑾枝以前常吃的蓮花酥、蝴蝶酥和蛋餃，但其中一種是她沒吃過的。白淨小碟上擺了四塊雪白的兔子形軟糕，軟糕捏得唯妙唯肖，竟像真兔子一樣。

「這是兔包子，裡頭有餡。」陸無硯見她只盯著這樣，就把碟子推過去，離她更近些。

方瑾枝有些不忍心吃。

陸無硯見狀，在一旁說：「味道比樣子更好。」

畢竟才五歲，方瑾枝終究不敵美味誘惑，閉著眼睛，狠心咬下。裡面的餡是紅豆泥，甜甜的味道可誘人了。

方瑾枝吃下一個，忍不住又抓了一個嚐，裡面竟是肉餡，汁香味濃。

大遼親喪，為期三年，三年內不許婚娶、生子與為官；吃穿也有規矩，頭三個月，一滴油水也不可碰。方瑾枝在家中守了三個月才被接到溫國公府，剛開始可以用肉食。

「入烹姊姊的手藝真好！」方瑾枝彎起眼睛，望向入烹。

入烹彎膝，恭敬地說：「您能喜歡奴婢做的糕點，是奴婢之幸。」

方瑾枝望著小碟裡剩下的兩個兔包子，目光滯了一瞬，抬起頭望著陸無硯，可憐巴巴地說：「三哥哥，這個太好吃啦！但我吃不下了，可不可以把剩下的兩個帶回去……」

她的聲音越來越小，說到最後，不好意思地垂下頭，卻不忘偷瞄小碟裡剩下的兔包子一眼。發現陸無硯正看著她，急忙又低頭，再不敢抬起來。

陸無硯心思複雜，憶及前世，望向方瑾枝的目光便有些疼惜，不由放柔了語氣，說：「當然可以。若妳喜歡，改日再來，讓入烹做給妳吃。」

「嗯！」方瑾枝彎著眼睛笑起來，立時把陸佳蒲叮囑的話全忘了。她擔心回去接她的衛嬤嬤見不到人要驚慌，不敢在這裡停留太久，遂開口告辭。

陸無硯點頭，讓入烹伺候她穿上已經弄乾淨的鞋子，讓入烹送她回去。

第二章

方瑾枝讓入烹抱著，沿原路走回去，果然看到衛嬤嬤正在她們分別的地方四處張望。衛嬤嬤遠遠望見方瑾枝，頓時鬆了口氣，疾步迎上，伸出雙手從入烹懷裡接過方瑾枝。主僕倆謝過入烹，才轉頭走回暫居的小院。

路上，方瑾枝問衛嬤嬤：「吳嬤嬤回去又摔東西了嗎？」

「聽鹽寶兒說，她把自己關在屋子裡，不許人進去。我擔心姑娘著涼，急忙趕回來，也沒注意。」

衛嬤嬤隨口說著，並不當一回事。方瑾枝年紀太小，在方家時從沒管過事，就算吳嬤嬤今日犯了錯，衛嬤嬤也不認為她們的小主子會責罰。

可她這次猜錯了。

這幾日，方瑾枝見識溫國公府裡的規矩，知道做派不能再像以前在家那樣，否則不僅被這府裡的人瞧不上，還會惹出禍事，心裡遂有了打算。

回到院子，方瑾枝從衛嬤嬤懷裡跳下來，讓她去喊吳嬤嬤。

「啊？現在？姑娘要是有事，吩咐我也成。」衛嬤嬤揪起眉頭，實在不願這時去瞧吳嬤嬤的黑臉。

「對，就是現在。我要罰她，難道妳要替她受罰？」方瑾枝微微垂下眼，漆黑眸子輕輕滑到一側，看向衛嬤嬤。她這是在學陸無硯睥睨入茶的模樣。

「姑娘的眼睛怎麼了？是不是進了沙子？」衛嬤嬤急忙蹲下來看。

方瑾枝洩氣，推開衛嬤嬤，有些不高興地說：「我沒事，妳去喊人吧！」

衛嬤嬤瞧著方瑾枝的臉色，心裡疑惑，仍舊去了，可走幾步，忍不住又回過頭，關切地問：「姑娘的眼睛真的沒事？」

方瑾枝聞言，睜大眼睛，狠狠瞪她一眼。

這下衛嬤嬤不敢說話了，趕緊硬著頭皮去找人。

「哎呀！」方瑾枝收回目光，低頭看見懷裡的食盒，心道怎麼把這事兒忘了，轉身衝進屋子，將門閂上，才放心地跑向拔步床。

她掀開遮掩的帳幔，露出兩張一模一樣的稚嫩臉龐。那是一對兩歲多的雙生女孩，緊緊靠坐在一起，臉上帶著怯意，但這種怯意在見到方瑾枝時，消失得無影無蹤，變成欣喜。

「幫妳們帶回來的，可好吃啦！」因為藏了人，就算在自己的屋子裡，方瑾枝也壓低聲音，不敢大聲說話。

她取出食盒裡的兩粒兔包子遞給她們，兩個小姑娘沒有說話，只是笑著點頭，伸手接過，大口大口地吃。

方瑾枝望著她們吃東西的樣子，大大眼睛彎成一對月牙，含著寵溺的笑意。

這時，忽然有人砰砰砰的敲門，方瑾枝和兩個正吃著兔包子的小姑娘嚇一跳，小姑娘們的臉色瞬間慘白，哆哆嗦嗦，連嘴裡含著的東西都忘了嚥。

「姑娘，吳嬤嬤過來了。」

原來是衛嬤嬤。聽見熟悉的聲音，屋裡的三個人才齊齊鬆口氣。

「慢慢吃，不急。」方瑾枝低聲囑咐，仔細掩好拔步床的帳幔，才繞過屏風去開門。

吳嬤嬤進來，眼睛紅紅的，顯然是哭過一場。「姑娘，您找我？」

方瑾枝轉頭，不去看吳嬤嬤的眼睛，卯足了底氣，道：「我身邊用不著那麼多人伺候。明天，妳就去莊子幫忙吧。」

吳嬤嬤愣住，旁邊的衛嬤嬤也吃一驚。剛才聽方瑾枝說要罰吳嬤嬤，原以為只是罵幾句，怎麼直接趕人了？

「姑娘說的是什麼話?!妳身邊才幾個人？從方家跟過來的不過我、衛嬤嬤，還有米寶兒、鹽寶兒那兩個小丫鬟。衛嬤嬤性子軟，向來沒主意；米寶兒和鹽寶兒多大？一個八歲，一個七歲，這裡可是國公府，如果沒有我出主意……」

「吳嬤嬤也知道這裡是國公府。」方瑾枝直接打斷她的話。「國公府裡，哪個嬤嬤會在主子面前自稱『我』？」

吳嬤嬤一愣，張了張嘴，不知該怎麼接話？

衛嬤嬤拉她的袖子，小聲道：「咱們姑娘長大了，快向姑娘認錯……」

吳嬤嬤甩開衛嬤嬤的手，又是委屈、又是心酸地說：「以前在家裡可沒這麼多講究。姑娘來了國公府，果真學起這裡的做派，竟挑剔這樣的小毛病，還用趕人來嚇唬人……」

方瑾枝聞言，抬起頭，十分認真地說：「我沒有嚇唬妳。要是妳不肯，我就去舅母那裡借幾個下人送妳走。」

吳嬤嬤呆呆望著方瑾枝的臉，見她表情堅定，心裡才明白小主子不是故意嚇唬人，更不是開玩笑。

「姑娘……」吳嬤嬤有點哽咽。「老奴知道自己脾氣不好，是老奴的錯，老奴都改，您別趕人吶！」顫顫巍巍地跪在方瑾枝面前，雙手握著她的肩膀。

方瑾枝見狀，不由紅了眼圈，卻把眼淚憋回去。「我知道嬤嬤對我好，吳嬤嬤發脾氣，也是為了我、為了方家。」

吳嬤嬤聞言，心裡剛鬆口氣，又看見方瑾枝搖頭。

「嬤嬤不是很氣家裡的鋪子被舅母們收走，代為打點嗎？」方瑾枝嘆氣。「因為我是女孩，因為我小，舅母們才能拿走鋪子、莊子、府邸，等我長大了，就得送還。」

衛嬤嬤在一旁點頭。「姑娘說得有理，國公府哪能落個霸占出嫁女兒家產的惡名。」

方瑾枝擺手。「可是還回來時，便未必是收走時這些了。」

「這……」衛嬤嬤皺眉。

「哼，一群沒好心的！」吳嬤嬤心裡的憤懣又冒出來。

「所以，」方瑾枝小小的手使勁抓住吳嬤嬤的掌心。「妳是方家的老人，去莊子料理生意，也是應該的。」

吳嬤嬤望著方瑾枝明亮的眼睛，一時沒反應過來。

「嬤嬤可要幫我把鋪子、莊子守好了！」方瑾枝握著吳嬤嬤的手勁越發用力。

吳嬤嬤會意，迷茫目光逐漸堅定，重重點頭，立誓般道：「姑娘放心！老奴就算拚了這條老命，也不會讓陸家人動您的東西！」

今天的事情，方瑾枝並不怪吳嬤嬤。

方瑾枝明白，吳嬤嬤已一把年紀，忽然間要她改規矩不容易，依她這性子留在國公府，遲早要出亂子，但把她放在莊上就不同了，那潑辣起來毫不講理的性子，定有大用處。

想起母親故去時，拉住她的手，恨不得將這輩子的話吩咐完的情景，方瑾枝垂著眼睛，心中微苦。那時，母親怕她在溫國公府裡吃虧，教了許多行事之道。當時她還不懂，只憑自己的穎悟背下來，如今到用時，便明白了。

「姑娘、姑娘！」米寶兒一路小跑進來。

方瑾枝見狀，握起小拳頭敲敲頭。吳嬤嬤年紀大了，習慣不好改，可米寶兒和鹽寶兒還小，從現在開始學規矩，應該不難吧？

「三房的嬤嬤來了，說是三奶奶請您過去呢。」米寶兒氣喘吁吁地說。

方瑾枝聞言，頓時苦惱。看來今日吳嬤嬤摔綢緞的事還是傳了出去。

她低頭思索一會兒，忽然問：「院子裡有辣椒嗎？」看來不演齣戲不行了。

說起溫國公府陸家，溫國公共有三子，長子多年前死在戰場上，二子與三子尚在，方瑾枝的外祖父是府裡的三老爺。

再往下一輩，是五位舅舅。三舅舅和五舅舅是三老爺所出，二舅舅和四舅舅則是二房的人。去世的大舅舅是大老爺的獨子，也是陸無硯的父親，所以，在方瑾枝這一輩中，陸無硯雖然行三，卻是正經的長房嫡長孫。

方瑾枝紅著眼睛，走進三奶奶姚氏的屋子，帶著哭腔喊了聲：「三舅母。」

姚氏有些驚訝地看著方瑾枝，忙把她拉過來。「這是哭了？誰欺負了咱們瑾枝？」

方瑾枝進門時，不過是紅著眼睛，可聽見姚氏的話，就像忍不住了似的，拚命掉淚。

「吳嬷嬷惹我生氣，我把她趕到莊子去了……」

姚氏心裡一頓。她正想用吳嬷嬷的事情來敲打方瑾枝，還沒訓她，方瑾枝就把人趕走了？不由多看這個只有五、六歲的外甥女一眼。

「瑾枝為什麼趕走吳嬷嬷呢？」姚氏放緩語氣，原本摟著方瑾枝的手也鬆開了。

方瑾枝吸吸鼻子，十分委屈地說：「我不喜歡吳嬷嬷，不喜歡！不喜歡！她摔了我好不容易得來的料子，這下沒新衣服穿了！」越說越委屈，從眼眶裡掉出來的淚珠越來越多。

原來，今天早上府裡給姑娘們送裁新衣的布料，原本淺丁香妝花緞還有石青色雲錦是給方瑾枝留的，可陸佳茵相中了，偷偷拿去年的暗色料子換掉。偏偏方瑾枝住的地方最遠，等她到時，只剩下那兩塊陳年舊布。

聽她這麼說，姚氏倒是滿意。方瑾枝越是任性不懂事，她越是放心，遂拍拍方瑾枝的肩膀。「幾塊做衣服的布料罷了，等會兒舅母送妳兩疋新的。」

她頓了頓，手按住方瑾枝纖細的肩頭，略嚴肅地說：「這件事，瑾枝做得對。妳是主子，她是奴才，惹妳生氣，就趕她走！」

「嗯！」方瑾枝使勁點頭，心裡卻明白姚氏這話聽不得。母親教過她，可信的奴才比尊貴的親人還重要。

姚氏又道：「妳身邊伺候的人不多，明兒舅母派幾個乖巧、聽話的丫鬟給妳。」

方瑾枝聞言，心裡暗驚，面上不顯，飛快想著對策。若安插眼線盯著她，是不怕的，但因藏著人的秘密，她哪敢輕易要三舅母的人？連自家僕人都不敢多帶。如果被發現……

方瑾枝不寒而慄，不敢再往下想。

一時想不到對策，方瑾枝索性仰起下巴，驕縱地說：「那舅母可得給我找幾個好的！不僅要聽話乖巧，還要聰明好看，會捉蛐蛐兒，會說笑話！」

「好好好……」姚氏敷衍地點頭，看著方瑾枝的目光，浮上一絲嫌棄。

吳嬤嬤的事情且放一邊，姚氏斟酌言語，想再套方瑾枝的話。「我怎麼聽說妳身邊的衛嬤嬤不識路，回去拿件大氅，還耽擱了好半天，害得咱們瑾枝在園子裡受凍。」

「沒有凍著呢，我去表哥那裡玩啦！」

方瑾枝明白，既然姚氏對吳嬤嬤摔綢緞的事情知道得清清楚楚，應當也知道她後來去了垂鞘院的事。這件事，她不想瞞著，也瞞不住。

姚氏原本靠在椅子裡，聽了便微微坐正身子。「哦？瑾枝去哪個表哥的院子玩了？」

「是三表哥的垂鞘院。」方瑾枝大方回答。

「什麼！妳去了三哥哥的垂鞘院?!」一聲清脆的質問從門外響起，兩個小姑娘剛剛下了學堂，站在門口，滿臉震驚地望著方瑾枝。

方瑾枝回過頭，甜甜道了聲：「四表姊、六表姊好。」

「佳茵，說過妳多少次了，不許這麼沒規矩。」姚氏嘴裡訓著女兒，可臉上卻有一絲異色，原來下人告訴她的事情竟是真的。

陸佳蒲和陸佳茵回過神，走進屋裡向姚氏請安。姊妹倆皆是姚氏親生的女兒，一個八歲，一個六歲。

兩人站在方瑾枝對面，朝她擠眉弄眼，樣子全落入姚氏的眼。若是往常，姚氏定要立刻訓斥她們，但現在顧不得了。

姚氏輕輕拍著方瑾枝的手，試探著問：「妳三表哥的院子裡好玩嗎？」

「三哥哥的垂鞘院哪裡比得上舅母這裡好玩呀！舅母疼我，還有四表姊、六表姊陪我。三哥哥那兒沒人陪我玩，不過入茶的茶很好吃，入烹的糕點也好吃，我還帶回兩個呢。」方瑾枝說完，便發現姚氏和兩位表姊的臉色不大好看，連在屋裡伺候的丫鬟也大驚失色。

「三舅母……」方瑾枝怯生生地拉姚氏的袖子。「瑾枝是不是做錯事了……」

陸佳茵質問：「三哥哥沒嫌妳髒？」

陸佳蒲拉拉妹妹的袖子，不贊同地看她一眼，然後走到方瑾枝面前，細細解釋給她聽。

「表妹不知道，妳三表哥討厭別人碰他的東西。有次客人的小孫子一時貪玩，跑去垂鞘院鬧，三表哥發了好大的脾氣，不知用什麼法子嚇唬他，那孩子回去後哭了好多天，連性子都變了，再不敢踏進陸家大門。」

陸佳蒲說著，像是後怕一樣，拍拍胸脯。「這還不算，三表哥說他的院子被外人弄髒，當著那家人的面，一把火把院子燒了，妳今天去的垂鞘院是重建的。」
「要花好多錢呢……」方瑾枝訥訥地說。
旁邊的陸佳茵嘟囔：「果然是商戶女，就知道錢。」
姚氏和陸佳蒲同時瞪她一眼。
方瑾枝心裡卻是頓了頓。又忘記這裡是國公府，這裡的人不許提錢財，否則就是粗俗不堪。她悄悄用指甲尖刺嬌嫩的掌心，讓自己長記性，但不覺得錢財有什麼不好。正好相反，她想要好多好多的錢財，等她長大，便能搬回方家，錦衣玉食養著兩個妹妹……
陸佳蒲又把話說回來。「瑾枝，我叮囑的話都是為妳好，以後千萬躲著三哥哥。」
方瑾枝回過神，有些不信垂眸淺笑的陸無硯會是那樣的人。「四表姊，妳為什麼說三表哥的身分很特殊呀？是因為他脾氣很差嗎？」
陸佳蒲聞言，有些猶豫地望向自己的母親。
姚氏沈吟，心想方瑾枝畢竟是三房的人，若是闖禍，說不定會連累他們，遂把她拉到身邊，問道：「瑾枝知道什麼是公主、什麼是駙馬、什麼是將軍嗎？」
方瑾枝回答：「公主是皇帝的女兒，駙馬是公主的夫君，將軍是領兵打仗的人。」
「嗯。」姚氏輕拍方瑾枝的手。「妳三表哥的母親是當朝長公主，大舅舅是駙馬，也是手握大遼九成兵馬的一品上將軍。」
方瑾枝怔怔點頭，似乎有些懂了。
陸佳茵見狀，嗤笑一聲。「瞧著她呆呆的樣子，就知道她根本不識得長公主。」

「佳茵！」姚氏猛地拍桌，惱怒小女兒的不懂事。

陸佳茵雙肩一抖，又想起布料的事，心裡有氣，委屈地說：「女兒回去做功課。」

陸佳蒲知道自己妹妹所作所為，對方瑾枝感到愧疚，遂很有耐心地解釋：「長公主不是皇帝的女兒，是皇帝的長姊。皇帝比咱們大不了幾歲呢。」

看著小小的方瑾枝，陸佳蒲怕說得太複雜，她聽不懂，便道：「瑾枝只要記得長公主不是一般的公主，妳的大舅舅也不是一般將軍就行了。」

先帝駕崩時，太子不過五歲孩童，衛王謀反，幾欲變天。長公主楚映司以雷霆之勢，斬逆臣、滅敵軍、平衛王，輔佐幼弟登基，垂簾聽政已有五載。

民間更有人言，天子不過是傀儡皇帝，楚映司距離女帝，不過一步之遙。

第三章

方瑾枝離開三房的院子時，衛嬤嬤懷裡抱著姚氏給的牙色雲錦。在這等高門大戶中，一舉一動都會被別人盯著，縱使姚氏不喜歡方瑾枝，仍要做足面子。

方瑾枝回到自己住的小院後，五舅母陳氏隨即派人送來兩塊成色更好的新料子，一塊是松花細色錦，另一塊是撚金線重錦。

衛嬤嬤看著料子，不停地誇獎陳氏。

方瑾枝坐在椅子上，晃著兩條小短腿。現在由三舅母和五舅母代為打點方家的鋪子與莊子，就算給她再多綾羅綢緞，她也不會覺得她們人好心善。以前在方家時，她是個天真爛漫的小姑娘，如今寄人籬下，不得不多想。

「五奶奶送來的料子，比三奶奶送的還要好！這塊撚金線重錦真好看，可以做新褙子；那塊松花細色錦……」衛嬤嬤念叨著怎麼用這幾塊料子。

「不。」方瑾枝的小短腿停住晃蕩。「都收起來，用先前得來的那兩塊深色料子裁過年穿的衣裳。」

「啊？可是那兩塊料子髒了大半，如果做裙子，有些不夠用。」

「那把兩塊料子拼起來。」

衛嬤嬤不明白，可她向來聽話，遂惋惜地收起新料子，拿出先前得的舊布，幫方瑾枝做過年穿的衣服了。

等到衛嬤嬤將方瑾枝的新衣做好時，已是臘月二十八。

這日，溫國公府的男人們開始休沐，準備過年。府裡人口眾多，平時不在一起用膳，這回因家人幾乎聚齊的緣故，就到闔遠堂用晚膳。

闔遠堂十分寬敞，即使四代齊聚，亦綽綽有餘。堂內坐滿了人，卻未生吵雜，只有幾位老者交談，晚輩即使說話，也是壓低了聲音。

方瑾枝匆匆掃一眼，想知道哪位才是她的外祖父？她沒猜出來，倒是發現一件十分奇怪的事——溫國公陸嘯身邊的座位是空的。難道來了這麼久仍未開宴，是因為還有人沒到？

「別那麼沒規矩地亂看！」陸佳茵小聲埋怨一句。

這桌坐著陸家的姑娘們與方瑾枝，陸佳茵的聲音雖小，卻足以讓她們聽清楚。

「知道了，謝謝六表姊。」方瑾枝的態度十分友好，讓陸佳茵有火發不出。

嫡出的五姑娘陸佳萱見狀，眼珠轉動一圈，笑嘻嘻地說：「這位是方家表妹吧？前些日子我病了，不然早去看望妳。」

「那以後表姊可要找我玩呀。」方瑾枝不知她是哪位表姊，稱呼時未加上排行。

「這是妳四舅舅家的五表姊。」陸佳蒲聽見，反應過來，幫方瑾枝介紹幾位表姊妹。

方瑾枝和她們說笑，可心裡的疑惑越來越大。都過了用膳時辰，到底在等誰呢？

這時，陳氏對方瑾枝招手。「瑾枝，來。」

方瑾枝停住思緒，規規矩矩地走到陳氏身邊，喊了一聲五舅母。

陳氏把方瑾枝拉到懷裡，眼露疼惜，十分關切地問：「瑾枝怎麼穿這身衣裳？沒用舅母送妳的料子嗎？」

方瑾枝的外祖母許氏聞言，頓時皺眉，有些責備地看姚氏一眼。「我記得，這是去年的料子吧？」姚氏是三房長媳，陳氏是二媳婦，她已經將很多事情交給大媳婦打理，連照顧方瑾枝的事也交給姚氏。

姚氏的臉色霎時變得不好看，帶著方瑾枝過來時，因為天黑的緣故，沒注意到她身上的衣裳，急忙解釋：「是，去年的料子多，就送了瑾枝一些，但新年的新料子也給了，不知這孩子怎麼用這布料做新衣裳……」

許氏嗯了聲，沒再說話。她哪裡會在意庶女的女兒。

可是父親就不一樣了。

三老爺陸文岩道：「這就是阿蓉的女兒？瑾枝，到外祖父這裡來。」

陳氏心中一喜，拍拍方瑾枝的手背，親切地說：「快去妳外祖父那裡。」

陸文岩著沉香色長袍，瞧著並不嚴厲，方瑾枝走過去，有些陌生地望著他。

陸文岩看著方瑾枝身上的衣裳，又看陸家姑娘們身上的錦服，有些不悅，揉揉她的頭，問：「最近差事繁忙，是外祖父忽略妳了。瑾枝住得可還習慣？」

方瑾枝只是愣愣地盯著他，沒有說話。

「瑾枝，外祖父問妳話呢。」陳氏在一旁小聲提點。

方瑾枝紅起眼睛。「外祖父果然和母親說的一樣。」

「妳母親提過我？」陸文岩疑惑地問。

方瑾枝認真地點點頭。「外祖父的眼睛、鼻子、嘴巴，和母親形容的一模一樣，母親還在家裡畫過您的畫像呢。這麼多人，瑾枝一眼就認出您啦！」

陸文岩望著眼前的外孫女，嘆口氣，吩咐下人。「等會兒把宮裡賞的那幾疋撚金絲絨背錦送到表姑娘那裡去。」又拍拍方瑾枝的手背。「以後要是缺東西，就告訴外祖父。」

三太太許氏和姚氏聞言，臉色都有些不好看，但陳氏心裡卻是高興得很。

姚氏堆出笑來，道：「父親，佳蒲和佳茵總記掛著您。佳蒲親手為您縫護膝，佳茵做了把摺扇，上面的小詩還是她親手寫的呢。」

「哦？拿來看看。」陸文岩朝兩個孫女招手。

陸佳蒲和陸佳茵急忙獻上準備好的禮物。雖然陸佳蒲才八歲，可是針線活已經十分出色；陸佳茵的筆跡雖然稚嫩，卻也工整。

陸文岩連連點頭。「這字寫得不錯。」

陸佳藝見狀，從椅子上下來，獻寶般將自己寫的字捧給陸文岩。「佳藝不會做扇子，但也寫了字讓祖父看呢！」

陸佳藝是溫國公府裡最小的姑娘，如今才四歲。字雖寫得歪歪扭扭不成樣子，可陸文岩還是心情大好，誇了她幾句。

陸文岩收下孫女們的禮物，又想起一事，問道：「瑾枝可有讀書？」

這戳到方瑾枝的痛處了。方家連遭巨變，她根本沒來得及讀書，甚至連自己的名字都不會寫。

溫國公府裡，無論男女，滿三歲就上學堂。方瑾枝來了半個月，看著表姊妹去讀書，只能乖乖待在自己的院子裡。沒人想到送她去學堂，她也沒找到時機開口，今日正是好機會。

於是，她怯生生地、充滿渴望地望著陸文岩，期盼地說：「瑾枝好想跟表姊妹一起上學堂，瑾枝想學著寫自己的名字……」

陸文岩頓時一陣心疼。

「哼！」陸佳茵高高抬起下巴。「表妹都五歲了，竟連自己名字都不會寫！」

這時，陸無硯跨進了闔遠堂。

「芝芝五歲時也沒上過學堂，也不會寫自己的名字。」

他話落，方瑾枝明顯感覺到堂裡的氣氛頓時變得有些壓抑，連陸文岩的表情都僵了一瞬，不由納悶這是因為陸無硯，還是為了那個叫「芝芝」的人？

陸無硯解下裘衣，遞給後面的入茶，走到主桌，在鬢髮皆白的溫國公陸嘯和老太太孫氏身邊的空椅上坐下，望向表情迷惑的方瑾枝。

「瑾枝，到我這裡來。」

方瑾枝頓時緊張。原本只有三房的人注意她和陸文岩，如今竟是整個闔遠堂的人都盯著她瞧，她只得小心翼翼地頂著眾人的目光，走到陸無硯身邊，喊了聲三表哥。

陸無硯忽然探手，把方瑾枝抱到膝上，問：「瑾枝做我的妹妹好不好？」

方瑾枝聽見有人倒吸一口氣的聲音。之前應對陸家人時，她心裡有譜，並不慌張，如今坐在陸無硯的膝上，心臟卻怦怦直跳，想了又想，才說：「你本來就是我哥哥呀。」

陸無硯聞言，嘴角微微揚起，滿意地笑了。「陸家的學堂也不怎麼樣，以後哥哥親自教妳寫字、讀書。」

這下，許氏無法再沈默了，責備姚氏。「瑾枝來了半個月，還沒有上學堂？」

「瑾枝剛來府裡，尚未習慣呢，我原打算等過了年再讓她去的。」姚氏忙站起來解釋。「不過咱們瑾枝好福氣，有三郎教她。」

溫國公陸嘯開口了。「還是上學堂吧。」

「是。」姚氏訕訕應下。

方瑾枝聞言，目光越過陸無硯的肩頭，看向陸嘯。陸嘯年過古稀，可依然十分有精神，很少出聲，只是聽兒孫們說話，偶爾點點頭，或訓斥幾句。

孫氏見狀，望著陸無硯，笑道：「既然瑾枝沒唸過書，去學堂未必跟得上。無硯先幫她啟蒙吧，等天暖了，再和其他孩子一起讀書。」

陸無硯聽見，在方瑾枝不安攥著衣角的小手上輕拍一下。「還不快謝謝外曾祖母。」

方瑾枝心尖一顫，想從陸無硯的膝上跳下，可他的雙手環住她的腰，只好坐直身子，有些不安地說：「謝謝外曾祖父、外曾祖母。」

「不能讓妳白謝了。」孫氏摘下腕上的翡翠鐲子，讓丫鬟遞給方瑾枝。「拿去玩吧。」

方瑾枝受寵若驚，其他姑娘卻是十分眼紅。她們很少見到兩位老人家，就算見了，也是一大家子聚在一起，連正眼被瞧的機會都沒有。

這頓飯，方瑾枝是坐在陸無硯膝上吃的。

這桌都是長輩，唯獨陸無硯和方瑾枝兩個小輩。陸無硯早已習慣，他能坐在這裡是因為身分特殊，也為了代表大房。陸嘯長子陸文豈已經故去，長孫陸申機駐守邊疆，五載不曾歸家，大房待在皇城的人只有陸無硯。

這可苦了方瑾枝，吃飯時不僅沒有放鬆，反而越來越緊張。

大戶人家分餐而食，方瑾枝挾丸子，汁濃滑膩的肉丸卻不小心從筷間滑落，在陸無硯竹青色的寬袖留下一道油漬，掉在地上。

方瑾枝發現很多雙眼睛正盯著她。

入茶瞬間蹲在陸無硯腳邊，用帕子仔細擦袖上的污漬，可哪裡是那麼容易擦掉的。

「行了。」陸無硯不耐煩地抬手，示意入茶不要擦了。

「對、對不起……」方瑾枝頓時想起陸佳蒲跟她說過的客人，望著陸無硯的眼神有了歉意、畏懼，和小心翼翼。

陸無硯輕拽方瑾枝耳邊的髮絲，無奈道：「真是笨死了。」上半身微微前傾，拿走她手裡的筷子。「要吃什麼？丸子嗎？」

方瑾枝點頭，硬著頭皮吃下陸無硯餵來的食物，權當沒看見那些打量的目光。雖然不知他為什麼對她好，但多座靠山總沒有壞處。明兒定要去打聽他還有什麼忌諱，別再犯錯。

飯後，方瑾枝剛回到自己的小院，陸佳茵就過來了。

陸佳茵鼓著腮幫子，氣呼呼地說：「我來道歉！為了逗妳玩，才把原本該分給妳的布料換了，現在還給妳！」

方瑾枝看著桌上的兩綑布料，點點頭。「我曉得了，沒關係的。」轉頭吩咐旁邊的衛嬤嬤。「把這些料子收起來吧。」

「妳還真要啊？」陸佳茵睜大眼睛，不可思議地瞪著方瑾枝。「我都向妳道歉了，妳還想怎樣?!」

方瑾枝驚訝地說：「所以我接受了呀。」

「妳——」陸佳茵跺腳，氣得不行。陸佳蒲明明說，只要她主動示好，方瑾枝就會不好意思，更不會要這兩塊料子。

但方瑾枝為什麼收了？她很喜歡這兩塊料子，自然捨不得，更惱怒的是嚥不下這口氣！

「果然是個貪財的商戶女！」陸佳茵氣得轉身往外跑，連告辭都省了。要不是母親逼她道歉，她才不會來！

衛嬤嬤對陸佳茵不滿，嘟囔幾句，復又高興起來。「姑娘，咱們現在有許多好布了！」

「還會有更多的。」方瑾枝小心翼翼地將今日孫氏給的翡翠鐲子放進妝奩裡鎖好。

果然，沒過多久，府中女眷陸續派人送來好些衣料。顧慮著方瑾枝戴孝，顏色和花紋都是仔細挑選過的，好看又合規矩。

衛嬤嬤一趟又一趟地抱著料子送去小庫房，樂得合不攏嘴。

這時，米寶兒氣喘吁吁地跑進門。「姑娘，我回來啦！」

方瑾枝急忙從妝檯邊的小凳跳下。「怎麼樣，打聽出來了嗎？」筵席散後，她就讓米寶兒去打聽陸無硯口中的芝芝是誰。

米寶兒連連點頭。「芝芝是二姑娘的閨名，大名叫陸佳芝。」

「咦？」方瑾枝仔細回想。「今天沒見到二表姊呀，難道已經出嫁了？」

米寶兒搖頭。「不是，二姑娘五歲時就病死了。」

方瑾枝吃了一驚，眨眨眼，心中有了猜測。「二姑娘是哪一房的女兒？」

「是長公主的女兒。」

是因為她的名字跟陸無硯親妹妹的名字同音嗎？

方瑾枝不說話了，悶悶不樂地低著頭，思索好半天，才又慢慢高興起來。知道別人為什麼對她好，總是件好事，便吩咐米寶兒明日再去多打聽些陸佳芝的事。

臨睡前，方瑾枝壓低了嗓子，將今天的事講給兩個妹妹聽，瞧著她們犯睏，才幫她們蓋好被子，拿起枕頭溜下床。

她拆開枕頭的夾層，拿出藏在裡面的幾十張銀票，一張一張數過，確定數目沒錯，才放下心，將銀票重新裝好，抱著枕頭上床，安心睡去。

被接進陸家、隱藏兩個妹妹，都是無奈之舉，總有一天，她要離開。

靠山未必一直可靠，銀子才是永久的保障！

另一邊，陸嘯坐在房裡，望著半明半滅的燭火，嘆口氣。

孫氏在他身邊坐下。「申機已經在路上了。他畢竟是咱們陸家的嫡長孫，就算心裡有氣，都過去五年，也該消了。」頓了頓，道：「今年長公主大概又不能回來。」

「今年過年，大孫子當真會回來？」

陸嘯搖頭。「消氣？連無硯那孩子都沒消氣，做父母的能消氣了？」又問：「今年大媳婦還要在寺裡過年？」

「前天我讓人去請，她依然不肯回來。」孫氏無奈。「申機不親自去，她不會點頭。」

陸嘯說：「我愁的不是這個。」長嘆一聲。「陸家早晚要交給無硯，申機縱使心裡有氣，仍把陸家放在心上。可無硯這孩子行事太偏頗，又沒從心底認同陸家，我不放心。」

孫氏笑笑。「無硯年紀還小。再說了，你還能把陸家交給別人不成？」

陸嘯沈默不語，心裡卻有了算計……

翌日，方瑾枝起了個大早，讓衛嬤嬤服侍著梳洗，換上新的月白短襖與淺藕色襦裙。

今天是臘月二十九，陸無硯要幫她啟蒙的第一日，不求學習，但求留個好印象。

衛嬤嬤瞅著方瑾枝，越看越喜歡。「姑娘就應該穿得漂漂亮亮的。」

方瑾枝面對銅鏡轉個圈，見一切妥當，才讓衛嬤嬤拎著書箱，抱她去垂鞘院。

到了垂鞘院門口，方瑾枝讓衛嬤嬤放她下來，自己提著小書箱進院子。

入烹把方瑾枝領到書房前，稟道：「爺，表姑娘過來了。」

待陸無硯應聲，入烹才為方瑾枝打開書房的門，自己守在外面。

方瑾枝提著小書箱緩步進去，見陸無硯坐在紫檀臥榻上，榻前小方桌上擺著一副棋，正自己和自己下棋呢。

方瑾枝打開小書箱，說道：「三哥哥，我來上課啦。你沒說要先學哪個，我就讓丫鬟找了這些書，有《千字文》、《幼學瓊林》、《孝經》呢。」都是啟蒙時會讀到的。

「重不重？」陸無硯抬眼，打斷她。

方瑾枝愣一下，低頭看自己的掌心，有點發紅，是剛才拎著小書箱勒出來的。

陸無硯見狀，有些生氣。「我這裡會沒有？妳不用帶這些。」

「我不疼的。」方瑾枝說的是實話。小書箱的確有一點點重，可也沒到提不動的程度，只是小孩子手嫩，很容易便勒出痕跡。

陸無硯牽過方瑾枝，幫她揉揉手心。「瑾枝，妳要學會照顧自己，不能讓自己受一丁點委屈，知道了嗎？」

「知道啦！」方瑾枝笑嘻嘻地點頭。「三哥哥，咱們今天學哪一本書呀？」

陸無硯頷首，拿起一顆黑子塞給方瑾枝。「來，今天教妳下棋。」

方瑾枝望著掌心裡的棋子，怔怔地應了聲好。

她不知道，陸無硯是瞧著大過年四處熱鬧，怕府裡孩子們玩耍會忽略她，怕她孤單，才叫她來垂鞘院。至於讀書的事，完全不急於一時。

方瑾枝年紀雖小，學起東西可不慢，沒多久，就弄懂圍棋的規則，開始與陸無硯對弈。

上午時，陸無硯教方瑾枝下棋，方瑾枝以為下午會寫字讀書，不想吃過午飯後，陸無硯居然拿來一簍草繩，要教她編蚱蜢。

看著方瑾枝皺眉的樣子，陸無硯憋著笑，問：「怎麼，不想學這個？」

「沒有！」方瑾枝連忙搖頭。「三哥哥教的東西，瑾枝都願意學，會好好學的！」

「嗯。」陸無硯眉眼含笑地應了聲，把方瑾枝抱到膝上，親手教她如何用普通草繩編出唯妙唯肖的蚱蜢。

方瑾枝原本疑惑，都要過年了，陸無硯為何還叫她來上課？原來是擔心她在府裡孤苦無依，沒人作伴嗎？

方瑾枝抿唇，更加認真地編起草蚱蜢，心裡、眼裡都是手指間的草繩。

陸無硯側頭望著她，她的眼睛很大很大，笑起來時會彎成月牙。如今她臉上還有孩子的稚嫩圓潤，可他知道再過幾年，等她長成少女，臉上就會浮現一對小小的梨渦。

「做好啦！」方瑾枝歡呼一聲，把草蚱蜢捧到他眼前。「三哥哥，我做得怎麼樣？」

「很好。」陸無硯望著歪歪扭扭的草蚱蜢，唇畔笑意更甚。

方瑾枝有些不好意思地收回手。「這是我做的第一隻，做得不好，我再編幾隻。」

方瑾枝把草蚱蜢放在一旁，開始編起第二隻，嘴角的笑，隨草蚱蜢編得越來越好而越來越大，引得陸無硯頻頻側首。

落日時分，方瑾枝在滿榻的草蚱蜢裡挑選，想找出編得最好的兩隻。

「瑾枝，今天玩得開心嗎？」陸無硯懶洋洋地倚靠在書櫥上，看著方瑾枝收拾東西。

「開心！」方瑾枝把挑選好的草蚱蜢放進小書箱裡。「三哥哥，明天學什麼呀？」

「唔，紮風箏吧。」陸無硯似笑非笑。

方瑾枝愣住，但不得不承認，在這裡編草蚱蜢真的好開心，她已經很久沒有這樣玩了。

等方瑾枝走後，陸無硯張開手，一隻歪歪扭扭的草蚱蜢靜靜躺在他的掌心，正是方瑾枝編出來的第一隻草蚱蜢。他小心翼翼地把它放進書櫥的格子裡，和珍藏的古玩擺在一處。

衛嬤嬤正在垂鞘院門口等著，見方瑾枝出來，忙接過她手裡的小書箱，再抱起她。「姑娘，三奶奶送了四個丫鬟過來。」

方瑾枝臉上的笑容一僵，急問：「她們進我的屋子了嗎？」

「沒有，她們想進去打掃，被米寶兒和鹽寶兒攔下，就按照您交代的，說是不喜歡別人亂動東西。但我瞧著那幾個丫鬟有些不高興，還和米寶兒吵起來……」

衛嬤嬤還說了什麼，方瑾枝都聽不清了，催著衛嬤嬤快點抱她回去。

主僕倆一進門，方瑾枝就看見米寶兒和鹽寶兒蹲在小院裡小聲說話，心裡頓覺不好，急急質問：「妳們怎麼蹲在這裡？」說完發現米寶兒眼睛紅紅的，顯然是哭過了。

聽見方瑾枝的聲音，姚氏送的丫鬟從偏房出來，規規矩矩向方瑾枝請安。四個丫鬟中，阿星與阿月是十四、五歲，阿霧和阿雲小一點，大概是七、八歲。

為首的阿星說：「表姑娘，三奶奶將奴婢們派過來，自然得盡心伺候您。本想好好收拾院子，打掃乾淨，不想您身邊的丫鬟不許奴婢們進屋，甚至連緣由都不問，便打了阿雲。」

方瑾枝走到正規規矩矩跪著的阿雲面前。「傷著哪兒了？抬頭讓我看看。」
阿雲昂起頭，額角腫了好大一個包。「米寶兒不是有意的，只是失手推了奴婢而已，是奴婢自己沒站穩，撞到門框上，還請姑娘不要責罰她。」
米寶兒紅著眼睛，嚷道：「妳胡說！姑娘沒回來時，妳可不是這麼講的！」
「米寶兒！」方瑾枝恨鐵不成鋼地瞪她。
鹽寶兒見狀，悄悄拉拉米寶兒的袖子，米寶兒滿臉委屈地低下頭。
方瑾枝又開始犯愁。若非知道米寶兒這麼做的緣由，單看她們的表現，米寶兒就要吃大虧。更何況，對方可是有四個人，兩個小的表面上乖巧懂規矩，大的更是城府頗深的樣子。
鹽寶兒小聲說：「姑娘，再不準備準備，要誤了吃飯的時辰。」
方瑾枝聞言，心裡微微鬆口氣。幸好鹽寶兒機靈一回，遂抬腳往屋子裡走，吩咐道：「衛嬤嬤幫我換衣服，妳們幾個先在偏廳候著，等我回來再說。」
這個心，肯定要偏的，卻不能太明目張膽。方瑾枝只好拖一拖，讓米寶兒陪著她去三房，故意把衛嬤嬤留下來看屋子。

第四章

方瑾枝回來時，已經很晚了。

她屏退下人，將今日帶去垂鞘院的小書箱打開，拿出兩隻小小草蚱蜢，走到拔步床旁，遞給兩個妹妹。

方瑾枝壓低聲音道：「這是我親手編的，今天剛學會的呢！」

兩個小姑娘甜甜笑著，望著草蚱蜢的眼睛亮晶晶。

方瑾枝見狀，心裡難受。過了年，兩個妹妹就三歲，至今不會說話，也不會走路……想到這裡，眼圈瞬間紅了。

兩個小姑娘發現疼惜她們的姊姊紅了眼眶，顧不得手裡的新玩具，有些驚慌地望著她。靠床外側的小姑娘努力坐起，抬著嬌嫩的小手，想幫方瑾枝擦眼淚，卻把另一個小姑娘也拉起來——

蓋在她們身上的被子滑下，露出兩具緊挨在一起的身體——或者說，是長在一起的身體。兩個小姑娘，只有三條手臂，有一條手臂是共用的。

外人都以為方瑾枝的母親是在生雙胞胎女兒時難產，而後兩個女兒夭命，她也傷了身子，因此纏綿病榻。後來方瑾枝的兄長、父親相繼去世，本就多病的她才緊跟著撒手人寰。

其實那對雙生女兒並沒有夭折，只是注定永遠不能露於人前。身為父母，哪裡捨得她們被當成世人口中的妖孽，慘遭殺害？只好假借夭折之名，將一雙女兒藏匿起來。為免消息走漏，除了主子們外，方家奴僕沒幾個知道實情。

因此，方瑾枝來陸家時，為了保護兩個妹妹，只好把她們藏在小隔間裡，與四個心腹奴僕照應著。

第二天一早，方瑾枝依約去了垂鞘院。

陸無硯教她紮風箏，卻讓她想起雙胞胎妹妹出生後的事。

雙生女兒剛出世不久，外出採買的方家長子方宗恪竟意外去世。至此，方瑾枝再沒見過母親的笑，而承諾給她帶紅豆糖的哥哥，再也沒有回來。從三歲開始，伴隨著方瑾枝長大的，只有母親的眼淚、父親的嘆息。

後來，父親去鋪子查帳時，因天雨路滑摔到橋下，未再清醒。人被抬回家時，母親像發瘋一樣痛哭，所有人攔著母親，沒人注意到小小的她。

聽見人群的驚呼聲，方瑾枝抬頭，看見母親吐出好大一口血。

那日以後，母親總是用帕子掩著嘴咳，帕子上總會沾染很多血跡。起先還是小聲地咳，可後來卻咳得聲嘶力竭。

母親去世那天，氣色竟難得地好，將方瑾枝拉到身邊，絮絮說了好多話，不停教她以後如何應對、如何察言觀色，又仔細將她身邊可用之人的優缺點說了，為她的未來籌謀。

方瑾枝不停點頭應下，很擔心母親說這麼多話會難受，可是母親一直說一直說，好像有交代不完的事一樣，只得拚命地記。

「瑾枝，母親累了，想睡一會兒。」這是她對方瑾枝說的最後一句話。

當晚，母親也死了。

方瑾枝落下眼淚。

「瑾枝？」陸無硯把她抱到膝上，揉揉她的頭。「怎麼哭了？」

方瑾枝怔怔看著陸無硯，回過神，匆匆低下頭，用手背擦眼淚，急忙解釋：「我沒事。」

陸無硯拿開她沾了漿糊的手，幫她擦眼淚。「是不喜歡做風箏嗎？那我們不做了。」

看著滿地的木枝、繩子和漿糊，方瑾枝連連搖頭。「沒有，瑾枝很喜歡，只是想起爹爹與哥哥也給我做過風箏……」聲音又低下去。

陸無硯知道她想家人了，放緩聲音。「那，我們重新做一個風箏，等過完年，天暖和了，三哥哥陪著瑾枝去放風箏好不好？」

「好！」方瑾枝重重點頭，從陸無硯膝上跳下去，撿起地上的木枝，仔細搭起來。

她年紀小，明明心心念念想讀書，可玩起來卻是笑聲連連。

陸無硯希望方瑾枝的孩提時代可以無憂，遂不像前世那般教她琴棋書畫、詩詞歌賦，只想帶著她多玩一會兒。她還小，以後有的是工夫學習，何必急於一時？更何況，今生有他保護，縱使她不再如前世那般才華耀耀，加上出眾容貌而有皇城第一女的稱號，也不會吃虧。

他不能再讓前世的悲劇重演，他首先要教她的，是保護好自己。

兩個人的風箏還沒有紮好，入茶就匆匆進屋，稟道：「三少爺，大爺回來了。」

陸無硯隨意點頭，繼續和方瑾枝紮風箏。

方瑾枝疑惑地問：「三哥哥，你父親回家了，你不用過去嗎？」

陸無硯皺眉，放下手裡的木枝，又撿起來，想了想，還是擱下，看著正在塗抹漿糊的方瑾枝，道：「瑾枝，妳先在這裡玩，我等會兒就回來。」

方瑾枝應下：「好，三哥哥有事情就去忙吧。」

陸無硯想了想，交代她：「如果到吃晚膳時，我還沒有回來，讓入茶抱妳去前廳和大家一起守歲，不用刻意等我，知道了嗎？」

方瑾枝重重點頭。「知道了，三哥哥放心。」

陸無硯這才去淨手，換上毫無皺褶的新衣後，才離開垂鞘院。

過了好一會兒，快到吃晚膳的時辰，陸無硯還是沒回來，方瑾枝就讓入茶伺候著梳洗，穿上她的小斗篷，去了前廳。

陸家的吃穿用度向來講究，更何況今日是除夕，流水筵席，滿目珍饈，用麟肝鳳髓來形容，絲毫不為過。

像今天這樣的日子，府中的孩子難得不用被規矩束著，歡欣雀躍地笑鬧。幾個調皮的小少爺們互相追逐，放著手裡的小紅鞭炮。

如此熱鬧喧囂，方瑾枝身在其中，卻分外安靜。原以為陸家守歲時，一家人會聚在一起，不想男人們都在前院，女眷與孩子則在後院吃宴、聽戲，晚輩們只在開宴前去前院磕頭，領壓歲錢而已。她覺得這樣不算團聚，還是喜歡和父母與哥哥圍在一起吃年夜飯的時光。

不過，方瑾枝捏捏自己的袖子，又開心起來，裡面放著她今天得來的壓歲錢呢。

「瑾枝表妹，咱們和好吧！」陸佳茵忽然站起來，當著眾人的面，大聲說：「以前是我不懂事，妳不要生我的氣，表妹喝了我敬的茶，咱們以後好好做姊妹，好不好？」說著，拿起方瑾枝面前的茶碗，雙手奉上。

原來赴宴前，姚氏提點了陸佳茵，要她在大庭廣眾下對方瑾枝道歉，此舉能挽回平時任性的形象，且傳到陸文岩耳邊，自會有大把好處。

方瑾枝已經隱約猜到這個六表姊又在演戲，只好陪她演，裝出受寵若驚的模樣。「咱們本來就是好姊妹呀。」端起面前的茶碗，為表誠意，喝了一大口。

茶水入口，她卻覺得味道有些不對勁。方家經營皇城最大的茶莊，母親更有一手好茶藝，她喝著各種名茗長大，很清楚手裡這碗不是茶，那是什麼呢？

方瑾枝沒嚐過這個味道，只覺得很怪，又很辣，可是許多人正瞧著她，斷然不能失儀，只得輕輕把手裡的茶碗放下。但下一刻，她忽覺腦袋很重，眼前一花，桌上的碗碟有了重影，便摸索著椅子，想站穩些，可還是不行，整個人坐在地上。

「好痛……」方瑾枝痛苦地呢喃。

「呀！表妹是怎麼了？」陸佳萱和陸佳蒲圍過來。

五奶奶陳氏的目光閃了閃，急忙在姚氏起身前去查看，聞聞茶碗，驚訝地說：「誰把表姑娘的茶水換成酒了？」眼角餘光不留痕跡地瞟了杵在那裡的陸佳茵一眼。

陸佳茵睜大眼睛，伸手指著方瑾枝，怒氣騰騰地說：「方瑾枝，妳裝什麼裝？我好好向妳賠禮道歉，居然演戲害我！茶是我敬的，可那碗茶早就擺在妳面前，不是我倒的！」

「佳茵！」姚氏急忙出聲制止，以免這個莽撞的女兒再說出過分的話來。

陸佳茵憤然，衝到方瑾枝面前，扯著她的胳膊。「喂！妳把話說清楚！」

方瑾枝腹中翻江倒海，眼前模糊一片，頭也痛，被她拉扯得更難受，便哇地吐出來。

後院的動靜驚動了前院，趕來的入茶見方瑾枝跌坐在地，吐了一身穢物，大吃一驚，忙讓身邊的小丫鬟去稟告陸無硯，自己則小跑著上去伺候，問明來龍去脈。

姚氏臉上已有怒色，礙著二房也在，只得先吩咐：「還不快把表姑娘送回去休息。」

入茶趕過去，微微彎膝，道：「三太太，表姑娘就交給我吧。」顧不得方瑾枝身上的污穢，連忙抱起她，又拍拍她的後背，柔聲說：「表姑娘，入茶抱您回去，您先忍一忍。」接著對在座的主子們行了一禮，便匆匆離開。

兩人還沒來得及出闔遠堂，就在迴廊遇見匆忙趕來的陸無硯。

「怎麼回事？」

「誤飲烈酒，醉了。」

陸無硯瞧著蜷縮在入茶懷裡、不停哼哼唧唧的小人兒，擰緊了眉，目光冷冽地掃後院的人一眼，直接伸手，從入茶懷裡抱過方瑾枝。

方瑾枝倒在陸無硯懷裡，身上的穢物沾了他一身，可陸無硯絲毫沒動怒，抱著方瑾枝往垂鞘院走，連陸申機喊他都沒停下。

陸申機看著陸無硯走遠的背影，問道：「那孩子是誰？」

陸文岩忙說：「是我的外孫女，家裡人都不在了，所以接來照顧。」

陸申機點點頭，不說話了。

路上，方瑾枝窩在陸無硯懷裡，嘟嘟囔囔。

「瑾枝，妳在說什麼？」陸無硯側首去聽她的囈語，伸手輕拍她的屁股。

不想，方瑾枝哇的哭出來，扭著身子嚷疼。

陸無硯愣住，靜悄悄跟在後面的入茶忙解釋：「表姑娘摔了一跤。」

陸無硯聞言，臉上笑意淡去，不悅皺眉，更加大步地朝垂鞘院走。

回到垂鞘院，入烹迎上來，好奇地望著在陸無硯懷裡動來動去、嘟嘟囔囔的方瑾枝。

「去煮醒酒茶。」陸無硯吩咐入烹，再轉過身，滿臉嫌棄地看著入茶。「至於妳，先把自己弄乾淨。」

「是。」入茶行禮，匆匆告退。

接著，陸無硯抱方瑾枝去寬敞溫暖的淨室，卻忽然有東西從她的袖子裡掉出，撿起來才發現是幾個紅包，想來是今日得的壓歲錢，不過全被穢物弄髒了。

方瑾枝看見紅包落到陸無硯手上，眼睛瞬間睜大，伸出小手，嘴裡直嚷：「還我！」

「果然從這麼小就喜歡銀票。」陸無硯苦笑。上輩子，方瑾枝身上有太多他不喜歡的缺點，可縱使如此，還不就只將她放在心裡？

陸無硯扔了紅包，把方瑾枝放在長榻上，想起她摔過的事，只好讓她趴在上面。「瑾枝不要亂動，在這裡等，聽到了嗎？」

「三少爺，醒酒茶煮好了。」入烹在淨室外輕輕敲門。

等入烹進來，陸無硯吩咐：「醒酒茶不必喝了，先幫她洗澡。她身上可能有瘀青，輕一點，別弄醒她。」隨即嘆口氣，從衣櫥裡拿出乾淨衣服換了，又取大氅披上，才踏出淨室。

入茶已經梳洗完，正站在淨室外候著。等陸無硯出來，便急忙說了事情的來龍去脈。

「陸佳茵是個蠢貨，不可能幹出換酒的事。」陸無硯大步往寢屋走，走了兩步又停下，問道：「是什麼酒？」

入茶回稟：「是極烈的九醞春酒。」

陸無硯點點頭。「去準備兩缸九醞春酒。」

「是。」入茶應下。縱使十分好奇為何要兩缸，也不敢多問半句，便去吩咐人備酒了。

方瑾枝作了個很香很甜的夢，好像回到過去，卻一直哭。娘親抱著她、哄著她，還哼唱以前哄她入睡的歌謠，懷抱是那麼讓她溫暖、安心。

一會兒後，方瑾枝慢慢睜開眼睛醒來。

明明周身暖融融，入眼卻是一片冷色。純黑床幔極其厚重，仔細看才能發現上面同色的海獸紋；連身上蓋著的被子也是黑色的，但床榻卻鋪了層純白色毯子。

方瑾枝掀開床幔，打量起陌生的房間。房間內的布置極為簡單，地上鋪著一層很厚的兔絨毯，雪白雪白的，像未融化的大雪。

望著地上的兔絨毯，方瑾枝便知這裡是垂鞘院。昨夜的事在腦中如流水般滑過，頓時大驚失色。難道她在這裡住了一夜？

她急忙跳下床，沒找到鞋子，只得赤腳跑出去。一開門才發現這裡是閣樓，還隱約聽見樓上有古怪的聲音。

方瑾枝踩著鋪了絨毯的樓梯往上走，爬到閣樓頂，瞬間睜大眼睛，震驚地望著眼前一幕——上百隻白色的鳥在空中飛舞，湛藍天空下，如雲似雪。

陸無硯背對她，站在憑欄前，厚重裘衣披在頎長身軀上，不時有鳥落在他身邊。

方瑾枝找不到適合的詞來形容，只覺得陸無硯的背影真好看。

「三哥哥……」方瑾枝小聲喊他，有些害怕吵著這些鳥，也怕擾了這似畫的風景。

陸無硯轉過身。「睡醒了？」

方瑾枝點頭，大眼睛盯著陸無硯的手，因為有隻白色的鳥停在上面。

陸無硯揚手，那隻鳥便飛走了。

方瑾枝小心翼翼走向陸無硯，疑惑地問：「三哥哥，這裡有好多鳥，是鴿子嗎？」

「嗯。」陸無硯抱起她，放在憑欄上，用雙手護著。

「這些都是三哥哥養的嗎？好漂亮！」方瑾枝好奇地望著鴿子。

聞言，陸無硯抬起一手，打了個響指，一陣翅膀撲騰聲，有隻白鴿停在他手上。

「牠最漂亮。」陸無硯望著手上的鴿子，眼中難得露出暖色。

方瑾枝卻擰眉，因為陸無硯手背上的鴿子缺一邊翅膀，瞧著也比其他鴿子瘦弱年邁。

陸無硯讓鴿子停在憑欄上，有些心疼地摸摸牠僅剩的翅膀。「放飛後，牠花了八個月才回到家，路上不知遭遇什麼事，竟斷了一邊翅膀，就這樣飛回來。」

方瑾枝聞言，睜大眼睛，十分驚訝。

陸無硯抱起方瑾枝下樓。「走吧，等會兒遲了，拜年可拿不到紅包。」

方瑾枝這才反應過來，猛地抬頭望向高升的旭日，知道已經過了時辰，快哭出來。

陸無硯見狀，好笑地捏捏她的嫩臉頰。「少了多少紅包，三哥哥補給妳就是。」

方瑾枝苦著臉搖頭。紅包事小，更重要的是大年初一起遲，可鬧了大笑話！不由又委屈、又生氣地說：「不知道是誰在我的茶碗裡下藥，才害我起遲！」

瞧她眼圈發紅，陸無硯有些心疼，解釋道：「不是藥，是酒。妳沒碰過酒，所以喝一口便醉了，長輩們都知道，不會怪妳。」

「酒？我喝醉了？」方瑾枝眼睛睜得更大，有些驚懼地望著陸無硯，結結巴巴地說：「那、那是不是很丟人？」

陸無硯頓住，憶起昨夜她醉酒後的樣子，一時說不出話。

見陸無硯不開口，方瑾枝知道自己準是丟了大臉。「我記得六表姊來拉我，我……好像吐了，然後，後面的事情全不記得了……」黑白分明的大眼裡溢滿淚水，沿著白瓷般的臉頰滾落。

「沒有，沒有。」陸無硯輕輕拍著她。「瑾枝喝醉以後很乖，只是安安靜靜地睡覺罷了。」乾脆面不改色地撒謊。

「真的？」方瑾枝轉過頭，濕漉漉的眼睛盯著陸無硯。

被這雙乾淨澄澈的眼睛望著，陸無硯莫名心虛起來，咬著牙說：「妳三哥哥不撒謊。」

方瑾枝聞言，浸著淚的大眼睛瞬間彎成一對月牙，終於放心。

陸無硯見狀，鬆了口氣，加快步伐，將她交給入茶伺候梳洗，便準備去闔遠堂了。

一大一小站在闔遠堂門口，方瑾枝侷促起來。

「怎麼了？不敢進去？」陸無硯側首，低頭望著方瑾枝。

「才沒有！」方瑾枝伸長脖子，但不過一瞬，又去拉陸無硯的衣角，小聲問：「三哥哥會跟我一起進去吧？」

「嗯。」陸無硯微微勾唇，牽起她的小手，緩步跨入闔遠堂。

闔遠堂裡正如方瑾枝預料的一樣，女眷和小孩子都聚集在這裡，再加上伺候的丫鬟，塞了一室的華服麗人。

「無硯給曾祖母、叔祖母、嬸嬸們請安。」陸無硯的語氣十分隨意，說完便捏捏方瑾枝的手。

方瑾枝急忙接話：「瑾枝給曾外祖母、祖母、舅母們請安。」

孫氏笑著說：「這大冷的天，暖和暖和再去前院。」這話是講給陸無硯聽的。

方瑾枝發現，沒人責怪她來遲，不由鬆口氣，規規矩矩地跟著陸無硯坐下。

沒多久，忽然有個婆子慌慌張張地進來，在陳氏耳邊嘟囔一番。

陳氏聽了她的話，手裡的茶碗直接落地，摔個粉碎。

「這是做什麼？」許氏不悅地看小兒媳一眼。

陳氏臉色煞白地站起來。「十一郎和十二郎摔了，我去看看！」

「怎麼摔了？摔著哪兒了？」一聽是自己的寶貝孫子摔著了，許氏也擔心起來。

她話音剛落，來報信的婆子就稟道：「十一少爺和十二少爺爬到樹上玩，不小心摔下來，正巧跌進樹下的兩口酒缸裡。兩位少爺並沒有摔傷，只是嗆了一肚子烈酒，不省人事。」

「樹下怎麼會有酒缸？誰擺的？」陸佳茵詫異地問，沒發現長輩和姊姊們都沈默不語。

若是別人也罷了，這一聽就是陸無硯做的，陸家人只好裝糊塗。

不想陸無硯大方應了，輕笑一聲。「大年初一酒香四溢可是好兆頭，沒想到十一弟和十二弟弄髒了我的酒。」眉宇間露出幾分嫌棄，看向陳氏，悠哉道：「五嬸可得賠我兩缸。」

陳氏臉上掛不住，端莊表情已經有些扭曲。

陸無硯起身。「瑾枝，咱們去看看妳的兩個小表哥醒酒了沒？」話落，便牽著方瑾枝離開闔遠堂。

直到出了闔遠堂，方瑾枝還是呆呆的。

「三哥哥，你在幫我出氣嗎？」方瑾枝怔怔望著陸無硯，清澈大眼裡浮現疑惑和迷茫。

「妳說呢？」陸無硯在她面前蹲下，幫她戴好牙色斗篷後的兜帽，免得冬日裡的風吹紅她嬌嫩的臉頰。「瑾枝要不要去瞧瞧陸無磯和陸子坤？」

方瑾枝搖頭。「三哥哥，我想回自己的院子。整晚沒回去，衛嬤嬤要擔心了。」她還想著以後與兩位小表哥和解，哪會去看笑話？再說了，她心裡記掛著兩個妹妹，又對姚氏送去的人很不放心。

陸無硯心中了然，便讓跟在遠處的入茶送她回去。

等到方瑾枝走遠，陸無硯才有些無奈地走向遠處假山旁的觀松亭——陸申機已經在那裡盯著他大半天了。

「給父親請安。」陸無硯微微彎腰，語氣仍然隨意，但神態已比在闔遠堂時恭敬許多。

「哈！」陸申機氣極反笑。「原來還肯認爹啊。」

陸無硯悠悠道：「一日為爹，終生為爹；一日為夫，未必終生為夫。父親大人這問題毫無意義，倒不如問問我母親還認不認您這個丈夫？」

陸申機聞言，臉色慢慢陰沈下來。他本就是馳騁疆場的將軍，此時朗目中威嚴驟現，周身陡然增加幾許強勢，咬牙切齒地說：「你要不是我兒子，我一刀劈了你！」

「我要不是您兒子，父親大人豈不氣死？」陸無硯勾唇，難得心情好，多說幾句。

「你！」

陸無硯再彎腰。「父親大人息怒。依兒子之見，父親大人還是先消消氣，免得母親回來看見您這張黑臉。」

陸申機愣住。「什麼？」

楚映司已經五年不曾回陸家，這五年中，他見了她五次，每一次都在朝堂上。他站在文武朝臣中，高高在上的她，竟連一個目光都不多給。

他恍神間，陸無硯已經走遠了。

陸申機忽然一笑，自言自語地說：「這性子，跟他母親一個樣子……」

這世間最尊貴的女人莫過於公主，多少男子希望得到公主青睞，可有抱負的男子又不願意做駙馬。駙馬處境尷尬，甚至不能擔任朝中重臣，更是擺脫不了仰仗女人照拂的形象。

當初陸申機也不想做駙馬，曾拿刀架在楚映司頸上威脅她。「換人，不然我殺了妳！」

楚映司答應了，但第二日角色對換，竟換她拿刀橫住他的脖子。

「不娶我？那就閹了你，在我身邊當一輩子的太監！」

明晃晃的刀鋒上映出豔麗容顏，陸申機竟脫口而出「天下第一傾城色。」從此再難忘懷割捨。

第五章

因陸申機歸家，第二日一早，陸無硯派人告訴方瑾枝，今天不用來垂鞘院了。

天氣很好，方瑾枝搬張鼓凳坐在妝檯前，望著丫鬟們摘來插在青花廣口花瓶裡的新鮮蠟梅發呆，愁著兩個妹妹的事。因為總是需要藏匿，不能出聲，方瑾平與方瑾安至今不會說話、不會走路，但不能這樣一直下去，她們一天天長大，早晚會被發現。

不說別的，吃飯就是大問題。溫國公府雖然錦衣玉食，可每筆帳都記得分明，她每日去三房用膳，想在自己的小院吃都不行。幸好奴僕吃飯比較不講究規矩，衛嬤嬤才能從自己口中省下飯菜餵兩個小主子。可是等她們長大了又該怎麼辦？

這時，米寶兒和鹽寶兒坐在院子裡玩，忽然聽見方瑾枝的驚呼。

兩個小丫鬟大吃一驚，急忙衝進屋。待在偏屋的阿月、阿星、阿雲、阿霧還有衛嬤嬤都小跑著趕來。

「姑娘這是怎麼了？」衛嬤嬤追問，掃了屋裡一圈，拔步床的帳幔遮得嚴嚴實實，看樣子應該不是兩個小主子出事。

方瑾枝白著一張臉，慌張地說：「外曾祖母賞給我的翡翠鐲子不見了！」

放鐲子的盒子打開著，裡面空蕩蕩的。畢竟是老祖宗賞下來的東西，若是弄丟的消息傳出去，少不得要被埋怨。

米寶兒氣呼呼地瞪著阿雲和阿霧。「是不是妳們兩個偷了姑娘的東西？讓妳們不要隨便進屋子，偏想法子亂闖，原來是想當賊！」

阿雲和阿霧不與米寶兒爭執，只是齊齊跪下，道：「表姑娘，我們沒有！」

阿星和阿月對視一眼，也跟著跪下。

阿霧低頭，阿雲咬唇，小聲說：「又不是只有我們進來過。妳和鹽寶兒，還有衛嬤嬤明明一直待在姑娘的屋子裡……」

一聽這話，米寶兒更生氣，伸出的手指差點指到阿雲的腦門上，氣沖沖地說：「好哇，偷了東西不承認，還誣陷我們，我們可是跟著姑娘過來的，怎麼可能偷！倒是妳們一個個沒安好心！」故意把「我們姑娘」四個字咬得很重，明顯把她們四個排除在外。

阿星見狀，有些心疼地望阿雲一眼，才對方瑾枝說：「表姑娘，奴婢知道出了這樣的事，在我們這些丫鬟中，您肯定相信從方家帶過來的人。可奴婢和阿月、阿雲還有阿霧都是國公府裡簽了死契的丫鬟，也是忠心耿耿呀。」

一直低著頭的阿霧小聲說：「表姑娘，昨天我和阿雲進屋時，米寶兒一直在屋子裡，防賊似地盯著我們，怎麼可能偷東西呢？倒是……倒是米寶兒和阿雲一直不合……」

米寶兒狠狠跺腳。「什麼意思！妳是說我偷了姑娘的東西，還冤枉她?!」

方瑾枝冷眼旁觀。這四個丫鬟，軟的、硬的、暗示的，還有個哭得梨花帶雨，真是什麼都讓她們說盡了。反觀她這邊的人，米寶兒只會大喊大嚷……於是吸吸鼻子，有些驚慌地說：「我、我不知道……」

阿星見狀，垂下眉眼，打住原本準備繼續說下去的話。

「阿雲，妳別哭了。」方瑾枝從鼓凳上跳下來，走到阿雲面前，有些猶豫地說：「我又沒說是妳偷的。」

「姑娘，難道您真相信她的話，認為是我拿了您的東西？」米寶兒也哭了，她哭起來不像阿雲那麼隱忍，嗚嗚嗚地出聲，沒幾下，就一把眼淚、一把鼻涕了。

「別哭了……」還在妝檯上翻翻找找的鹽寶兒急忙趕過來安慰她。

方瑾枝不高興了，摔下手中的空盒子，十分生氣地說：「好哇，明明是我丟了東西，妳們還惹我心煩！我都沒哭，妳們就哭哭哭！」說完，轉身爬上鼓凳，伏在妝檯上啼哭。

「哎呀呀，姑娘別哭。」衛嬤嬤過去，拍著方瑾枝的背脊安慰她。

阿星站起來，對幾個小丫鬟說：「真是沒規矩，大過年就惹表姑娘不高興，還不退下！」

「出去！都出去！」方瑾枝哭著摔了梳妝檯上的首飾，精緻的素色珠花嘩啦啦落了一地。還嫌不夠，順手揮落茶具，最後把自己關在屋子裡悶了一天。

下午時，衛嬤嬤過來，有些驚訝地說：「姑娘，剛剛有個婆子把阿雲和阿霧都領走了，這是怎麼回事啊？」

「嗯。」方瑾枝應聲，有些失神，連米寶兒站到身邊都沒發現。

米寶兒鼓著腮幫子，滿臉不捨，卻故意裝出毫不在意的模樣。「姑娘，您要是嫌棄米寶兒，那奴婢還是回方家吧，奴婢想娘和弟弟妹妹了。」

「真要走？」方瑾枝偏頭，眨著大眼睛打量她。「回家以後替我跟卓嬤嬤問好。」

米寶兒睜大眼睛，驚慌地說：「姑娘，您真趕我走啊？」

躲在門外偷聽的鹽寶兒衝進來，擰了米寶兒一把，貼著她耳朵小聲說：「能不能懂事點，別給姑娘添亂了。」

方瑾枝忍不住笑。「回去幫我問問卓嬤嬤，府裡的事處理好沒有？吳嬤嬤那裡，說不定需要她幫忙呢。」

「奴婢知道了！姑娘渴不渴？餓不餓？奴婢幫您拿糕點和茶水。」米寶兒高興地拉著鹽寶兒跑出去。

其實，對身邊伺候的人，方瑾枝一個也不滿意，不是笨就是莽撞，只有鹽寶兒勉強機靈點，卻不懂大家族的規矩。但要是連這幾個忠心耿耿的人都趕走，她真的孤立無援了！

方瑾枝早想著讓米寶兒和鹽寶兒學規矩，要是能像陸無硯身邊的入茶和入烹那麼得體就好了。不然……明天去求求陸無硯，將入茶或入烹借來，教教米寶兒、鹽寶兒？

方瑾枝抬頭，看著那瓶阿雲和阿霧摘來的蠟梅，放了幾日，花有些蔫了。垂下眼，目光閃過一抹愧疚。

她起身，從床裡的枕下取出錦帕掀開，裡面包著的赫然是孫氏賞給她的翡翠鐲子。

「希望阿雲和阿霧換個好主子吧……」

方瑾枝喃喃自語。她也想做個善良孩子，可惜不能，因為她不允許有人傷害她的妹妹。

隔幾日，方瑾枝喊阿星和阿月採新鮮的花回來，再去庫房拿幾只好看的瓶子，想插花送給陸無硯，向他借人來教米寶兒與鹽寶兒。

不久，圓桌上擺了好些鮮花，方瑾枝站在鼓凳上，把花插到精心挑選的青瓷瓶裡。她沒學過插花，只憑著感覺胡亂插，好在花朵鮮豔，勉強看得過去。

「表姑娘插得真好。」阿星在一旁誇獎。

「我也覺得好，希望三哥哥喜歡。」方瑾枝笑咪咪地扶著阿月的手，從鼓凳上跳下來。

方瑾枝讓阿星和阿月各抱著兩瓶花，自己懷裡抱著一只大盒子，一起往垂鞘院去了。

主僕三人走進垂鞘院，入茶放下手中那盆剛剛修剪好的鹿角海棠迎上來。

「表姑娘，三少爺在閣樓旁邊的梅林裡呢。」

方瑾枝呆呆看著案几上白玉細口瓶裡的花，再看看自己帶來的，本來覺得自己插得挺好，可是和入茶插的相比，實在送不出手啊。

「表姑娘插花送給三少爺嗎？真好看。」入茶微笑著指揮阿星和阿月將花瓶擺在窗口，自己則不動聲色地用身子擋住案几上的細口瓶。

方瑾枝謝過入茶，拍拍懷裡抱著的盒子。好在還有這個呢。便開開心心去找陸無硯了。

梅林裡的梅樹多到驚人，且種類眾多，一眼望去，鋪天蓋地的紅，她走了好久才找到陸無硯。

垂枝梅上，粉色梅花盛開，最粗壯的枝幹上繫著鞦韆，陸無硯悠然盤坐，身上裹著的裘衣垂下，一陣風拂過，帶起未束的墨髮，微掀裘衣，露出裡面粉白相間的衣角。

「三哥哥，我來送新年禮物啦！」方瑾枝抱緊懷裡的盒子，小跑到陸無硯面前。

陸無硯微微欠身，把她抱到鞦韆上。「盒子裡是什麼？」

方瑾枝將懷中的盒子遞過去。「這是以前父親好不容易得來的古硯，好像是洮硯，送給三哥哥。」

陸無硯舉起鴨頭綠的洮硯，迎著光仔細看了看，不由點頭。「綠如藍，潤如玉，又堅似青銅，說的就是洮硯，乃硯中極品，也是十大名硯之一。瑾枝送了件了不得的禮物。」

「三哥哥喜歡就好。」見陸無硯點頭，方瑾枝瞇起眼睛，十分高興，看來沒送錯東西。

「別冷著。」陸無硯把裘衣脫下，裹在方瑾枝身上，只露出紅撲撲的小臉。

方瑾枝這才看見，陸無硯大身廣袖的白袍領口裡露出粉色深衣衣襟，和遮天蔽日的垂枝梅一樣的粉。不是姑娘家才會穿粉色衣服嗎？他的喜好還真是特別。

她抬手，想採一朵粉色的梅，和他的衣服比一比。可頭頂的粉梅瞧著明明很近，卻摘不到。她小心翼翼挪著身子，抓住繫住鞦韆的藤繩，顫顫巍巍站起來，伸手去摘，仍是差那麼一點。

「給妳。」陸無硯的手穿過她耳畔，輕易摘下開著粉梅的花枝給她。

「謝謝三哥哥。」方瑾枝抓著藤繩的小手鬆開，去拿陸無硯遞來的花枝。她本就站得不穩，轉身時，竟直接從鞦韆上跌下——

陸無硯縱身一躍，在方瑾枝落地前跳下鞦韆，將她牢牢抱在懷裡。

方瑾枝看著晃蕩不休的鞦韆，長長舒了口氣，可是開滿粉梅的花枝掉在地上，摔壞了。便有些失望地說：「有個成語叫花枝錦簇，我還想著三哥哥摘的花枝正合我的名字呢。可惜了……」

陸無硯聽了，唇畔不由生出一抹笑意。「那成語是花團錦簇，與瑾枝的瑾不是同一個字。花有謝期，咱們瑾枝是玉石為枝，寶石為卉，永生而稀世無價。」

說完，陸無硯把她抱回鞦韆上，輕輕一推，方瑾枝便飛起來。

方瑾枝緊緊抓著藤繩，慌張地回頭望著，見陸無硯越來越遠，忽然害怕了。

「三哥哥！」她驚慌地喊，終於在鞦韆盪回去時，鬆開手，緊閉著眼猛然一跳——

陸無硯一驚，往前跨兩步，穩穩地接住方瑾枝。

「怎麼跳下來了？知不知道剛剛多危險？」陸無硯輕聲斥責。

「別、別凶……我、我怕……」方瑾枝縮在陸無硯懷裡，整張臉埋進他的肩窩，小胳膊牢牢抓住他，不肯鬆開。

陸無硯有些後悔不該凶她，暗暗記下以後絕對不讓她單獨坐鞦韆，輕輕拍著她，哄道：「不怕了，三哥哥在呢。」

「嗯！」方瑾枝重重點頭。「三哥哥陪我一起盪鞦韆！」

「好。」陸無硯寵溺地揉揉她的頭。

一會兒後，鞦韆再次高高飛起，可是方瑾枝不怕了，因為她坐在陸無硯懷裡，被他的雙臂緊緊圈著，又攥著他的手指，十分安心。

風吹亂方瑾枝耳邊柔軟的髮絲，拂過陸無硯的臉頰，帶來她身上淡淡的清香，讓他的臉、他的心都癢癢的。在鞦韆再次飛到最高處時，陸無硯微微低首，偷偷吻上她的頭頂。

落日西沈，陸無硯抱著方瑾枝，踩著落梅走出梅林。

回到正廳裡，陸無硯看了窗口那四瓶亂七八糟的插花一眼，挑起眉角，不由笑道：「看來某人不只送了硯臺。」

方瑾枝讓陸無硯幫她脫了外面的厚裘衣，隨即轉身小跑到窗前，脫了鞋子爬上玫瑰椅，伸開雙臂，妄想用自己的小小身子去擋那四瓶插花。

「哪兒有插花呢？我怎麼沒看見？沒有！沒有！」她睜著眼睛說瞎話。

「唔……」陸無硯順著她的話說：「是我看錯了。瑾枝想不想學插花？」

方瑾枝濃密的睫毛撲閃兩下，大眼睛亮晶晶地望著陸無硯，脫口而出。「三哥哥肯教我有用的東西啦？」

「原來我以前教妳的都是沒用的？」陸無硯說完便笑了。編蚱蜢、做風箏這些的確不算有用，以後是該教些有用的東西。遂輕輕點頭。「教。傾我所有，盡我所能。」

有些事無法逃避，倘若他能一直護著方瑾枝也罷了，可是過幾年他必須離開，很多事情只能讓她單獨面對；而且，若她真的生性軟弱，他十分願意一世嬌養她，免她驚慌無依。但他太了解方瑾枝，不安分的她定不想做隻無憂的金絲雀，那就陪著她、幫著她，讓她變成想成為的樣子。

「太好啦！那現在開始嗎？」

望著方瑾枝興奮又充滿渴求的大眼睛，陸無硯笑道：「不急，先給妳看一樣東西，當是妳的新年禮物。」

「不不不，三哥哥肯教我東西，已經是最好的禮物啦！」方瑾枝說得十分真誠。她的確是這麼想的，自來溫國公府後，她說了太多言不由衷的話，有時連自己都糊塗，不知道哪句話才是真的？但這句話是最最真心的一句了。

陸無硯沒接話，直接走進偏廳，再回來時，手中拿著一只長長的紫檀木錦盒。

方瑾枝問：「送給我的嗎？」

見陸無硯點頭，她才從他手中接過錦盒，小心翼翼地打開。

蓋子掀開的瞬間，滿室光彩炫目，裡面真的是瑾枝！

正如陸無硯所說——玉石為枝、寶石為卉。嫩如糕脂的白玉做成花枝形狀，上面嵌著無數寶石花朵，紅、藍寶石為瓣，金銀為蕊，翡翠為葉，整條花枝足足有方瑾枝的胳膊長！

方瑾枝看呆了，不由說：「真、真好看！這肯定能換好多銀票……」

陸無硯聽了，哭笑不得，狠狠敲方瑾枝的額頭。「妳敢把它賣了，看我怎麼收拾妳！」

方瑾枝立刻捂著頭，忙道：「不賣！不賣！三哥哥送的東西，怎麼可能拿去換錢呢？我會一直留著它！」

陸無硯這才露出一絲滿意的笑容。

「謝謝三哥哥！」方瑾枝纏住陸無硯的胳膊，把臉貼上他的小臂撒嬌。

方瑾枝歡喜的樣子落入陸無硯眼中，垂眸凝望她的目光越發溫柔。「這個算是洮硯的回禮。至於我要送的新年禮物……」

方瑾枝睜大眼睛，滿懷期待地望著他。

「妳住的院子太小了，明天給妳換一處，比現在住的大幾倍。但妳別高興得太早，新院子雖然更新、更寬敞，可是離三房有點遠。我去跟妳外祖母說一聲，以後妳在自己的小院子吃飯吧，新院子裡有單獨的小廚房。」

「小廚房？」方瑾枝震驚地望著陸無硯。有了小廚房，她就不用讓兩個妹妹吃奴婢偷偷藏下來的殘羹冷炙，眼下沒有比這個是她更想要的了！

方瑾枝撲到陸無硯懷裡，閉著眼睛努力壓抑眼底的濕意，萬分真切地說：「這是我收到最好的禮物！真的！」

陸無硯暗暗輕嘆，把方瑾枝擁入懷中。他很清楚方瑾枝的多疑，斷然不可現在說破，只能暗地裡採取委婉、含蓄的方式幫她。

上輩子，他至死也沒得到方瑾枝全心全意的信任；這輩子，他會傾盡全力，讓她親口把自己的秘密說給他聽。

「那個……」方瑾枝攥著陸無硯的手指，欲語還休。

陸無硯笑著敲敲她的額頭。「有話直說。」

「三哥哥，你把入茶或入烹借我用幾天好不好？我想找人教教我身邊那兩個小丫鬟。」

方瑾枝滿懷希望，又萬分緊張地望著陸無硯。

陸無硯點點頭。「那就入茶吧，比入烹更適合。」

「謝謝三哥哥！那我先回去啦！」方瑾枝從窗縫往外瞅，天快黑了，而且不知道是不是在鞦韆上玩累的緣故，她有點睏。

陸無硯也看出方瑾枝的大眼睛裡染了倦意，將窗戶推開，手伸出窗外探了探，關起窗戶，道：「外面起風了，過會兒再走吧。睏了便去偏廳裡睉一會兒，等風停了，我叫妳。」

接著，他不等方瑾枝說話，自作主張抱她走進偏廳，放上臥榻，又親自從雙開門高櫥裡翻出裘毯，蓋在方瑾枝身上。

陸無硯的住處比別處暖和得多，方瑾枝縮在厚重裘毯裡，望著壁爐裡噼啪作響的火焰，沒多久就睡著了。

看著方瑾枝睡著，陸無硯才悄悄退出去。

一會兒後，方瑾枝被吵醒了。

她迷迷糊糊，揉揉眼睛坐起來，掀開蓋在身上的裘毯，赤著腳往外走，卻在走到屏風後時，被正廳裡的聲音驚得清醒。

「你這一身臭毛病什麼時候能改了?!」

那是一個女人的聲音，音調比尋常女人要高，響亮中帶著高高在上的威嚴。

方瑾枝悄悄探出小腦袋，只看見那女人繁複紅裝的背影。明明不過是尋常姑娘家的個子，瞧著竟是挺拔異常。

陸無硯坐在窗口的玫瑰椅裡，身子後傾，一條長腿盤在椅子上，另一條隨意垂著，神態極為散漫。

入茶和入烹低著頭，規規矩矩地跪在門口。

說話的依舊是那個女人。「愛乾淨的人，衣服不過一日一換，一日兩換也罷了。你倒好，一日幾換且不提，脫下的竟直接燒毀。我大遼有多少百姓無衣可穿，你竟如此糟蹋東西！聽說如今你連鞋底都不願沾地，不到萬不得已絕不出門，出門也像廢人一樣坐在輪椅上。」

「再瞧瞧你身上的粉衣……」女人嗓音裡染上三分嫌棄。「本宮怎麼會有你這樣的兒子！」

躲在屏風後的方瑾枝睜大了眼睛。原來這個人就是長公主楚映司！

陸無硯任由楚映司繼續數落，權當聽不見。

正廳裡安靜一瞬，楚映司忽然輕嘆一聲，走向他，無奈地說：「無硯，都過去那麼多年，你這心結怎麼不僅沒解開，反而成了死結？沒有過不去的坎，當年的事，就忘記吧……」

陸無硯聞言，忽然彎下腰，一陣乾嘔，散漫神情早已不見，眉目中全是厭惡和痛苦，抓著衣襟的手掌青筋凸出，險些扯壞身上的錦服。

「無硯！」楚映司大驚，忙去拿旁邊桌上的茶杯。

「別碰我的杯子……」陸無硯勉強擠出話，目光落在楚映司塗抹鮮紅蔻丹的指甲上。

楚映司一怔，慢慢收回手，拂袖怒指跪在門口的入茶和入烹。「還不快來伺候！」

入茶和入烹忙爬起來。入茶匆匆為陸無硯倒水，入烹去西角小櫃裡翻出熏香，在博山爐裡燃上。

屋裡飄出清雅香氣，陸無硯喝了入茶遞來的水，神色才慢慢緩和過來，苦笑望著楚映司。「母子一場，母親別再提當年的事情折磨我了。」

楚映司沈默許久，才有些心疼地說：「我只是擔心你。」

「兒子過得挺好，如今提到皇城第一紈褲子，兒子絕對位居榜首。」陸無硯自嘲笑笑。

楚映司望著陸無硯的目光充滿無奈。這一刻她不是執掌大遼的尊者，只是柔弱的母親。

楚映司側轉過身，方瑾枝終於看清她的容貌，竟然這麼年輕、明豔！人以皎月形容女子，可她覺得月之光輝根本無法與楚映司比擬，她簡直是最眩目的耀日。

楚映司苦笑，問陸無硯。「現在已經嚴重到連母親都嫌惡了嗎？母親是不是再也不能像你還小時那樣抱抱你了？」

陸無硯把茶杯遞給入茶，起身走向楚映司，主動伸出雙臂抱她一下，輕輕拍拍楚映司的後背，安慰地說：「母親別多心。」嘴角輕輕勾起，隱藏了幾許落寞。

楚映司這才釋然地鬆口氣。

屏風後忽然響起一陣磕碰聲。

「誰在那裡?!」楚映司厲聲問道，又恢復往日在朝堂上與群臣爭論的氣勢。

方瑾枝揉揉不小心撞到屏風上的額角，有些畏懼地繞出來。

楚映司皺眉，質問：「哪來的野孩子？」

「什麼野孩子，那是您的兒媳婦。」陸無硯朝著方瑾枝招招手，讓她過來。

「兒媳婦？」楚映司上上下下打量著正朝陸無硯走去的方瑾枝。

方瑾枝被她看得渾身不自在，忙說：「給、給長公主問好。」想行禮，卻不知宮中禮節，頓時手足無措。

她剛想跪下，腰身忽然被攬住，下一刻已經被陸無硯抱到膝上。

「誰派妳躲在後面偷聽？」楚映司絲毫不因方瑾枝年紀小而掉以輕心，反而更加嚴厲地質問。

方瑾枝坐在陸無硯膝上，十分侷促地說：「我、我沒有偷聽。」

楚映司瞇起一雙鳳目，反問道：「沒偷聽？妳敢說妳什麼都沒聽見？」

方瑾枝越發緊張。「我、我是不小心聽見的，不是故意的，也沒有人派我偷聽……」

楚映司上前一步，繼續問：「都聽見什麼了？」

陸無硯神色古怪地看著楚映司，然後拍拍方瑾枝緊攥裙子的手背，讓她別害怕。

「什麼偷聽，明明是母親聲音太大，把她吵醒了。」

楚映司暗驚。她是不是看錯了？剛剛陸無硯的眼神裡竟帶著幾分央求？而且這個怪癖頗為嚴重的兒子，居然十分自在地將這個小姑娘抱在懷裡，顯然已經是習以為常，不由多看坐在陸無硯膝上、脊背挺直的方瑾枝兩眼。小姑娘是挺好看，但……太小了吧？

方瑾枝睡覺時，把頭髮壓歪了，陸無硯將她的髮髻拆開，以長指為梳，輕輕幫她梳理長髮。方瑾枝的髮絲從他的指縫間滑過，又軟又順，還帶著一股淡淡清香。

陸無硯垂眸凝神，梳頭的動作竟帶出幾分虔誠味道，動作溫柔，怕扯疼了她。等到頭髮梳理整齊，才用手指將髮絲平分成兩束，從方瑾枝手中拿過石青色綢帶，幫她繫好髮髻，又從髻中挑出一小綹頭髮，使其垂下。

楚映司看著他幫方瑾枝梳頭的樣子，更吃驚了。

陸無硯一邊幫方瑾枝理好衣裳，一邊笑著說：「母親大人還不如多關心一下自己。今年，爹可是回家過年了。」

楚映司愣住，瞪陸無硯一眼，隨即大步走出正廳。她走路時，步子邁得很大，拖著身後逶迤的裙襬，風華無雙。

等楚映司走了，方瑾枝低著頭，安靜下來。

「怎麼了？額頭還疼嗎？」陸無硯忙問。

方瑾枝忽然伸開雙臂，大大抱住陸無硯，貼在他胸口，一字一頓地說：「三哥哥，等瑾枝長大了，就嫁給你。以後我照顧你，你不想走路，我推你到想去的地方；你討厭應酬，瑾枝會好好學，以後幫三哥哥擋掉，或者替你去。瑾枝還會學裁衣，讓三哥哥每天都能穿上乾淨的新衣服！」

陸無硯輕拍方瑾枝後背的手僵住，差點壓不住心中的震撼。

過了好半天，陸無硯的手才輕輕落下，慢慢梳理方瑾枝柔軟的髮絲，輕聲道：「瑾枝，妳明白嫁給我是什麼意思嗎？」

方瑾枝從陸無硯懷裡抬起頭，有些迷茫地望著他，不大確定地說：「就是……」

陸無硯笑著搖頭。他的小姑娘還太小，並不懂這些，大抵認為這和「做一輩子好朋友」是同一回事，用這樣的話來表達內心的關心和示好。

「嗯，三哥哥記住了。瑾枝也要記得今日說過的話，不可食言。」陸無硯目光如炬，凝望懷中還太小的愛人。

方瑾枝重重點頭。「我才不會成為言而無信的人，咱們來打勾勾！」

陸無硯伸出尾指，勾住方瑾枝的小手指，垂眸低笑。「那我等著瑾枝長大。」

第六章

今晚，因陸申機與楚映司都回來的關係，陸嘯吩咐，在闔遠堂擺了家宴。

不久，宮中來了太監，伏地稟告，說小皇帝楚懷川嚷著要楚映司回宮，不然不肯吃飯。

楚映司皺眉，面露猶豫之色。陸無硯在陸申機開口前，先一步把方瑾枝放到地上，站起身，似笑非笑地說：「許久未見皇帝小舅舅了，兒子替母親走一趟。」

說完，他囑咐跟來的入茶照顧好方瑾枝，便走出闔遠堂，進宮去了。

第二天一早，方瑾枝被衛嬤嬤叫醒時，聽說陸無硯進宮後，揍了楚懷川一頓，梳洗好便匆匆趕去垂鞘院，想安慰陸無硯。

在她陪著陸無硯時，另一邊卻發生了爭吵。

楚映司把密信摔到地上，冷眼睥向陸申機。「瞧你生的好兒子，就知道給本宮闖禍！」

陸申機蹺著腿嗤笑。「那是妳生的，我可沒有生孩子的本事。」

楚映司懶得跟他鬥嘴，手指在桌上輕扣兩下，似對陸申機說，又似自言自語。「告狀的人太多，快壓不下去。唯今之計，只有先將無硯關起來。」

陸申機聞言，猛地摔出手中茶盞，茶湯濺髒楚映司正紅色的褶襉裙。他站起來，一步步走向楚映司，逼視著她。「楚映司，妳真的是一個母親嗎？」指著垂鞘院的方向，大聲道：「無硯的癖性，妳不是不知，要把他關進骯髒逼仄的牢房？怎麼不乾脆殺了他，一了百了！」

陸申機靠得太近，憤怒氣息撲到楚映司的臉上。

楚映司伸手推他，怒道：「陸申機，我什麼時候說要把無硯關在牢房裡？他也是我兒子，但他打了皇帝啊！你要我怎麼辦？文武百官讓我交人，總是要做做樣子……」

「打小皇帝一頓又怎樣？要不是我，他早死在亂軍中；要不是妳，他坐不穩這麼多年的龍椅；要不是無硯……」陸申機表情複雜地望著楚映司，頹然而疲憊地說：「映司，妳知不知道無硯代替妳弟弟遭遇過什麼？我不知道，我只知道他回來以後就變了一個人！」

話落，他嘲諷地冷笑，寬大手掌捏住楚映司的雙肩，吼道：「妳告訴我，妳會怎麼對待敵國的皇帝？怎麼對待敵國送上的質子？妳說啊！」

「別說了！」楚映司奮力推開陸申機，雙手撐著桌子，勉強支撐自己不倒下，淚水從眼眶裡滾落。「當時一片混亂，我不知道那個孩子是無硯……」那件事，是她最大的悔恨。

陸申機像是聽見最大的笑話般，仰天大笑，久久才停歇下來。

他一步步後退，朗目中是說不清的失望。「不知道？妳是陸家的媳婦，是我陸申機的妻子，更是無硯的母親。可是，妳心中只有楚家皇室！

「無硯曾經是我的驕傲，是陸家的驕傲！陸家沒有一個孩子能比得過他。可是等他從荊國回來，就染了一身怪癖，如今更要按照妳的吩咐裝出跋扈德行。妳不許他上學，不許他找先生，不許他顯露半點才華，以後又不許他科舉，不許他為官，更不許他從軍！如今提到無硯，人們都會說他是無用、紈袴、冷漠的怪人。妳滿意了？」

楚映司臉頰上早已淚水縱橫，可是被浸濕的眸子卻閃過一絲異色，目光下一片堅定。她抬起頭望著陸申機，毫無聲息地說：「申機，我們和離吧。」

「妳說什麼？」陸申機沒反應過來。

楚映司道：「衛王至今未死，敵國虎視眈眈，朝中老臣又打著還權聖主的名義逼我離宮。可我一旦離開，那群老傢伙只會欺凌川兒，讓他國有機可乘。

「你是名滿大遼的一品上將軍，從軍二十年，比我更明白戰亂對於國家的傷害。只要我還活著，便不允許大遼陷入戰火塗炭，更不會允許楚家王朝葬送在我和川兒手中！」

說完，她堅定地搖頭。「這次回來，我是要告訴你，我必須收回你手中的兵權，只有這樣，才能堵住悠悠之口！」

陸申機不可思議地看著她。

「你先別說話。」楚映司擺手，阻止陸申機開口。「在你和無硯眼中，我不是合格的妻子與母親，可我……還算了解你。你天生將才，半生戎馬，離不開手中的重刀和鎧甲，倘若讓你為楚家離開疆場，必是不捨，而我也沒資格讓你如此犧牲。」

楚映司苦笑。「當年年幼無知，逼你當駙馬實在自私。我們……和離吧，如此你無須放權，也無須交出兵符，還是威風堂堂的大將軍，無硯也不必再因我這個母親而委曲求全。」

陸申機聞言，忽然大笑，一時分不清這個女人哪句話是真、哪句話是假？

「是！妳徹頭徹尾就是個自私透頂的人，當初我瞎了眼才會娶妳！不要把話說得這麼冠冕堂皇，楚映司，妳捫心自問，這麼做難道不是防著我？拿兵符堵悠悠之口？我看是堵妳自己的心慌！」陸申機拍著胸。「忌憚我手中兵權的，到底是朝中舊臣，還是妳？如果妳不是女兒身，而是七尺男兒；如果無硯不姓陸，而是跟著妳姓楚，妳還會這麼對他嗎？」

楚映司怔在那裡，一時答不上來，繼而苦笑。若是可以，她倒也想是男兒身。

失望爬上陸申機的眼，他摔門而出。

楚映司側過頭，沒去看他離開的背影，擦去眼角的濕潤，希望這次陸申機可以真的同意和離。明明是演戲，還是忍不住難過，原以為早練就鐵石心腸，可仍舊無法放下這對父子。

當年，楚懷川登基半載，六歲生辰宴上，衛王發起宮變失敗，便打算劫走他當人質。楚映司運籌帷幄，以為已照計畫救走他，才認為衛王擒走的孩子只是小太監。

那時，陸無硯也在場，他的長相隨了楚映司，而楚懷川與楚映司又是同胞姊弟，眉眼間自有幾分神似，等衛王發覺抓錯人，為時已晚，只好以假亂真，把陸無硯獻給敵國大荊。

過了三個月，荊國才知牢中人質是假皇帝，陸無硯遂淪為質子。兩年多後，陸申機生擒荊國四員大將，又以八座城池及無數金銀、寶馬，才換回陸無硯。

陸無硯回來後，夫妻倆的關係稍微緩和，但他們的小女兒陸佳芝，卻因陸家疏於照顧而去世。楚映司大發雷霆，若非顧及陸申機，定會將相關的人統統處以極刑。最後，她只是處死一眾奴僕，逼陸申機的母親離開陸家，搬到靜寧庵中青燈古佛，五年多不曾回府。

在國家與至親前，兩人的耳鬢廝磨又算什麼呢？蹉跎至今，或許分開才是唯一出路。楚映司輕嘆一聲，心裡浮起一絲遺憾，但更多的是堅定。她不後悔故意說那些話激怒陸申機，更不後悔用兵權要脅他和離。她獨自靜坐一會兒，便去了垂鞘院。

楚映司走進垂鞘院，入烹和入茶向她行禮，稟告陸無硯剛剛睡著。

她點點頭，逕自走進陸無硯的寢屋。

寢屋裡暖融融，燭光柔和。陸無硯已經醒了，側躺在臥榻上，轉過頭望向楚映司。

「母親要回宮了嗎？」

「嗯，我不能離開宮中太久。」楚映司的目光落在陸無硯身上。她也捨不得。

陸無硯沈默一瞬，忽道：「母親可曾想過，事事周到，也許會讓懷川更加依賴您。」

這話不用陸無硯說，楚映司也知道，不是她貪戀權力，而是放心不下。

陸無硯明白她的顧慮。「留下來多住幾日吧。」

他還知道，母親與父親和離，接著就是死別。

前世，幾年後荊遼交戰，楚映司不想成為荊國的籌碼，以身殉國；陸申機不顧生死調兵相救，也未來得及見她最後一面，甚至連為她收屍都不能。

陸無硯親眼看著她跳下城樓，看著她的熱血灑在大遼的土地上，看著敵軍的馬蹄踐踏她的屍身，屍骨無存。

不過，她死前已籌謀好一切，甚至把自己的死設計成局中最關鍵的一環，荊國怎麼都想不到會輸給一個死人。可惜荊國對大遼俯首稱臣時，她不能親眼看見。

前世，他們死去的模樣，是他永遠無法擺脫的夢魘；這一世，他會傾盡全力，讓所有人都好好的。

楚映司猶豫不決，陸無硯便勾起嘴角，笑道：「母親是不是忘了，再過幾日是無硯的生辰。昨夜我已經跟父親說，妳會留在陸家住下，直到過了十五。」

楚映司愣住，鳳目瞬間染上一絲愧疚，點點頭，又道：「懷川那邊，你不必憂心。」

「我知道。」陸無硯並不擔憂。

幼時陸無硯在宮中住過一段日子，楚懷川也常往陸家跑，兩人雖然差了輩分，可年紀相仿。楚懷川總是跟在陸無硯身後，還不懂事時，甚至亂了輩分，喊他哥哥。

後來陸無硯代替楚懷川做了兩年多的質子，受盡折磨，此後朝中若有人想為難陸無硯，根本不需要楚映司出面，楚懷川第一個便站出來保護他。

前幾年，群臣曾因陸無硯的無禮而不滿，向來軟弱的楚懷川第一次大發雷霆，在朝堂上摔了奏摺，怒道：「未替朕嘗過牢獄之苦者，皆無資格指責他！再妄加非議，滿門抄斬！」

這時，入茶來稟：「長公主，入醫求見。」入醫是楚映司派去照顧楚懷川的女醫。

楚映司聞言，蹙起眉，讓陸無硯休息後，便大步走出去。

入醫正在偏廳等著楚映司。

楚映司走進門，問道：「陛下的身體如何？」

入醫硬著頭皮回稟：「奴婢無用，並沒有研製出更好的藥方……」

楚懷川天生羸弱，五臟甚虛，還帶有咳喘之疾，用藥至今未癒。

楚映司並未指責她，沈默一會兒，接著問：「陛下私下接見陳王所為何事？」

「稟公主，陛下……說丘尚州的豆腐很好吃，跟陳王要了方子，賜給御膳房。」

楚映司嘆氣，有些疲憊。「確定沒有別的事情？」

入醫點頭。「陛下接見陳王時，奴婢都在。陳王告退後，奴婢仔細查看過，陳王不曾給陛下任何書信，陳王那邊的人也沒有異常。」

楚映司很明白，站在她這個位置，每一步都得走得謹慎，並非懷疑親弟弟，只是自保，真心希望永遠不會有楚懷川向她及陸家拔刀的那天。

想了一會兒，楚映司吩咐入醫。「給雲遊的入酒帶信，讓她速歸，再把雲先生請回來。」

「是。」入醫應下，告退出去。

幾天後，雲希林上溫國公府，求見楚映司。

楚映司正在書房忙碌，將桌面的信札理好，交給入醫收妥，才請雲希林進來。

「長公主的打算，草民心裡有數了。」雲希林開口道，聲音低沈平緩，聽不出年紀。

楚映司自然知道他說的是什麼。「昔日左相自稱草民，雲先生實在太過謙了。」

雲希林哂然一笑。「名利皆浮雲，更何況一個稱呼。世人皆道長公主全心輔佐幼帝，卻不知您暗中栽培自己的兒子，有心推他登上龍椅。」

楚映司瞇眼冷笑。「雲先生可知，單憑你這句話，今日就不能出了這間屋子！」

對於楚映司的凌厲警告，雲希林並不在意，笑笑地繼續說：「當年無硯代替陛下做了兩年質子的經歷，就是他的免死金牌，為他擋去明處的發難。長公主曾命令無硯不許上陸家學堂、不許科舉、不許為官從軍，加上這幾年跋扈怪癖的表現，又為無硯擋去暗處謀害。」

楚映司沒有說話，只靜靜審視著他。

「可憐那些掉以輕心的人簡直愚蠢，公主的兒子哪用得著為官或從軍。」雲希林譏笑。

「說完了？」楚映司挑眉，涼涼地看他。

雲希林心裡微頓，知道楚映司已經對他動了殺意，穩住心神，又道：「當年長公主將無硯交給草民暗中教導，便是相信草民。這些年，草民完全按照長公主的意思，循序善誘，將權謀之計滲於所教課程之中……」

「今日雲先生倒是囉嗦。」楚映司打斷他的話，顯然沒了耐性。

雲希林微頓，道：「這次回來，草民發現無硯身上起了變化。」

他說了這麼多話，也就這句引起楚映司的興趣。

「離開半年再見他，覺得他似乎更沈穩，甚至……讓草民有些看不透。卜筮之後，草民得知，無硯命數將變。」雲希林皺眉。「長公主不允許無硯知道您想推他登帝的心思，可如今看來，他或許已知。」

楚映司聞言，頓了下，細細回想陸無硯最近的表現。

雲希林起身，跪伏在地，聲聲誠懇。「他日無硯登基，定需草民輔佐。」

楚映司冷笑。

雲希林再拜。「無硯需要草民的忠心。」

楚映司凝眸，審視他半晌，揮揮手。「退下吧。」

雲席林跪伏在地沒有動，過了一會兒，才慢慢起身，臨走前道：「聽聞長公主從不用暗中揣摩您心思的人，看來是真的。」有些悵然地轉身離去。

等雲希林走後，入酒從陰影裡閃出來。

「不留。」楚映司吩咐。

入酒猶豫。「雲先生畢竟是……」

楚映司涼涼看她一眼。入酒不敢抗命，只得把話嚥下去，悄聲隱於暗處。

另一邊，入茶奉命帶方瑾枝去看陸無硯送給她的新院子。

陸無硯對方瑾枝說過，新院子大些，可方瑾枝根本沒想到會這麼大！

入茶柔聲道：「表姑娘有所不知。府中少爺們小時候都住在後院，等到八歲才搬到前院，這處院子正是三少爺幼時住的。不過，三少爺常入宮小住，所以這座院子閒置的時候很多，裡面的家什幾乎都是全新的。」

「哦……」方瑾枝若有所思地點點頭。之前還疑惑，陸無硯從哪兒弄個自帶小廚房的院子？原來是他以前住的地方。

新院子不僅大，而且離三房很遠，距離前院不過幾道牆，離垂鞘院極近。

方瑾枝想了想，放棄正屋，找個藉口讓下人把東西搬到閣樓。小閣樓一共有三層，她決定住在最高處，平時儘量不許丫鬟們上來，如此教起兩個妹妹說話、走路就方便多了。

看著家僕搬東西，方瑾枝提心吊膽，怕妹妹們被發現，不得不打起十二分精神盯著，不敢馬虎。所幸當初來時沒帶太多東西，而新院子家什俱是不缺，所以沒折騰太久。

阿星從院子裡走過來，道：「姑娘，該用膳了。您想吃什麼，奴婢去小廚房做。」

一想到小廚房，方瑾枝高興了，伸個懶腰說：「最近牙疼，做些軟一點的吃食吧。」

在旁邊整理箱籠的阿月笑道：「姑娘是要換牙了。」

方瑾枝揉揉自己的臉，怪不得這幾天覺得牙疼。她一邊往樓上走，一邊說：「好睏，我上去睡一會兒。午膳做好先溫著，別喊醒我，等我醒了再自己下來拿。」

方瑾枝打著哈欠上樓，可是等到她爬上樓頂時，臉上哪還有半點倦意？

今後，兩個妹妹再不用吃奴僕悄悄帶回的殘羹冷炙，想吃什麼就吩咐小廚房做，真好！

她匆匆進了寢屋，把門閂上後，才走向屏風後的拔步床。中間架了屏風，變成小隔間，雙胞胎就藏身在這裡。

「這下可以放心教平平與安安走路、說話了。」方瑾枝噙著笑意，唇畔梨渦初現。

方瑾枝繞到屏風後，看見兩個小姑娘略緊張的小臉蛋。

「平平、安安不怕，是姊姊。搬家時沒有嚇到吧？有沒有磕著、碰著？」方瑾枝站在大箱子旁邊，揉揉兩個妹妹的頭。方才情非得已，只好讓她們躲在箱子裡一起過來。

兩個小姑娘甜甜笑起來，搖搖頭，表示自己沒事。

「聽姊姊說，咱們搬家了，新院子可寬敞啦！而且這裡是三樓，下人不能輕易上來。」

聽方瑾枝這麼說，兩個小姑娘亮晶晶的眼睛裡染上萬分歡喜。

「還有一件事，姊姊要教妳們說話、走路。咱們平平和安安不能一輩子不出門。」雖然前路忐忑，但方瑾枝已經下定決心，以後要搬出陸家，尋一處寧靜小鎮，讓兩個妹妹過上正常人的生活。

兩個小姑娘聽了，有些迷茫地望著方瑾枝。

方瑾枝扶著她們坐起來。「姊姊知道平平和安安是天下最聰明的孩子，妳們能聽懂姊姊的話，之所以不會說，是因為從沒有開口的機會。不怕，咱們說話，說什麼都行。」

然而，兩個小姑娘的嘴巴緊緊抿著，一點聲音都沒有發出來。

方瑾枝不氣餒，一次又一次地教，教到口乾舌燥，就跑到桌旁大口喝茶，再回來繼續。

一會兒後，入茶在門外稟報：「表姑娘，府裡的姑娘們過來了。」

方瑾枝應聲，安頓好兩個妹妹，這才跟入茶下樓。

幾位表姊妹是來祝賀方瑾枝喬遷之喜，都帶著小禮物。陸佳萱竟送了一缸小魚兒，顏色鮮紅的鯉魚在青白相間的大瓷缸裡游來游去，為整間屋子帶來不少生機。

方瑾枝笑著收下，招呼她們喝茶吃點心，再親自送出去，也想到如何答謝陸無硯了。她的目光落在桌上的魚缸，彎起一對月牙眼，喃喃道：「我也給三哥哥送一缸小魚吧，我要親手釣給他！」

陸家有幾處池塘，上面養蓮，下面游魚。可是最近天寒地凍，池面早結了冰，只有靠近大房那處池塘有活水，是費心思引來的溫泉。

方瑾枝穿著厚襖，裹了銀色斗篷，兜帽嚴嚴實實地扣在頭上，讓阿星和阿月跟著，跑到這裡釣魚。

「哎呀，怎麼一條都釣不上來呢？」方瑾枝跺腳，心裡有些急，嬌嫩臉頰早凍得通紅。

「姑娘，天馬上就要黑，該回去了。」阿星在旁邊催促。

方瑾枝氣呼呼地扔了手裡的魚竿。「哼，明天再來！」

接下來幾日，方瑾枝果真每天下午都跑去釣魚。

而米寶兒和鹽寶兒正接受入茶的「教導」，衛嬤嬤則要留在院子裡照料方瑾平與方瑾安，所以方瑾枝出門時總帶著阿星和阿月。讓她們跟在身邊，總比放在院子裡更放心。

這日，阿星看方瑾枝又沒釣到魚，試探著問：「表姑娘，要不要……奴婢幫您？」

「不用！」方瑾枝堅定地搖頭，發瘦的小手更加用力地握緊魚竿。

可是沒多久，她的手就凍得快握不住手裡的魚竿，小短腿也瘦得厲害。

聽見身後的腳步聲，方瑾枝頭也不回地說：「說了不要幫忙！我要親自釣給三哥哥！」

「我不吃魚。」

方瑾枝愣住，驚訝地轉過頭，陸無硯裹著極厚的裘衣站在她身後，正望著她。

「三哥哥……」話沒說完，手中的魚竿忽然動了下，方瑾枝驚呼：「三哥哥一來，魚兒就上鈎啦！」來不及和他說話，使勁拽著魚竿，一條鮮紅小鯉魚被扯出來，正拚命掙扎。

阿星和阿月見狀，急忙捧魚缸過去，幫忙拉住魚竿，將小魚放進青瓷點金的魚缸裡。

方瑾枝蹲在魚缸旁，看著不到她手掌長的小魚兒游來游去，嘿嘿傻笑著。

陸無硯好奇地蹲在她身邊，她笑著看魚，他卻目光溫柔地凝視她。

「這麼開心？」陸無硯探手摸摸方瑾枝的臉頰，紅撲撲的小臉蛋上冰涼冰涼的。

「嗯！」方瑾枝重重點頭。「三哥哥，這魚不是給你吃的，是送你放在魚缸裡養著的。三哥哥看小魚兒在魚缸裡游來游去，就不會無聊啦。」

「所以妳最近天天下午跑到這裡來釣魚，就是為了送給我解悶？」

「是呀！可是釣不上來。若知道三哥哥靠近池塘便能釣到，早求你來『鎮壓』啦！」

「是我不好，最近幾天都陪著母親，沒來看妳。謝謝妳的魚。」

方瑾枝拚命搖頭。「陪母親才是大事，瑾枝不用三哥哥陪著。唔……可惜才釣上一條魚。三哥哥等會兒再走，繼續在這裡『鎮壓』，我再釣一條和牠作伴。」

方瑾枝說著，起身去拿魚竿，可是這次陸無硯的「鎮壓」並沒有什麼作用。

「三哥哥別急，再『鎮壓』一會兒就好！」

方瑾枝睜大眼睛，聚精會神地盯著池面，連風將她的兜帽吹落都沒有發現。

陸無硯替她戴好兜帽，心疼地說：「我幫妳？」

方瑾枝皺眉，有些猶豫。「我親手釣小魚送給三哥哥才有誠意，哪能用你釣的……」

「可是妳已經釣一條魚送給我了，讓我抓一條陪牠吧。」

「那、那好吧。」方瑾枝嘟著嘴，把手裡的魚竿遞給陸無硯。

陸無硯接了魚竿，卻隨手放在一旁，吩咐入烹。「去拿魚食和魚兜。」

不久，入烹送來魚食和魚兜。陸無硯將裝滿魚食的瓷碗遞給方瑾枝。「來，餵魚。」

「哦……」方瑾枝用白嫩小手抓了把魚食，撒在近處的池水裡。

「沒有魚呀。」方瑾枝話音剛落，隨即猛地睜大眼睛，驚愕地望著一條又一條紅鯉魚游過來，而且數量越來越多，一大片鮮紅魚影覆蓋池面，爭相搶奪魚食。

「不搶不搶，還有呢！」方瑾枝忙又抓了好幾捧魚食撒進池裡。魚食還沒落下，紅鯉魚便高高躍起，在冬日傍晚的餘暉裡劃過一道道彎彎的弧度。

「好、好多魚……」

陸無硯側首望著她驚喜的樣子，不由抿唇，從入烹手裡拿過魚兜，隨意一撈，撈出一兜活蹦亂跳的紅鯉魚，遞給方瑾枝瞧。「來，挑一條。」

方瑾枝指著最大的紅鯉魚。「這條！」

陸無硯含笑問：「確定了？」

「唔……」方瑾枝看看魚缸裡的小魚，搖搖頭。「不不不，牠太大了，會欺負小魚。要……那一條！」指向魚兜裡最小的魚。

「好。」陸無硯把魚兜遞給入烹。入烹撈出小鯉魚，放在魚缸裡，兩條小魚兒在圓圓的青瓷魚缸裡悠哉地游了兩圈。

陸無硯望著兩條魚，道：「謝謝瑾枝的禮物。」

方瑾枝開心地笑起來。

第七章

隔天下午，方瑾枝去垂鞘院看陸無硯，一踏進門，便急急找著她送出去的魚缸。

陸無硯指指窗口的高腳桌。方瑾枝跑過去，踮著腳往上看，但她真的太矮了，實在看不見。入烹忙搬來一把玫瑰小椅，讓她踩著。

「我的魚呢?!」

方瑾枝彎起眼笑了。「我的魚真好看！我抓的比三哥哥的好看！」

陸無硯站在她身後，笑道：「我看這兩條魚長得一樣，根本分不清。」

「怎麼會，根本不一樣！三哥哥你看，我抓的那條尾巴尖有條淺淺黑紋，而你抓的……」方瑾枝轉過頭望向陸無硯，愣了下，氣呼呼地說：「三哥哥在看我，根本沒看魚！」

「我記住了，瑾枝抓的那條魚，尾巴尖上有黑紋。」陸無硯笑著把她抱到矮桌對面。

「妳很久沒陪我下棋了。」

「好，我陪三哥哥！」

入烹捧來棋盤與棋子，方瑾枝親手將棋面擺好，她用白子，陸無硯用黑子。

這時，方瑾枝黑亮的眸子忽然轉了一圈，問道：「三哥哥，大家都說你不上學堂，那你是跟誰學會下棋的？還有插花、點茶、雕刻、鑑賞、寫字……還知道好多事兒。三哥哥都是自學嗎？真厲害，瑾枝就不會自學，非得有人教不可……」

「不全是自學，想學什麼就直說。」陸無硯落下手中的黑子。

方瑾枝嘟囔一聲：「又被看穿了……」像個大人一樣嘆口氣，將白子放在棋盤上。

陸無硯瞧著她失落還強裝不在意的樣子，暗暗抿唇，似隨意地問：「明天想學什麼？」

聽陸無硯這麼說，方瑾枝手裡的棋子啪地掉下來，驚喜道：「我要學好多東西！寫字、畫畫、彈琴、插花、點茶，還有管帳！我要學打算盤，每筆帳都算得明明白白。唔……是不是多了點？」黑白分明的大眼睛裡是欣喜、期盼，還有小心翼翼的試探。

陸無硯又放下黑子，點頭道：「好。」早就打算教她東西，只是每次見到她都忍不住望著她、陪著她、聽她講話，便把教她的事情拋諸腦後了。

另一邊，陸申機站在外面，望著閣樓裡暖融融的燭光，三樓窗口映出楚映司埋首案邊的消瘦身姿，一樓窗口則是陸無硯和一個小孩子下棋的剪影。

他抱著胳膊看了很久，才有些猶豫地走進去。

在屋裡伺候的入烹剛想行禮，陸申機擺手阻止，也沒走近，只站在門口望著陸無硯。

一會兒後，陸無硯抬頭，這才看見陸申機，微微蹙眉，掃了入烹一眼。

入烹心中一顫，急忙低下頭。

陸申機走過去。「來，父親陪你下一局。」

方瑾枝忙起身，把自己的位置讓給陸申機，又將亂了的棋盤與棋子收拾好，乖巧地坐在陸無硯身邊，眼巴巴等著看一場高手過招的棋局。

然而，讓她驚愕的是，才沒多久，陸申機已經顯出敗勢，且根本看不出他的章法，好像每一步都是胡亂走棋。難道他是高手中的高手，棋技已經高超到她完全看不懂的地步？

一局終了，陸申機皺著眉。「我輸了？」

陸無硯滿臉平靜，問：「還來嗎？」

陸申機放下手裡的棋子，不耐煩地說：「再一盤！」

方瑾枝這才明白，這個大舅舅根本不是深藏不露的高手，是真的毫無章法。如此棋技，就算陸無硯讓他十子也贏不了。

一會兒後，陸申機盯著棋盤，滿臉莫名其妙。「又輸了？」

陸無硯不說話，感覺腿上一沈，低頭發現方瑾枝靠著他睡著了，便輕輕一攬，讓她側躺，小腦袋搭在他的腿上，好睡得舒服些。

安頓好方瑾枝，陸無硯才抬眼望著陸申機，聲音平緩地說：「父親，其實當年被衛王抓走的事，是我自願的。」

陸申機聞言，心裡抽痛，不由坐正了身子。這麼多年來，陸無硯第一次主動提當年的事。剛救他回來時，他絕口不提，甚至別人當面說起，他便不由自主地嘔吐、疼痛，最後昏厥。是以，陸申機下令，陸家人不許在陸無硯面前提起他去荊國為質的事。

陸無硯垂眸，緩緩道：「那時我不出去，衛王就會殺進偏殿，發現藏在櫃裡的懷川。」

陸申機張嘴，強壓下心裡的震驚，十分心疼地問：「當年你才八歲，就不害怕嗎？」

「跑出去的那瞬間是不怕的。」陸無硯笑笑。「當時很冷靜，我堅信如果衛王抓走我，您和母親上刀山、下火海也定會救回我，可若衛王抓了懷川，他必不能活命。」

陸申機心痛至極，幾乎要吼人了。「胡鬧！那是衛王一時沒分清楚，萬一當時發現你是假的呢？你是我兒子，在你的性命之前，其他人的命都是狗屁！」

陸申機的聲音太大，吵到了方瑾枝，陸無硯輕拍她的後背安撫好，才嘆口氣，有些無奈地說：「這大概是因為兒子對父母的信任和崇拜吧。」

陸申機冷哼。「我知道你自小崇拜你母親。」又小聲抱怨一句：「她有什麼好？」

陸無硯忍住笑，認真道：「父親在兒子心中，是誰也不能比的英雄。當年您黑甲棕馬，帶著百萬遼軍接我回家的模樣，真的很威武。」

無論過了多少年，他都無法忘記當年那一幕。陸申機不是帶他回家，而是將他從地獄裡帶回人間。若非堅信父母會接他回去，他寧願死在荊國。

陸申機笑不出來，皺眉望著表情雲淡風輕的陸無硯，試探地問：「那兩年……」

陸無硯的臉色瞬間難看起來，噁心感在腹中翻滾，很努力才壓下去，沒有立刻嘔吐。

「無硯……」陸申機悔恨不已，眉宇間的戾色更重。「我早晚要親手殺了衛王！」

陸無硯笑笑。「父親應該明白，懷川對於我和母親都是很重要的人。」

「哼！」陸申機冷笑。「那是以前！從他當上皇帝，就不再是以前的川兒了。」

「如果懷川現在遇到危險，父親還會不會像當年那樣單槍匹馬衝進敵軍救他？」陸無硯又加了句：「而且是心甘情願。」

陸申機沈默。

陸無硯笑道：「對父親來說，懷川也是很重要的人，不是嗎？」

陸申機擺擺手。「別跟我提他，一提他就想起你母親那張臉，煩！」

陸無硯點頭，不再提了，他當然知道父親的回答。

小時候，楚懷川何止追著陸無硯喊哥哥，他會說的第一句話就是朝陸申機伸出胳膊，奶聲奶氣地喊爹。他出生時，母妃難產去了，先帝已然病弱，楚映司才親自照顧他，乃至三歲才知爹娘不是爹娘，乃皇姊與姊夫，而向來崇拜的哥哥居然是自己的晚輩。

過了一會兒，陸無硯斟酌言詞，又問：「您為何從軍？」

陸申機還未開口，就聽見樓梯傳來腳步聲。

楚映司從樓上下來，掃視一圈，未多看陸申機一眼，只吩咐入烹將樓上批閱好的奏摺拿給入醫，讓入醫連夜送回宮。

陸無硯輕咳一聲。「時候不早，父親和母親還是早些休息。」低頭看睡在腿上的方瑾枝，言下之意是：要吵出去吵，別擾了她。

楚映司本就沒打算和陸申機吵架，大步走出去。

陸申機在原地立了一會兒，轉身朝另一個方向離去。

陸無硯無奈地看著兩人，輕輕抱起方瑾枝，送她回去睡了。

第二天，方瑾枝又起個大早，去了垂鞘院。

等她捧著滑嫩蒸蛋去喊陸無硯起床時，他已經起床，正站在窗口的長案前提筆寫字。

「三哥哥，吃早膳啦！」方瑾枝將蛋羹放在屋子正中央的八仙桌上。

「好。」陸無硯將筆放下，被方瑾枝拉著走到桌前。

方瑾枝坐在他身邊，眼巴巴瞅著他吃蒸蛋，不經意間抬頭，望向長案，上面居然有一枝很短很細的毛筆，一看就是給小孩子用的。是不是打算要教她寫字了？

方瑾枝的心口立刻湧上狂喜，亮晶晶的眸子轉一圈。終於要開始學有用的東西！

陸無硯見狀，忍著笑說：「今兒要教妳寫字。先教什麼字好呢？」

「那先從名字開始吧！」方瑾枝開心地跳下椅子，小跑到長案旁，開始磨墨。

陸無硯吃完蒸蛋，淨過手，踱到長案旁，在方瑾枝攤好的宣紙上，一筆一畫寫起來。

方瑾枝看著宣紙，癟癟嘴，指著第一個字。「三哥哥……國公府裡處處都有這個『陸』字，我認識。」指向第二個字。「這個『無』字，之前見過，所以也認識。至於第三個字，雖然我不認得，也能猜出來是『硯』。三哥哥，這根本不是我的名字，是你的！」

陸無硯望著她，嘴角溢出笑意，一本正經地說：「妳的名字筆畫太多，先學寫我的。」

「哦……」方瑾枝接過陸無硯遞來的短毛筆，照著樣子描，寫得認真極了。

直到她將這三個字寫好，陸無硯才教她「方瑾枝」怎麼寫。「瑾」字的筆畫的確太多，她寫了很久也寫不好。

「寫字不是一蹴可幾的事，慢慢來。」陸無硯溫柔地望著她。

但方瑾枝好強，拚了命也要把字寫好。陸無硯看不過去，硬把她拉開。「別急，今天先到這裡。」揉揉她的手腕，心想應該先從簡單的字開始教才對。

方瑾枝點頭，卻暗暗下定決心，為了以後著想，非把書法練好不可。

時間過得飛快，陸無硯的生日要到了。

從垂鞘院回來，方瑾枝先梳洗更衣，然後跑進自己的小書房。這段日子，雖然白天陸無硯讓她寫很多字，可她習慣回來後再練一會兒，而且今天還有件大事要做，遂忙活起來。

等到她忙完，已經寅時過半。

「終於弄好啦！」方瑾枝打著哈欠，卻是開心不已。

「姑娘，您再不回床上歇歇，就要天亮了。」一直在旁邊陪著的衛嬤嬤心疼得不得了。不過六歲的孩子便這麼熬夜，可怎麼好？

方瑾枝在衛嬤嬤的催促下上了床，掐指算算，只能睡一個時辰了。

第二天一早，方瑾枝迷迷糊糊地被衛嬤嬤從暖和的被窩裡抱出來，卻完全沒睜開眼。衛嬤嬤小心翼翼地幫她梳洗穿戴，直到被抱出屋，涼風一吹，她才有些清醒，立刻開口問：「東西！我的東西都帶了嗎？」

阿星拍拍懷裡的紅木多寶盒。「奴婢幫您帶著呢。」

方瑾枝這才放心。

到了垂鞘院，方瑾枝直奔正廳，看見燃熏香的入烹，問道：「三哥哥醒了沒有？」

入烹看看跟在方瑾枝身後、手裡提紅木多寶盒的阿星，笑著說：「醒了，在書房裡。」

方瑾枝便親手接過紅木多寶盒去找陸無硯。因為跑得太急，險些被門檻絆了一跤。

陸無硯急忙扶她，幫她拎住木盒。「冒冒失失的。提著這麼重的盒子做什麼？」

「是送給三哥哥的生日禮物，瑾枝準備好久呢！」方瑾枝盯著盒子，生怕他隨手扔了。

陸無硯疑惑地看手裡的木盒一眼，把它放在長案上，打開後皺眉瞧著裡面的東西，問道：「這都是些什麼？」

方瑾枝脫鞋，踏著黑貂裘毯進去，踩在鼓凳上，將盒裡的東西一樣樣指給陸無硯看。

「這是暖手爐，小小的，只有瑾枝的拳頭大，三哥哥握在掌心裡便不冷啦！」方瑾枝握起小拳頭，和銅鏨獸紋的小袖爐比起大小來。陸無硯的手掌總能包住她的小拳頭，所以這小袖爐的大小肯定適合。

「這塊蟾蜍白玉鎮紙可是我壓箱底的寶貝，去年有人花高價跟爹爹買，爹爹都沒賣呢。說是等我長大了，給我讀書時用。

「如意紋玉扣也是壓箱底的寶貝，以前母親找匠師特地為我雕的，也送三哥哥。」

「唔，這個香囊和襪子是我自己做的。」方瑾枝不好意思地撓撓頭。「我曉得自己女工不好，可這是瑾枝第一次做針線活呀！三哥哥可以把喜歡的熏香放進香囊裡，即便在外面也能聞到香味。三哥哥總是懼寒，卻不喜歡穿襪子，這樣是不對的，以後要穿襪子才不會冷。」

方瑾枝又看自己做的香囊和襪子一眼，不平的針腳讓她臉上有點紅，小聲地說：「三哥哥不許嫌棄我做得不好，等我長大，就能做更好的給你。」

陸無硯低頭，看著修長的赤足，伸手摩挲襪上粗糙的針腳。「做得很好，我很喜歡。」

方瑾枝歡喜起來，指著箱子裡的小泥人，繼續說：「這個可是我昨夜……昨天傍晚捏的呢！三哥哥快看，像不像你？」

陸無硯拿起小泥人瞧。小泥人坐在輪椅上，五官是用小剪刀劃出的——耷拉著嘴角、不甚高興的表情，正是方瑾枝第一次見到陸無硯時的樣子，但他現在已經不坐輪椅了。

陸無硯忍不住笑。「那日我有不高興？」

方瑾枝擺擺手，忙道：「沒有、沒有，就是冷漠了點。」

「那這又是什麼？」陸無硯將放在盒底的摺扇打開，驚訝地看著上面的畫。

上面畫了兩個小人，大的坐在椅子上，小的坐在他腿上，大的正給小的餵飯。大的那個沒畫表情，小的卻是神色驚懼。

「畫得真醜。」陸無硯強忍著溢到眼底的笑意。

方瑾枝一本正經地拍拍自己的小胸脯，道：「等我長大，就會畫得很好，豔驚四座！」

「成語用錯了。」

「唔……技壓群雄？」方瑾枝有些沒信心地問。

「這回對了。」陸無硯放下摺扇，看向盒子裡最後兩樣東西。一樣是上好的紅綢線編的草蚱蜢，一樣是小冊子。

陸無硯翻開小冊子，不由驚了一瞬。

第一頁用蠅頭小楷寫了密密麻麻的「陸無硯」，筆跡笨拙，歪歪扭扭，甚至還寫錯字。

陸無硯翻開第二頁，還是他的名字。第三頁、第四頁、第五頁……滿滿一本小冊子，寫的竟全是他的名字。翻到最後一頁時，字跡工整，已有秀麗雋永之意。

入茶曾回稟他，這幾日方瑾枝每天回去就會鑽進書房寫字，寫的竟是這個？

「那個……」方瑾枝有些不好意思。「蚱蜢是湊數的。」

陸無硯這才仔細數了數。銅鏨獸紋的小袖爐、蟾蜍白玉鎮紙、如意紋玉扣、香囊、錦襪、小泥人、摺扇、草蚱蜢、小冊子。

「為什麼是九樣？」

方瑾枝望著陸無硯的眼睛，認真地說：「我希望三哥哥對我的好，可以更久一點。」

陸無硯看著眼前小小的方瑾枝，心中被一種巨大的疼痛包裹。

上輩子，她也說過類似的話，卻沒費盡心思地送他生日禮物，而且是十一歲時才說的。

當時他回應了什麼？笑著承諾一直對她好，把她放在掌心裡疼著、寵著，給她和兩個妹妹建宮殿，永世不用理會世人的眼光；承諾牽著她以天地為家，看遍潮起潮落、雲起雲湧。

可是他一樣都沒有做到，反而成為傷她最深的人。

很久以後，她哭著說：「早知道你是對我最絕情的人，我寧願你從來沒有對我好……」淚落在他的掌心，滾燙滾燙的。「三哥哥……我怎麼就忘不了你對我的好呢？」隨即轉身，一瘸一拐地走向殺死她的天羅地網……

「三哥哥，你的眼睛怎麼紅了？進沙子嗎？」方瑾枝抬手，想摸陸無硯的眼角。

陸無硯閉眼，將心中波濤洶湧的悔恨盡數壓下，小心翼翼地放好那本寫滿自己名字的小冊子，然後蹲在方瑾枝面前，握住她纖細的小胳膊。

「瑾枝，三哥哥答應妳，會一直一直對妳好，直到我死。可是妳也要答應我，以後不許傷害、不許逃避、不許看輕自己，更不許輕易聽信別人的話。記住，這世上沒有誰比我更值得妳信任。」花了好大力氣，才說出這些話。

「好。」方瑾枝懵懂點頭。不知陸無硯為何突然說出這樣的話，而且神情變得很奇怪。

陸無硯有些沈重地嘆口氣，摸摸方瑾枝的頭，讓入烹帶她去用早膳。

待兩人走遠，陸無硯才起身，將方瑾枝送的禮物一一擺進櫥櫃。原本櫃裡的古玩已經移走，只放些奇怪的小東西。有方瑾枝送給他的洮硯、方瑾枝編出來的第一隻草蚱蜢、方瑾枝寫的第一頁大字、方瑾枝送來的插花做成的乾花，如今，又多了九樣。

他修長的手指輕輕撫過每一樣東西，心裡湧現無盡溫柔。

吃過早膳，陸無硯帶著方瑾枝坐上馬車，跟陸申機、楚映司還有楚懷川去打獵。遠行歸來的入酒與服侍楚懷川的入醫也隨行。

方瑾枝隱隱猜到，陸無硯是想幫父母重修舊好。她聽他說過，當初楚映司會逼婚，是因陸申機在圍獵時招惹了她。不過，照這個誰都不說話的架勢，他的如意算盤要落空了。

陸無硯吃了瓣橘子，無奈地對方瑾枝說：「等陛下回來，咱們就打道回府。」

不久，楚懷川騎馬狂奔而來，舉著手裡的兔子，大喊：「看！我打的！」

忽然，草叢間一陣騷動，有隻豹竄出來，護在楚懷川身邊的侍衛忙驅趕射殺。

「川兒！」楚映司習慣地抽走陸申機腰間的弓箭，縱身上馬，直奔過去。

「搶我的弓箭上癮了？」陸申機冷哼一聲，瞬間從侍衛手中接過弓箭，也打馬趕上。

等楚映司趕到楚懷川身邊時，豹已經被遠處的陸申機射死。

楚映司下馬，再扶楚懷川下來，急問：「有沒有不舒服？」

她的話沒說完，身後又傳出異響，兩隻更強壯的豹衝出來，想來是剛剛那隻豹的父母。

楚映司把楚懷川護在身後，在牠們就要撲到身前時，忽地砰地倒地，帶起一陣塵土。

遠處騎在馬背上的陸申機放下手中的弓箭。

「川兒，沒事了，不用怕。」楚映司轉過身，安慰楚懷川。

楚懷川睜開眼睛，看著倒地的豹，紅了眼圈，垂在身側的手握成拳，突然發現他一直都是楚映司的累贅，他好想保護她。

「先回去吧。」陸申機騎馬趕來，想去拉楚映司。

楚映司頓住，推開他，吹聲口哨，一匹駿馬自遠處而來，她帶著楚懷川上馬離開。

陸申機心中一滯，知道他們之間再無可能。

頃刻，他忽見銀光閃過，回頭驚恐地喊：「映司！」

淬毒的箭已離弦，射向馬背上的楚映司。

「皇姊！」楚懷川睜大眼睛，一把推開楚映司，長箭射入他的胸口，破體而出。

侍衛們蜂擁而上，立在遠處的陸無硯看見這一幕，帶入醫騎馬奔來。

入醫馬上查看楚懷川身上的傷口，先餵他吃幾粒藥丸，又用銀針及時封住穴位，回稟：「傷不在要害，可是箭上有毒，要及時醫治。」說完，繼續為楚懷川治傷。

楚映司站起來，道：「那幾隻豹出現在這裡不尋常，且今天是臨時起意來圍獵，刺客混不進來，唯一的可能是奸細。」

陸申機大怒，持弓高高躍起，立於樹端環顧，看見有人跑遠的身影，直接放箭去射。

陸無硯道：「兒子覺得現在應該全城搜捕。或許……衛王在城中。」

提到衛王，楚映司和陸申機同時冷靜下來。陸申機轉身上馬，立刻去調兵。

「皇姊，川兒疼……」楚懷川迷迷糊糊地喊。

楚映司不由心軟，蹲下來握住楚懷川因為害怕而微微發顫的手，輕聲安慰：「川兒不怕，咱們陛下是天子，經歷這麼多大風大浪，這次也不會有事的……」

說完，她收斂心神，對隨行的入酒使眼色。

入酒明白她的意思——除主子們外，今日在場的人必須全部收押，以免消息走漏。

楚映司安排好，隨即帶著大批人馬趕回溫國公府。

回到溫國公府後，楚懷川即咳喘不止，並咳出黑血，神志不清。宮裡的太醫快馬加鞭趕來，與入醫一同診治。

楚映司一動不動地立著，臉上沒什麼表情，甚至看不出憤怒或傷痛。

她的第一個孩子還沒出生便夭折，去時八個月，是個男嬰，長得不像她，像陸申機。

陸無硯是她的第二個孩子，他在荊國做質子的兩年，是她驕傲一生中最大的失敗。

小女兒陸佳芝死時，她在大遼邊境與荊國談判。當時是盛夏，屍身懼腐，陸家等不到她和陸申機回來，便葬了陸佳芝。

楚懷川剛出生時，不過是個身體孱弱的皇子，上有太子、皇兄，沒人在意他，所以楚映司把他抱回來，親自照顧。她是他的皇長姊，也是他的母親。

楚映司忽然發現，身邊的人，一個一個都離開了她。

她轉過身，看向陸無硯。

陸無硯一愣，搖頭。「不行，如今我和懷川身量差太多，就算隔得遠，也糊弄不了。」

楚映司點頭。可後天就是十五，晚上的國宴，楚懷川不能不出現。

陸無硯思索一會兒，計上心來，兩人商議由楚映司模仿楚懷川的筆跡，擬旨取消國宴。

沒多久，陸申機回來了，渾身煞氣，稟道：「擒獲二十三人，都是死士，沒有活口，衛王不在其中。」嗓音沙啞，已經恢復大將軍的嚴肅，不復往昔與楚映司爭吵時的陰陽怪氣。不關私事，國事上，她是主，他是她的屬下。

楚映司背對著他，沒有回頭，卻把話聽進去了。

陸無硯見狀，不再多言，帶方瑾枝回垂鞘院歇息。

眾人離去後，楚映司叮囑太醫幾句，又默默坐了一會兒，也起身離開。她知道她在這裡完全幫不上忙，接下來幾日應對朝臣要花費心力，不如回去處理政務，免得太醫分心。

第八章

楚映司走進自己的寢屋，陸申機果然在門口等她。

楚映司越過他，逕自走到長案邊研墨，攤開信紙，細細寫了幾封信。等到她把信裝好，放在案角時，才抬起頭望向陸申機。

陸申機進來，把兵符放到楚映司面前的案几上。

「我知妳用兵符要挾我和離。這兩樣，我都不要了。」陸申機將和離書放在兵符旁邊。

楚映司一愣，忍不住說：「既然你明白我只是為了逼你和離，這兵符，不必交出來。」

陸申機輕笑。「當年娶妳時，我自願離開軍隊，後來衛王謀亂，是妳把整個大遼的兵馬交到我手中，如今不過是物歸原主。想來，我陸申機還是沾了妳的光。」

「那也是你憑藉真本事得到的。」楚映司如實道。若陸申機無將才，當年她不會將大遼兵馬交給他；還有信任，縱使有比他更會行軍打仗的人，她也不敢釋出軍權。即使如今兩人感情惡劣至此，將兵權放到他手中，她仍是放心。

可惜，他不相信了。

陸申機轉身背對楚映司，靜默很久，心中千迴百轉，閉起眼，沈聲道：「珍重。」隨即大步跨出書房，不再回頭。

隔日，方瑾枝醒來時，天剛濛濛亮，半黑半白的天際露出圓日的輪廓。

「衛嬤嬤，我渴……」她揉揉眼睛，從床上坐起來。

等了半天，沒等到衛嬤嬤的聲音，方瑾枝的大眼睜開一條縫，望著屋子裡的陳設，才想起這裡不是自己的小院，握起小拳頭敲敲腦袋，嘟囔著：「怎麼又在垂鞘院睡著了……」

她有些懊惱地跳下床，匆忙踩著鞋子往外跑。剛推開門，一陣涼風吹來，她抖了抖，又退回去，從牆邊的梨木矮櫃裡翻出一件陸無硯的銀絲長衫披了，拖著衣襬往外跑。陸無硯說不定又不肯吃早膳，她得去看著他。

方瑾枝剛跑下樓梯，忽然聽見一聲驚呼，轉身疑惑地望著身後的人，是兩個十六、七歲的俏麗姑娘，穿著與入茶和入烹衣著款式相似的襦裙，便曉得了她們的身分。

「妳們見到三哥哥了嗎？」方瑾枝打著哈欠問道。

兩個丫鬟根本沒回答她的話，直接追上來，伸手扒下方瑾枝身上的長衫。

「爺的衣服豈是妳能胡亂穿的！被妳糟蹋了，爺還怎麼上身?!」一個丫鬟對她吼道。

被這麼一兇，方瑾枝懵了，使勁眨眼。她剛起床時容易犯糊塗，現在更是一頭霧水。

另一個丫鬟皺著眉問：「妳是誰？陸家的表姑娘嗎？」

方瑾枝訥訥地點頭。

「這兒不是妳亂闖亂逛的地方，趁著爺不在，趕緊走！」剛才吼人的姑娘推她一把。

方瑾枝及時抓住扶手，才沒從樓梯摔下。她轉頭看見書房的門被吹開，有幾頁紙被風吹落，便小跑著過去撿起來，小心翼翼地放回書架。

「妳這孩子，三少爺的書房是不許別人進去的！」罵人的丫鬟更生氣了，衝進書房，想把方瑾枝抓出去。

方瑾枝後退兩步，皺眉看她。「我不想跟妳們說話，去讓入烹來見我！」

「呵，好大的口氣。給我出來！」丫鬟衝上前，扣住方瑾枝的小胳膊往外拽。

方瑾枝忙抓住書架，拉扯間，書架傾倒，書卷砸在她身上，甚至掩埋了身子。

「天啊！」兩個丫鬟同時驚呼。陸無硯愛書，這裡的書都是他多年收藏，其中很多是孤本，連忙過去撿，沒管埋在書堆裡的方瑾枝。

方瑾枝費力坐起來，揉了揉額角，將小手掌攤開看時，上面已是一片血跡。

「入針、入線，妳們在上面做什麼呢？大吵大鬧的，三少爺還在睡呢！」

入烹有些生氣地上樓，一看見眼前這幕時，狠狠驚住，手腕一顫，捧著的托盤落地，甜米粥灑在裙子和鞋面上，竟渾然不覺得燙，睜大眼睛看著額角不斷流血的方瑾枝。

「入烹姊姊，都怪這孩子把三少爺的書架弄倒了，咱們馬上收拾好。」入針捧著懷裡的書，往書房裡走，卻不小心重重踩著方瑾枝的手。

「啊！疼！」方瑾枝痛呼，使勁去抽自己的手。

「表姑娘！」入烹急忙衝進來，推開入針和入線，用顫抖的手移開仍舊堆在方瑾枝身上的書，小心翼翼地抬起她的臉，發現她額角上的傷口有小孩子尾指那麼長，且流血不止。

方瑾枝喃喃道：「我的手……」五、六歲的孩子最是嬌嫩，她的手背和三指脫了皮，滲出細細密密的血珠。

「沒事的，表姑娘不怕！」入烹捧起方瑾枝的手，看向入針和入線，顫聲說：「如果她臉上或手上落下一丁點疤，妳們別想活命！快去找入醫來！」

入針和入線應是，匆忙下樓。

「等等，一個人去就行，另一個去喊三少爺，說表姑娘傷了。」

入烹吩咐完，便急忙把方瑾枝抱去了偏廳。

進了門，入烹小心翼翼地讓方瑾枝坐在美人榻上。

「表姑娘？」入烹有些擔心地摸摸方瑾枝的額頭。若是別的小孩子，這時恐怕早哭個不停，可方瑾枝的大眼睛裡已經溢滿淚珠，卻沒有哭出來，怕是嚇著了。

「瑾枝！」一陣凌亂的腳步聲響起，陸無硯繞過屏風進來，身上只隨意裹了件長袍。

「三哥哥……」方瑾枝見到陸無硯，終於落淚，從美人榻上跳下，直奔陸無硯而去，雙手環住他的腰，哇哇大哭，臉上、手上的血水伴著眼淚蹭在他身上。

「三哥哥在這裡。」陸無硯心疼地抱起她，走向美人榻，她臉上的血痕，讓他心驚。

方瑾枝摟著他的脖子不肯放，他便坐下，如往常那樣，將她抱在膝上，小心翼翼地捧起她的手，上面的傷口觸目驚心，一看就是被踩傷的。

他眸光冷了一瞬，隨即捧起她的臉，先用帕子輕輕擦去她臉上的血跡。

這時，入醫提著藥箱跑進來，看見方瑾枝臉上的傷口也吃驚了，忙過去替她診治。

她找出傷藥，在方瑾枝身前彎下腰，柔聲說：「上藥有一點疼，表姑娘要忍一忍。」

方瑾枝緊緊抿唇，使勁點頭，卻呆呆地望著陸無硯。以前就算誰惹他不痛快，他也未曾怒形於色，是不是她哭哭啼啼，惹他討厭了？

她伸出傷痕累累的手，想抓陸無硯的大掌，又立刻縮回來，換另一隻乾淨的手去拉他。

「三哥哥，不要發火，我不哭了，別生氣……」方瑾枝怯怯地說，擔心陸無硯厭惡她。

陸無硯看著方瑾枝眼裡的小心翼翼，冷靜下來，用指腹抹去她眼角的淚，努力壓抑心裡的憤怒，用平緩的聲音說：「不要胡思亂想，讓入醫好好幫妳上藥，以後不會留疤的。」

「嗯！」方瑾枝認真點頭，忍著疼，讓入醫上藥。

另一邊，入烹正捧著方瑾枝的手擦去血跡，準備幫她上藥包紮。

「給我吧。」陸無硯道。

「是。」入烹停手，有些猶豫地將手中的藥膏遞給陸無硯。這種藥膏的味道實在不好聞，她擔心引起陸無硯的不適。

陸無硯用指腹蘸了褐色藥膏，輕輕抹在方瑾枝的手背上。他塗抹得很仔細，動作十分輕柔，擔心弄疼她。

方瑾枝抬頭，偷偷觀察陸無硯的臉色，見他恢復平靜，眼中的憤怒也消失，才鬆口氣。

陸無硯看她一眼，又低下頭，更溫柔地為她塗抹膏藥。比起她臉上的傷口，他更擔心她的手。臉上留不留疤並沒有那麼重要，小手傷了關節，才讓他心疼。

見陸無硯面色和緩了些，入針和入線對視一眼，跪行到他面前，說出事情始末。

「奴婢們來給三少爺送衣服，碰巧在樓梯口撞見表姑娘，以為她亂闖，不知她昨夜宿在垂鞘院。三少爺的衣服不會上身第二次，更不會穿別人穿過的，奴婢們見表姑娘披著您的長衫，才硬扒下來。接著，又擔心她弄壞您的書，去書房拉人，不小心踩到她的手……」

陸無硯聽著，冷冷地問：「說完了？」

「說……說完了。」入針和入線的頭垂得更低，幾乎貼在地上。

陸無硯點頭。「殺了。」

方瑾枝呆呆望著陸無硯，被嚇著了。她很氣入針和入線，可是最多打一頓或趕走就成，沒想到陸無硯會用這麼重的刑罰。

她有些明白了，這段日子以來，她所見到的陸無硯並不是完完整整的，陸無硯對她好，並不代表他會對別人好。那他現在對她好，以後也會對她好嗎？

她想著，抓著陸無硯衣襟的手不由鬆開了些。這樣是不對的！陸無硯對她再好，也不過是表哥，也不過是因為她的名字和他親生的妹妹同音。她……她不應該這麼依賴他。

陸無硯見狀，握住她的小手臂，問道：「告訴我，為什麼哭？」

「我只是疼而已。」方瑾枝轉過頭，不敢看陸無硯的眼睛。

陸無硯狠了狠心，冷聲說：「如果妳不肯講實話，從今日起，我不再理妳，妳也不必再來垂鞘院找我。」

方瑾枝的睫毛顫了下，淚珠滾落。「反正……你遲早會不理我。」

「為什麼？」

「我知道你把我當成妹妹，你妹妹叫芝芝，我的名字和她同音。她小時候沒讀書，也喜歡吃紅豆糖，我來溫國公府時五歲，她……她去世時也是五歲。等我長大，便不會像你記憶裡的妹妹，你就不會管我了……」

方瑾枝一股腦兒喊完，隨即摀著臉，斷斷續續地說：「我怕三哥哥以後不理我……」

陸無硯想將她摀著臉的手拿開，幫她擦眼淚，手還沒碰到她，又收回來。

「幼時我只有年節才會回陸家，早已不記得芝芝的模樣，我見她的次數，還沒有見瑾枝多。我記憶裡的芝芝，是剛剛會走路的小不點，還是嬌滴滴的病秧子，瑾枝像她嗎？」

「不是這樣的嗎？」方瑾枝望著陸無硯，大眼睛裡滿是疑惑。難道一直以來，她都猜錯了嗎？陸無硯對她好，難道不是因為陸佳芝的緣故？

「可是……你只是我表哥。」方瑾枝的小屁股不由又向後挪了挪。

「可是……瑾枝不是說過，長大了要嫁給我嗎？」

方瑾枝愣住，又迷糊了，緊緊皺眉。「瑾枝沒有忘記。但……嫁給三哥哥的話，三哥哥就會一直對我好，就變成家人了嗎？」

「是啊，生死不棄的家人。」陸無硯故意在「生死不棄」四個字上加重語氣。

方瑾枝偏頭，審視面前的陸無硯，還是想不通。「三哥哥，那我什麼時候嫁給你？」怯生生地去拉陸無硯的衣角，語氣裡帶著濃濃企盼。

陸無硯挑眉，心想還是小孩子好糊弄，等她長大了，想要娶她，簡直難如登天。

「等到瑾枝喜歡三哥哥的時候。」陸無硯語氣悠揚，又帶著點說不出的歡愉。看見如今方瑾枝恨不得早點嫁給他的模樣，心裡竟有一絲快意。

「我現在就很喜歡三哥哥呀！」方瑾枝眨巴著大眼睛，一本正經地說。

陸無硯輕輕摸她的頭。「是喜歡我，還是喜歡我可以護著妳？」沈默一瞬，又道：「如果瑾枝真的喜歡三哥哥，便不會擔心惹我生氣而撒謊，應該相信我不會因為妳說真話而對妳不好。就算咱們以後有爭執，妳永遠都是我的瑾枝，我永遠都是妳的三哥哥。」

方瑾枝望著陸無硯，握起小拳頭敲小腦袋去想這些話的意思，迷茫目光漸漸變得澄澈。「我知道了，三哥哥不希望我虛情假意地討好，希望我真心實意地對你，不對你撒謊！」

陸無硯讚賞地點頭。

方瑾枝長長舒了口氣，用沒受傷的小手去抓陸無硯的大掌，將他的拇指緊緊攥在掌心裡，小心翼翼地說：「三哥哥，我想幫兩個丫鬟求情。死好可怕，她們的家人會想她們的。真的要罰，狠狠打她們一頓，再趕走如何？」

陸無硯為難。別說她們傷了方瑾枝，光在垂鞘院大喊大叫又弄壞他的書，就很難活命。可他敵不過方瑾枝滿懷希望的眼神，只得無奈點頭。「如果妳現在跑去跟入烹說，說不定還來得及。不過要在一刻鐘之內回來，我要帶妳出府。」

方瑾枝的眸子瞬間亮起來。「我知道了！」扶著陸無硯的肩頭，從石桌上跳下來，邁著一雙小短腿，飛快往回跑。

陸無硯看著她的背影，不知不覺笑了起來。

一刻鐘後，陸無硯帶方瑾枝上馬車，足足花了兩個時辰才到目的地。

馬車停下，方瑾枝挑起車簾，望著眼前的府邸。

「榮國公府……」方瑾枝唸出來，不明白陸無硯為什麼突然帶她到這裡來？

雖然方瑾枝年紀還小，可陸無硯不得不替他們的未來著想。想來想去，他決定為方瑾枝找身分貴重的義父母，最後挑中榮國公府林家。

陸無硯對方瑾枝解釋幾句，原本擔心她會想岔，不想方瑾枝聽完，歪著頭說：「三哥哥，你在幫我找大靠山呢，你對我太好啦！」

陸無硯一滯，有些驚愕。方瑾枝居然完全想通了。

他還來不及說話，方瑾枝即摟住他的脖子。「謝謝三哥哥！」在他的臉頰上親一下，不夠，又親了兩下、三下、四下……

啵啵啵的聲音和臉頰上濕漉漉的感覺讓陸無硯僵住，然後恍若鵲羽輕拂腳心的酥麻感立刻席捲全身。

他有些僵硬地抬手，抓住方瑾枝的小肩膀，輕輕拉開她，阻止她的動作。

「瑾枝……」陸無硯長長吸口氣。「我有一件十分嚴肅的事情要跟妳說。」

「什麼事呀？」方瑾枝眨眨無辜的大眼睛。

「就是……」

「等一下！」陸無硯剛說兩個字，方瑾枝便打斷他，伸出手去擦陸無硯臉上的口水，有些不好意思。「我把三哥哥的臉弄髒了。」

陸無硯見狀，有些說不清自己心裡的滋味，過了好半天，才輕咳一聲，道：「瑾枝，以後不許輕易去親別人的臉，知道了嗎？」

「我沒有親別人的臉呀，三哥哥又不是別人。娘親親爹爹的臉，爹爹就會好開心，那我親三哥哥的臉，三哥哥不開心嗎？」

「開心……」陸無硯張嘴，有些艱難地吐出兩個字，其他的話完全說不出口，只得無奈地帶著方瑾枝進榮國公府。

榮國公夫人與大奶奶喬氏立在門前張望，見到他們時，臉上立刻顯出幾分欣喜。

喬氏迎上來，想去拉方瑾枝的手，但瞧見她身上的傷，怕弄疼她，終是作罷，柔聲說：「瑾枝坐車累嗎？渴不渴？」

方瑾枝搖搖頭，去拉喬氏的手。「您是不是在這裡站了很久呀？瑾枝扶您進去休息好不好？」

「好、好……」喬氏有些受寵若驚，望著方瑾枝，不由紅了眼眶。她一直喜歡女兒，連生三個兒子，終於盼來么女，卻不幸夭折。她又因生產時傷到身子，再不能生育，所以想收養一個乖巧的女兒。

陸無硯把方瑾枝交給榮國公夫人和喬氏，自去與榮國公說話。婆媳倆拉著方瑾枝在後花園裡轉轉，逛逛花房，然後領人進屋，塞了她一肚子美味的糕點，又關心她的傷勢。

接著，榮國公夫人親自幫她戴上銀鎖，喬氏又從妝奩裡翻出一套玉鐲，套在她沒受傷的手腕上。這套玉鐲共有三只，行動間，玉器相碰，聲音清脆好聽。這原是喬氏為么女打造的，可鐲子還沒做好，女兒就先去了。

本來應該送更多首飾的，但方瑾枝年紀還小，身上又戴孝，不好佩帶。來日方長，不急於一時。

不知不覺，天色漸晚，嬤嬤在一旁提醒：「太太、奶奶，該送方姑娘去前院坐車了。」冬日裡天黑得早，日頭已然西沈，在天際灑下大片餘暉，若是再耽擱，方瑾枝回去時就要趕夜路。

榮國公夫人和喬氏露出捨不得的表情，可認義女的事本來就沒那麼容易，而且方瑾枝是溫國公府裡的表姑娘，想要收她，還需長輩們出面，親自去溫國公府說一聲，依照禮數來，斷不能一杯茶就認了親。今日不過是陸無硯領方瑾枝過來，表達認親心意，先見面而已。

方瑾枝挪挪小屁股，從椅子上下來。「瑾枝下次再來看妳們。」

「好，我們等妳。」喬氏牽起她，親自送她出去，直到看見兄妹倆上馬車，才收回戀戀不捨的目光。

待馬車走遠，出來送人的榮國公吩咐喬氏。「過了十五，妳與妳婆婆去溫國公府一趟，把認義女的事情辦好。以後把這孩子當成府裡的嫡姑娘對待，切不可讓她受一點委屈。」

「媳婦兒知道了。」喬氏忙應下，但心裡狐疑。她想收養義女是整個榮國公府都知曉的事，她對方瑾枝極為滿意，定會好好疼愛，公公何必多此一舉，格外囑咐？

但榮國公的心卻跟明鏡一樣。剛才在前院說話時，陸無硯對方瑾枝的在意表現得太過明顯，明顯到像故意暗示他們非收她當義女不可。

如今朝局詭譎，多一個敵人，不如多結交一個盟友回程車上，方瑾枝黏到陸無硯身邊，好奇地問了下午時來不及問的問題。她一直很好奇那些名字帶有「入」字丫鬟的來歷，總覺得她們不像溫國公府裡的人，只聽命於陸無硯或楚映司。

陸無硯細細解釋給她聽。「但凡『入』字輩的侍女，都不是溫國公裡的丫鬟，而是自小養在入樓的人，她們或是孤女，或是因為家中貧寒被父母賤賣。母親收留她們，安置在入樓，命人教她們一技之長，待其長大，憑本事分配各處。」

方瑾枝點點頭，恍然大悟。「那三哥哥身邊是最好的出路嘍？她們一定都想來！」

陸無硯搖頭。「一離入樓，哪裡還有好的出路？」

他不願告訴方瑾枝，他身邊已經換了無數個侍女，入烹和入茶是留得最久的。至於以前的人現在在哪兒，更不想對方瑾枝說。

兩人回到溫國公府後，直接去了垂鞘院。

入茶來稟，說楚懷川已能下床，朝中有要事待議，楚映司決定連夜護送他回去。

陸無硯不放心，打算隨行，便囑咐方瑾枝照顧自己，又交代入烹與入茶伺候好她，才去見楚映司，與她一同進宮。

離別後的日子，總是過得格外無趣。

方瑾枝依然會去垂鞘院，走到窗口的高腳桌前，踩上玫瑰小椅，望著青瓷魚缸裡的小魚。小魚兒一動不動，她便伸出手指在水面上輕輕一劃，才讓牠們轉著游動兩圈。

她看了一會兒，側身從矮櫃裡拿出餌食餵魚。

一陣風拂過，吹落長案上的宣紙。方瑾枝連忙放好魚食，跳下小椅，小跑著去撿。

過年時，陸無硯教她寫字的場景浮現眼前。她花了太久工夫學寫「陸無硯」三個字，可自己的名字至今沒寫好。尤其是「瑾」字，總被她寫得歪歪扭扭。

方瑾枝想著，自受傷後便沒動筆，不如練習一下，遂拿起筆架上的筆蘸墨，準備寫字。孰料，那枝為她特製的毛筆從手中滑落，墨水染髒宣紙，又從案上滾下，掉到絨毯上。

方瑾枝蹲下身撿筆，卻撿不起來。

她一愣，把右手伸到眼前，然後用左手使勁捏了手指——

不疼！

另一邊，楚懷川虛弱地坐在龍椅上，臉上的蒼白憔悴和偌大宮殿的金碧輝煌格格不入。群臣七嘴八舌，有上奏待議的，也有言官彈劾的。

「兩國聯姻有利於國泰民安，挑選郡主和親荊國乃上上之策，望陛下三思！」

「陛下，您是一國之君，怎可讓一介女流涉政！」

「陛下，今年大旱，關寧谷一帶顆粒無收，百姓苦不堪言，請陛下恩准開倉賑災！」

「陛下，此舉萬萬不可。年前已開倉賑災，再這麼下去，國庫空虛，該當如何？敵國強盛，如今更應將國庫用於兵馬草糧，才能保家衛國！」

楚懷川張張嘴，胸腹中忽然一陣翻湧，不由彎下腰，劇烈地咳起來。

「陛下，保重龍體啊！」小太監匆忙趕過去，遞上明黃錦帕與藥丸。

群臣見狀，黑壓壓跪了一地，齊聲道：「陛下，萬望保重龍體！」

楚懷川服藥，過了好一會兒才停止咳喘，剛想退朝，忽在大殿外看見熟悉的身影。

群臣轉頭，望著出現在殿門的楚映司，眼中露出各自不同的情緒。

「母親當心。」陸無硯扶著楚映司跨過高高的朱紅門檻。

楚映司入殿，示意他不必再扶，拖著繁複宮裝，一步步踏上漆金寶階，在龍椅旁轉身，雙手交疊，端莊地放在小腹上，居高臨下望著群臣，目光冷傲威嚴，開始議事。

說到國庫空虛時，楚映司索性拔下髮間鳳釵，又將皓腕上的金銀玉鐲盡數除去，擲到太監舉過頭頂的托盤裡。

「本宮相信，集眾臣之力，定可度過這道難關。本宮願將公主府捐於國庫！」

「公主心懷天下，此乃大遼之福！」

在群臣的讚譽聲裡，陸無硯輕咳，看楚懷川一眼。楚懷川對上他的目光，立刻明白過來，忙道：「宮中吃穿用度向來鋪張浪費，即日起，朕以身作則，開銷裁減一半，充實國庫！」

結果，又一輪「陛下英明」的讚譽聲後，群臣緊接著站出來捐銀兩，一個接一個，無一不捐。

等眾人捐完銀子，楚懷川便宣布退朝。

等人全走了，陸無硯才扶住楚映司，有些不捨地說：「母親，他們都走了。」

楚映司聞言，放在小腹上的左手才抬起來，掌心早已被鮮血染紅。昨晚她遇刺，思及國事，仍勉強自己上朝，又因腰封是曜黑之色，那些大臣竟無人察覺她的異樣。

楚懷川走到楚映司的另一側扶住她，眼眶不由濕了。

陸無硯攙扶楚映司。「母親，回去吧。」

「皇姊，您歇一歇再走。」楚懷川想到楚映司受傷還得再受馬車顛簸，心酸難忍。

楚映司搖搖頭。「這個時候，我若在宮中久留，恐要引人生疑。放心，皇姊無事，你在宮中也要照顧好自己的身體。」

楚懷川知道自己向來不能左右楚映司的意思，縱使不忍，也只得點頭，含著眼淚送走楚映司與陸無硯。

楚映司雖然垂簾聽政，卻不住在宮中。她原本住在公主府，但前幾日打算將公主府捐出後，便搬到別院。別院不過是她幼時得到的小小府邸，與公主府相比，樸素許多。

回到別院，陸無硯沒有迴避，直接扶著楚映司進寢屋。

跟來的入醫匆忙脫下她身上的繁複宮裝，檢查傷口，重新上藥包紮。

陸無硯蹲在楚映司身前，凝視那道觸目驚心的傷。

「無硯，別看。」楚映司有些猶豫，怕陸無硯會不舒服。

「我來吧。」陸無硯從入醫手中接過藥粉，親自為母親上藥。

楚映司凝視他好一會兒，才向後倚在交椅上，難得從心至身放鬆下來，發覺兒子已經長大，可以讓她依靠了。

陸無硯為她上完藥，仔細包紮好傷口，才道：「母親，把入樓交給兒子吧。」

楚映司微微驚訝地看著陸無硯。入樓是她的心血，也是手中很強悍的力量。入樓名義上是她收留孤女和被父母賤賣之女的地方，可是進來後，每個人都會接受栽培，有的成為侍女，也有武藝高強的入酒、醫術高超的入醫之流，還有很多潛伏在各地為她效力的巾幗。

陸無硯苦笑。「讓兒子幫您分擔吧。」他很清楚自己母親多疑的性格，甚至有些不確定，現在她是不是信任他？

楚映司看了陸無硯好一會兒，才讓入醫把小抽屜裡的盒子拿來，打開盒蓋，取出一只嵌著碎金的玉扣，交到陸無硯手上。

「入樓，本來就是你的。」楚映司微笑。「母親累了，要躺一會兒，你也去歇息吧。」

「嗯。」陸無硯扶楚映司上床，替她仔細蓋好錦被，才悄悄退出去。

接下來一個月，陸無硯每天侍奉在楚映司身邊，直到楚映司的傷勢好轉，才鬆了口氣。

幾日後，入烹匆匆來到別院，陸無硯看見她，忽然生出不好的預感。

聽完入烹稟報，他的心頓時劇痛不已，立刻騎馬，一路快馬加鞭趕回溫國公府。

第九章

回到溫國公府，陸無硯翻身下馬，風一般地趕回垂鞘院。

堂屋的門開著，陸無硯遠遠便看見他的小姑娘站在小矮凳上，垂著眸，認認真真地寫字。

方瑾枝聽到動靜，疑惑抬頭，巴掌大的小臉立刻露出欣喜笑容，大眼彎成漂亮的月牙。

「三哥哥，你回來啦！」溫暖甜糯的嗓音裡有滿滿的欣喜。

「嗯。」陸無硯艱難地點頭，目光從方瑾枝的臉緩緩下移，落在她握著筆的小手上。

現在已是四月初，早晚雖仍乍暖還寒，可白天日頭已經開始暖人。方瑾枝脫下交領小短襖，換上月白短衫，窄袖短衫藏在層層疊疊的湖藍齊胸襦裙裡，整個人乾淨得好似一朵雲。

她歡喜地跑到陸無硯身前，舉起左手，如往昔那般親暱地把陸無硯的拇指攥在手心裡。

「三哥哥，你這一去，居然去了一個多月呢！」方瑾枝鼓著腮幫子，話中帶著小姑娘家特有的嬌嗔。

「嗯，是三哥哥不好，這麼久沒有回來。」陸無硯蹲下，與他的小姑娘平視。

他捧起她的右手，方瑾枝微微躲閃，他卻越發抓緊。她右手上的紗布已經除去，那些傷口也消失了，小小手掌白皙如雪，皮膚嬌嫩，可是無名指和中指是僵的。

「不是告訴過妳，如果出事，就讓入烹去尋我嗎？」陸無硯淺淺嘆息，說不明心中的疼痛與苦澀。

「府裡給我請過大夫啦；義母很疼我，也幫我找了好多名醫。三哥哥瞧，一點疤痕都沒留下。瑾枝很聽大夫的話，現在每天都堅持用藥呢。」

陸無硯沈默，低首凝望捧在掌心的小手。

方瑾枝抿唇，悄悄打量陸無硯的神色，小聲說：「三哥哥晚歸，定是被重要的事絆住，我不想再拿這樣的小事煩你。」

「這哪裡是小事？」陸無硯不由輕輕把她攬在懷裡。她總是聰慧懂事得讓他心疼。

方瑾枝垂下眼瞼，將眸中的黯淡隱藏起來，笑嘻嘻地推推他。「三哥哥快來看我寫的字。我練了好久，現在用左手寫字比以前用右手還好看哩！」

她拉著陸無硯往長案走，獻寶似的捧著剛寫好的字給他看，正是他的名字。

「嗯，很好看。」陸無硯輕輕摩挲紙上的字跡。他的小姑娘一定練了很久很久，才能寫得這麼漂亮。

「放心，三哥哥一定醫好妳的手。」陸無硯將那隻嬌嬌嫩嫩的右手捧在掌心裡，輕輕吻了她的指尖。

第二日，方瑾枝再去垂鞘院時，陸無硯送了一張琴給她。

「我……」方瑾枝有些躲閃地後退。她的右手手指不能彎，不能彈琴。

「來，三哥哥教妳彈琴。」

陸無硯將有些怯意的小姑娘拉到身前坐下，教她認識每根琴弦，握著她僵硬的指尖，一次次撥動琴弦，不成調的樂音流瀉而出，引來一陣清脆的笑聲。

方瑾枝望著陸無硯認真的側臉，抿起唇，繼續使勁彈，雖然，她的指腹感受不到琴弦的存在。

彈了一會兒琴，陸無硯取出棋子，將黑白棋混在一起，放在方瑾枝身前的小矮桌上。

他握著方瑾枝不能彎曲的中指和無名指，道：「用這兩根手指把黑子挾出來。」

「嗯！」方瑾枝點頭，奮力伸手去挾，棋子卻一次又一次從指縫掉下，滾落在地。

她急忙蹲下身，試著用使不上力氣的中指和無名指挾起黑子。不過一會兒工夫，額頭已經沁出一層細密汗珠，自己卻渾然不覺，繼續低頭挾棋子。

陸無硯站在一旁，勉強壓下心裡的不忍。為了方瑾枝好，這些苦，她必須吃。

傍晚，得到消息的入醫匆匆趕來，打開小藥箱，取出捲在一起的沉香色錦布。錦布展開，裡面是一根根細如髮絲的銀針，準備為方瑾枝施針。

「瑾枝，等一下會很疼，要忍一忍。」陸無硯把方瑾枝抱在懷裡，又提醒她：「別看。」

入醫上前，將銀針刺入方瑾枝的小臂、手腕、手背及手指，一個時辰後，才盡數拔去。

陸無硯這才抬起方瑾枝埋在他胸口的小臉，白皙臉蛋上已淚水漣漣，卻連句疼都沒喊。

他低下頭，凝視方瑾枝。「如果瑾枝想讓自己的手和以前一樣靈活，以後每日都要練習彈琴、撿棋子，還要忍受銀針刺入的疼痛，妳願意嗎？」

方瑾枝狠狠吸了吸鼻子，說道：「我願意，我一點都不疼！」

「嗯。」陸無硯苦笑，小心翼翼地幫她抹去淚水。明明小臂和右手都紅了一大片，手指更是微微發腫，怎能不疼呢？別說是陸無硯，連一旁的入醫和入烹看了，都心疼得不得了。

入烹彎下腰，溫柔地對方瑾枝說：「今天奴婢做了好幾道表姑娘喜歡吃的菜喔！」

方瑾枝立刻笑起來，等不及了。

吃完晚膳，方瑾枝爬到陸無硯膝上，拉著他的手問：「三哥哥，那張琴是不是送給我了？那……」剩下的半句，吞吞吐吐，猶猶豫豫，卻是沒有說出來。

瞧她這個模樣，陸無硯如何不懂？她是想把琴帶回自己的小院子，晚上繼續練習。他捨不得她辛苦，卻不能阻止，只能勉強笑著揉揉她柔軟的頭髮。

「好，這張琴妳先拿回去用，過幾日，三哥哥再幫妳換小一點的。」

「謝謝三哥哥！」方瑾枝彎起月牙眼，嘴角浮現淺淺梨渦，讓整張小臉又添幾分甜美。

陸無硯看著她，生出一絲心疼。他的小姑娘瘦了，別看她現在笑得甜，一個人的時候，想必偷偷抹過眼淚。喉間滾了滾，壓下千言萬語，暗暗希望她快點長大，有太多情衷想對她訴說，太想用另一個身分給她倚靠，讓她肆無忌憚地難過。

「三哥哥，你不要總是皺著眉頭。」方瑾枝探出小手，一點一點抹平陸無硯蹙起的眉心。「我知道三哥哥對我好，可是我不要你擔心。」

陸無硯不由笑出聲，放下方瑾枝。「回去吧！」

「嗯！」方瑾枝開心地抱起她的琴。

一旁的入醫看見，忙從她手裡接過琴。「哪裡用得著表姑娘抱，讓奴婢來。」

方瑾枝小跑到門口，又轉過身，對陸無硯揮手。「三哥哥，我明天再來！」

「好。」陸無硯含笑點頭。

等到方瑾枝小小的身影消失不見，陸無硯臉上的笑意淡去，慢慢染上一抹冰寒。

「那兩個人還活著嗎？」陸無硯開口，聲音裡帶著一股森然之意。

入烹曉得陸無硯問的是入針和入線，道：「還、還活著。」

「那就活著吧。」陸無硯的嘴角勾出一抹陰冷的笑。「讓她們兩個生不如死。」

入烹雙肩一抖，忙低下頭，小聲應是。

陸無硯揮袖，打翻桌上的黑白棋盒，發出一陣清脆聲響，像什麼東西碎了，碎個徹底。

陸無硯的垂鞘院不許下人隨意進出，因此方瑾枝不准她的丫鬟跟著，只讓她們送她到院口，到了時辰再來接她。

她從院子裡出來，阿星和阿月果然已經在那兒等了。方瑾枝甜甜地向入醫道謝，入醫把懷裡的琴交給阿星，看著方瑾枝走遠才回去。

一路上，阿星和阿月發現，她們的小主子好像心情不錯，嘴角竟一直勾著笑意。

方瑾枝回去後，直接把琴抱進自己的寢屋，屏退下人後，將門閂上。

方瑾平與方瑾安從隔間裡繞出來，拉著方瑾枝到床邊坐下，去看她的手。

多虧了方瑾枝的耐心，如今她們不僅能說話，走路平穩，還能小跑。可惜唯有方瑾枝在的時候，才能從隔間裡出來走動走動。

「姊姊……」兩個小姑娘捧著方瑾枝的右手，見上面紅紅的，甚至發腫，立刻掉淚。

「不哭不哭。」方瑾枝壓低聲音安慰兩個妹妹，幫她們拭淚，仔細解釋道：「三哥哥回來了，找來入醫幫姊姊治傷，堅持一段時日，姊姊的手就好啦！而且姊姊一點都不疼，手上紅紅的，是因為塗了一層藥呀。」

方瑾平和方瑾安畢竟才三歲，便相信了，陪方瑾之練完琴，才一起睡下。

半年後。

一早，姚氏和陳氏走在檐下，準備去給婆婆許氏請安。

陳氏朝迴廊裡的小身影望一眼。「那是瑾枝吧？自從她搬了院子，倒是不常見了。」

姚氏抬眸看去，果然是方瑾枝，正抱著一盆雪白的瑤臺玉鳳，小心翼翼地往前走，後面跟了兩個丫鬟。她懷裡那盆菊花開得極好，白色花瓣一片一片圍繞著鵝黃花心。但花好不如人好，白皙如瓷的小臉蛋和名貴的菊相比，不僅沒有黯然失色，反而被映襯得更加明豔。

「聽說她的手指能動了，真是不容易。當初府裡給她找了多少大夫，連榮國公府也一個接著一個名醫地請，哪個不是連連搖頭？」姚氏有些感慨。「聽說為了治手，這孩子吃了不少苦，三更半夜都能聽見她的小閣樓裡傳出琴聲。」

陳氏聞言，看姚氏一眼，似無意地說：「瑾枝這孩子畢竟是咱們三房的人，如今年紀小也罷了，再過幾年，等她長大……」頓了頓，用帕子掩唇，不自然地輕笑一聲。「現在九月底，眨眼過完年，這孩子就七歲了，不好總是跟在無硯身邊。瑾枝這孩子命苦，沒母親教導，咱們做舅母的不得不替她籌謀，不能影響了小姑娘的名聲。」

姚氏輕飄飄地回看她，哪裡不明白她心裡的小算盤？方瑾枝傷著那段時日，陳氏可是沒少獻殷勤，這是在籠絡小姑娘的心，其實惦記的還不是方家的那些商鋪、莊子？

「難道跑去垂鞘院要人？」姚氏有些不耐煩。她何嘗沒想過，等方瑾枝長大，必要歸還那些家產，可是誰捨得呢？當初接手只覺豐厚，打理後才發現，豈是豐厚兩字可以形容？

姚氏想著，看向方瑾枝經過的垂花門。她究竟知不知道父母為她備下了多少嫁妝？嫁妝？姚氏忽然心裡一動。倘若方瑾枝變成她的兒媳，方家家產豈不是不用歸還？怪不得陳氏表現出對方瑾枝格外疼惜的樣子，難不成早有了利用庶子結親的打算？

想到這裡，姚氏心中煩悶，快走兩步，不再理會陳氏。

兩人到了許氏屋裡，進門便看見她斜倚在臥榻上，面色沈鬱，遂急忙過去請安，一個倒茶、一個捏肩。

許氏喝完茶，煩躁地對兩個兒媳說：「我屋裡的婆子瞧見媒人從老太太的院子出來。」

姚氏與陳氏對視一眼，不由詫異。孫氏早已不管後院的事，是誰的婚事讓她上了心？這些年，晚輩的親事都是由各房太太自己拿主意。

但兩人瞬間便想明白，五年前大太太去靜寧庵吃齋念佛，幾房裡，只有大房沒主子管，也唯有大房的事，能讓孫氏親自過問。楚映司不管溫國公府的後宅，是以才交給二房和三房打理，雖然有些爭執，可總歸是受益的。若大房有了女主人，她們就得交回後宅管事權。

兩人心裡忐忑。就算拖個幾年才將新大嫂娶進門，也總有進門的一天，就算她沒能力，可是陸無硯早晚要娶妻，溫國公府後宅的權遲早要還給大房，的確應該未雨綢繆了。

這半年，陸申機交出兵符後，便在府裡訓練陸家子弟，教授騎射與武藝。大遼並不重文輕武，武官在朝中的地位不比文官低，是以各房也默許孩子習武。

陸無硯依然忙碌，時常與楚映司議事。平時早上就起得遲，現在更遲了。

這日早上，方瑾枝去了垂鞘院，放緩腳步，悄聲走進陸無硯的寢屋。

燭火映照出一室暖融融的光，陸無硯睡著，卻蹙著眉。

方瑾枝小心翼翼地走過去，脫了鞋子爬上床，坐在床邊，托住下巴瞅著陸無硯。等了好半天，陸無硯沒睜開眼睛，眉心反而越蹙越緊，不由伸出嬌嬌嫩嫩的小手，去撫他的眉頭。

孰料，陸無硯忽然睜開眼，擒住方瑾枝的手腕。

方瑾枝驚呼：「疼！三哥哥，疼！」

陸無硯這才鬆手，輕吹被他捏紅的地方，有些心疼地問：「還疼嗎？」

「唔，還有一點點疼，如果三哥哥現在起床的話，就一點都不疼啦！」方瑾枝眨著大大的眼睛望向陸無硯，眼中有流光閃動。

陸無硯放下她的手，打個哈欠，閉上眼睛。

「三哥哥，起來嘛！」方瑾枝撒嬌，去扯陸無硯的手腕。

陸無硯毫無反應，像是又睡著了。

「哼！」方瑾枝知道他是裝的，眼珠一轉，忽然去掀他身上的被子，卻低呼一聲。「三哥哥，你睡覺時怎麼不穿衣服！連褲子也沒穿……」

陸無硯急忙起身，邁著長腿下床，匆匆走到床邊梨木衣架旁，拿件寬鬆的杏色軟袍裹在身上才轉過身，有些無奈地望著方瑾枝。

方瑾枝皺眉，十分疑惑地盯著陸無硯。「三哥哥，你身上怎麼長得和我不一樣？」

「把妳看見的忘了！」

「哦……」方瑾枝晃晃小腦袋，好像真把看見的東西忘了。「我已經忘記啦！」怕陸無硯不相信，又加了一句。「真的，瑾枝從來不撒謊！」

從來不撒謊？這簡直就是最大的謊言。

陸無硯忍著笑逗她。「那我身上和妳長得一樣嗎？」

「上半身一樣，下本身不一……」方瑾枝猛地閉嘴，一雙小手交疊著摀住自己的唇。

「三哥哥放心，我不會告訴別人，你身上長了個怪怪的大東西。不過……三哥哥要早一點找大夫才行，看看能不能……割了它！」

陸無硯哭笑不得，有些僵硬地扯著方瑾枝往外走，繃起臉，竟是一句話都不想跟她說。

方瑾枝懊惱。難不成陸無硯不希望別人提他身上長的怪東西？那以後別說了。

可是……她擔心他嘛！那東西長得真可怕，走路時會不會疼？不由又朝他身上瞅。

陸無硯被她瞧得渾身不自在，勉強忍著，拉她去堂屋，將她按到椅子上坐好。

方瑾枝卻不安分地跳下來，小跑到窗口的高腳桌邊。「三哥哥，你快看呀！這盆瑤臺玉鳳開花啦，還開得這麼好，我的手也全好了呢！」

方瑾枝伸出右手，張開五指，又握起小拳頭。隨著她的動作，右腕上的小小金鈴鐺發出清脆聲響。

陸無硯的目光從她燦爛的小臉蛋移到金鈴鐺上，微微瞇起眼睛。「瑾枝，妳能把小鈴鐺送給我嗎？」

方瑾枝聞言愣住，低頭望著繫在腕上的金鈴鐺，神情是濃濃的不捨，還有一絲猶豫。

陸無硯神色莫測地凝望她，也不催促。

「如果三哥哥喜歡……那就送給三哥哥。」方瑾枝捨不得地解下金鈴鐺。這個金鈴鐺是方瑾枝三歲生日時，哥哥方宗恪親手幫她繫上的，三年多不曾離身。

「三哥哥逗妳的。小孩子的東西，我要來做什麼？」陸無硯的眼中流露出笑意，親自把金鈴鐺重新繫回方瑾枝的手腕。

「三哥哥真的不要了？」方瑾枝偏頭，疑惑地望著陸無硯。

陸無硯不回答，又打個哈欠，起身囑咐方瑾枝吃早膳，自己回去梳洗，重新換了身青竹色的衣衫。等他回來時，方瑾枝正好吃完。

「走吧，出去轉轉。」陸無硯拉起方瑾枝，牽著她往外走。

方瑾枝珍惜地握緊陸無硯的大掌。這樣的日子過一天少一天，她馬上就要七歲了，姚氏已經找過她，說來年開春，就要讓她和其他表姊妹一起去府裡學堂讀書；而且男女有別，不能再日日來垂鞘院。

另一邊，孫氏把長孫陸申機喚到自己的院子裡，拿了一堆世家女的畫冊給他瞧。

「如何？」孫氏滿臉期待地望著陸申機。

「太嬌氣了，不要！」陸申機隨手把畫冊推到一邊。

孫氏把手中的茶碗朝桌上重重一放，有些生氣地說：「嬌氣？那要看跟誰比！如果你非要和長公主做比較，那這天下就沒有不嬌氣的姑娘家了！」

陸申機轉過頭，假裝沒聽見。

「申機，續弦是必須抬進門的。別說你是溫國公府的嫡長孫，就算是庶子，也沒有不再娶的道理。你向來自己拿主意，祖母才讓你挑，你倒好，挑了半年，就沒一個瞧得上眼。」

「祖母，您這話說得對！孫子就是沒看上的，難不成要委屈我隨便娶一個？」

「你……」孫氏搖搖頭。「申機，你別不知好歹，其他人的事，祖母還不稀罕管呢，這婚事不能再拖下去。不用你挑了，祖母給你選個溫柔端莊又顧家的。」

這話像是說楚映司不夠溫柔端莊、不夠顧家。陸申機不愛聽，可又不能頂撞長輩，只能站起身說：「如果祖母沒有別的事，我先走了。」

「慢著！」孫氏猶豫一瞬，開口道：「你母親是個可憐人，嫁過來沒幾年就守寡，好不容易等到你長大，也沒好好享幾天的福。這麼多年，她一直在靜寧庵裡青燈古佛，眼看著又要過年，今年你把她請回來吧。」

陸申機聞言，眉頭越皺越緊。

「申機，你是個孝順孩子，捨得除夕家人團聚時，讓你母親孤單留在靜寧庵裡？」孫氏嘆口氣。「祖母明白你心裡有結，但芝芝已經去了這麼多年，再大的仇恨也該消了，總不能讓你母親在尼姑庵裡孤獨終老。」

「我知道了。」陸申機低頭敷衍孫氏，才告辭離開。

陸申機還小時，父親就去世，他又是溫國公的嫡長孫，孫氏自然把他當成眼珠子寵，要什麼給什麼，犯錯也捨不得責罰，逐漸將他的性子養野。年輕時，他身上那股囂張勁兒，連如今的陸無硯都比不上，是和楚映司成親後，又當了父親，才穩重起來。

陸申機出了院子，站在池邊想心事。他知道任由母親在尼姑庵裡一待好幾年極為不孝，但把她接回來，又會想起早逝的女兒，可是見母親日日在庵裡唸佛，也是難受。

陸申機看著池裡的水，靈光乍現，忽然有了主意——

他不去請，可以讓他兒子去啊！便去找陸無硯了。

第十章

靜寧庵離溫國公府並不算遠，一個時辰便可到。

今日一早，陸無硯帶著方瑾枝坐車過去，囑咐道：「我們現在要去靜寧庵，那裡是佛門清淨之地，到了以後，要守規矩，不可嬉鬧調皮。可記住了？」

方瑾枝連連點頭。「都記住啦，絕對不給三哥哥丟臉！」

陸無硯拿了裘衣裹在身上，倚靠車壁，打算瞇一會兒。方瑾枝爬過去，小心翼翼地掀裘衣，想往他懷裡鑽。

陸無硯抬眼，忍著笑意地把方瑾枝拉到懷裡，扯過裘衣，蓋在兩人身上。

不過剛剛入冬，天氣已經寒冷許多，偎在一起暖和不少。陸無硯凝望著懷裡的小姑娘，忽然捨不得睡。

「三哥哥，睡一會兒。」方瑾枝伸出胳膊，抬手去按陸無硯的眼皮，想讓他閉眼小憩。

「好。」陸無硯笑著應下，又將方瑾枝的小胳膊抓到裘衣裡蓋好。

等到馬車在靜寧庵門外停下來時，兩個人才堪堪醒過來。

方瑾枝推開車門，十分驚奇地說：「哇，下雪啦！」

陸無硯幫她戴好小斗篷上的兜帽，才望向外面。雪粒飄落，遠處山景添了幾分朦朧之意，是今冬的第一場雪。

陸無硯看看地面的雪泥，有些嫌惡地下車，阻止想跟著下來的方瑾枝。

「髒。」他皺眉，沒讓方瑾枝的鞋子碰著地面，而是將她抱在懷裡，往靜寧庵走去。

方瑾枝伸出小胳膊，張開手掌接雪花，可惜每片雪花剛剛落在掌心，便融化了，消失得無影無蹤。不久，白皙小手裡便窩了一灘水漬，本是冰涼，卻因手心的溫熱，暖和起來。

陸無硯偏過頭看她一眼，心想還是年紀小，幾片雪就能玩得很開心。

來之前，陸無硯已經告訴過方瑾枝，此行是為了見陸無硯的祖母靜心師太，是以，方瑾枝見到她時，格外規矩。

靜心師太雖然在靜寧庵中一待多年，卻沒有剃度出家，勉強算是帶髮修行。她上上下下打量著陸無硯，感慨頗深。

「居然都這麼大了……」山中不識外世情，一晃這麼多年，記憶中的稚子竟然已經長得這麼大，比她還要高許多。

「祖母。」陸無硯的心裡並無波瀾，只是規矩地向她行了一禮。

「坐吧。」靜心師太應聲，一時不知該說些什麼？

陸無硯坐下，方瑾枝跟著坐在他身邊的椅子上。

靜心師太這才注意到方瑾枝，有些驚訝地問：「這是誰家的姑娘？倒是沒見過。」

「三房的外孫女，如今住在府裡。」陸無硯看方瑾枝一眼，方瑾枝從椅子上下來，有禮地向靜心師太問好，才重新坐回去。

靜心師太點頭，多看方瑾枝兩眼。雖然這些年她待在靜寧庵中，足不出戶，但溫國公府裡的事還是知道一星半點。

陸無硯打量著樸素到簡陋的房間，收回目光，道：「山中日子辛苦，孫兒幫您帶來一些日常用的東西。」

「難為你親自跑一趟。」靜心師太輕輕笑了。

這些年，她雖然沒回溫國公府，可畢竟還是大房的大夫人，她的吃穿用度，溫國公府怎麼可能不管？每隔一段日子，就有丫鬟送東西來，但沒想到陸無硯會親自上門。

陸無硯道：「其實孫兒這次上山，並非只是為了給祖母送東西，是想請祖母回家。」

靜心師太苦笑著搖搖頭。「你的好意，祖母心領了。如今我已經習慣這裡的生活，如果回去，反而不習慣。」

陸無硯不理會她的推託，一針見血地說：「祖母之所以不肯回去，並非因為習慣靜寧庵裡粗茶淡飯、青燈古佛的日子，而是因為芝芝的事一直梗在您和父親之間。」明明說的是親妹妹，聲音卻十分平淡，好像講的是別人的事。

靜心師太聞言，身子一僵，臉上染了幾分尷尬，許久後，才長長嘆了口氣。「無硯，你已經長大，也清楚當年的事情。祖母……沒辦法回去，只能一輩子留在這裡懺悔。」說著，低下頭，眉目間的神情是一位老人的孤寂悔恨。

縱使別人不怪她，她也永遠不會原諒自己，也很清楚親自帶大的兒子始終沒有原諒她。剛剛見到陸無硯時，她很驚訝，但沒多久就想明白了，知道是孫氏想讓陸申機請她回府，陸申機不肯，才會差遣陸無硯。她看得通透，可惜，這份通透來得有些遲。

陸無硯剛想開口，又停下來，偏過頭對端正坐在旁邊的方瑾枝說：「瑾枝，妳先出去玩，三哥哥有些話要跟祖母說，等一下再去找妳。記得不要走太遠，就在外面玩雪吧。」

「好！」方瑾枝答應著，從椅子上下來，理了理小裙子，又對靜心師太規規矩矩地行禮，才往外走，還不忘替他們把門關上。

門合上時，方瑾枝看見陸無硯轉過頭來，衝著她誇讚地勾起嘴角，頓時心情大好，像吃了好多好多的紅豆糖。

外面的雪仍然很小，落在地上便不著痕跡地融化。方瑾枝記得陸無硯的話，不可以走得太遠，便踱到附近的梅林逛逛。

垂鞘院裡也有梅林，栽了好多種名貴的紅梅，陸無硯還親自教過她認識梅花的種類。此時她站在靜寧庵的梅林裡，望著眼前大片的梅，不由開始分辨。她走著走著，就走到梅林深處，驚覺時，已是找不到回去的路了。

靜寧庵裡都是尼姑，或是如靜心師太這般帶髮修行的人，倒是不用擔心安全。方瑾枝曉得，只要她不亂走，等會兒陸無硯看不見她，就會來尋。

她不覺害怕，只是有點無聊。

方瑾枝蹲在地上，撿起一根小小樹枝，在地上畫出一個個小人。她畫得太認真，空中飄著的雪越來越大，白雪在小斗篷上覆了薄薄一層，渾然不覺。

「妳怎麼會到這裡來？」有個年輕師太走近方瑾枝，十分詫異地問，但想想便想明白，今日庵裡來了貴客，眼前的小姑娘應該是一併過來的。
方瑾枝茫然抬頭，望著出現在目光裡的人。她不過二十出頭的年紀，容貌十分出眾，不過瀲灩明眸裡不見澄澈，只餘空洞，眉宇間帶著淡淡愁緒，為嬌麗容顏添了一抹黯淡。
方瑾枝急忙站起來，兜帽上的雪落下，掉在鬈曲的睫毛上，輕輕一眨，雪水流進眼睛裡，濕漉漉的。對方雖然穿著庵裡修行的衣服，卻不知身分，讓她不知如何開口稱呼？
年輕師太見狀，道：「我是庵裡的靜憶師太。妳怎麼一個人在這裡玩？」隨即走過去，輕輕拍掉方瑾枝身上的落雪。
「謝謝師太。」方瑾枝規規矩矩地道謝。「我是和三哥哥一起過來的。三哥哥和他祖母有話要說，讓我先出來玩，我瞧著這處梅林好看，才過來瞧瞧。」
小姑娘甜甜的聲音飄入耳中，靜憶古井不波的眸子裡，竟不由染上一絲柔色。
「那妳認識這些梅樹嗎？」靜憶並未察覺，她的聲音已不復往昔清冷。
「認識一些。」方瑾枝指著附近的梅花，說出名字。「但也有不認識的，剛剛瞧見的那種，就不認識。」
「哪一種？」
「那株！」方瑾枝抬起小胳膊，指著遠處的梅樹。
靜憶看了一眼，柔聲告訴她：「那是照水梅。」
「那個呢？」方瑾枝又指向另一棵梅樹。
「那是綠萼梅。綠萼梅花瓣雪白，花香濃郁，尤以『金錢綠萼』為好。」

「哇，師太好厲害！」方瑾枝睜大澄澈的雙眼，崇拜地望著靜憶。

靜憶聞言，心好像被方瑾枝乾淨的眼睛照了下，忽然亮起來。明明這麼大的人了，卻在聽見如此小的孩子誇獎時，心中攀上絲絲喜悅。

「這裡的梅都是我平時閒來無事栽種的，所以都認識。」靜憶望著方瑾枝紅撲撲的小臉蛋，柔聲說：「若妳喜歡，等會兒妳下山時，送妳一株。」

「真的嗎？您真是太好啦！」方瑾枝小跑上前，拉著靜憶的袖子，甜甜地撒嬌。

靜憶卻僵了一下。她在清冷的梅林中生活多年，早習慣與人疏離，難得會有個小姑娘親暱地摟住她，感覺很是陌生。

方瑾枝選來選去，最後還是選了清淡雅致的綠萼梅，仰頭望著靜憶。

「師太，您可以領我出去嗎？其實我找不到回去的路了，擔心三哥哥尋我。」

那雙眼睛好像有種神奇的本事，只要望著，就說不出拒絕的話來。

靜憶點點頭。「好，跟我來。」

方瑾枝急忙小跑追上，去牽靜憶的手。

靜憶微微側首。她有些不習慣與別人這般親近，何況對方還是個這麼大的孩子，想抽回自己的手，可也只是想，等到將方瑾枝領出梅林時，還是沒把手抽回來。

「三哥哥！」出了梅林，方瑾枝一眼便瞧見正在簷下四處張望的陸無硯，急忙迎上去，因為跑得有些急，戴著的兜帽垂下，遮住她的眼睛。

「慢一點，不要總是這麼毛毛躁躁。」陸無硯蹲下，將她的小兜帽整理好，語氣裡全是寵溺，眸光中滿是溫柔。

另一邊，靜憶低頭，望著自己空了的手，心裡好像忽然跟著空了。

陸無硯幫方瑾枝整理好衣服，站起來，目光掃到靜憶身上，不由停了半瞬，覺得這個女人有些眼熟，卻想不起在哪裡見過？

靜憶又看方瑾枝一眼，默默轉身，朝梅林走去。

「靜憶師太……」

軟軟糯糯的聲音傳來，靜憶不由停下腳步。失神的片刻，方瑾枝已經走到她身邊。

「我要回家了。」

靜憶輕輕點頭。「嗯，我去幫妳裁一株綠萼梅。」

方瑾枝想了下，道：「唔，梅樹也不想搬家吧？就讓它住在您的梅林裡，等我想看的時候再來瞧它，好不好？」

「好。」

靜憶本就不喜移植草木，覺得是對花草的傷害，剛剛瞧見方瑾枝，覺得親切可愛，才要送她一株。如今方瑾枝這樣說，更是合她的心意，瞧她的目光裡又多了一層喜歡。

方瑾枝走回陸無硯身邊時，不由又轉過身，道：「師太，以後我再來看望您。」

靜憶點頭，立在原地，看陸無硯抱起方瑾枝，朝山下走去。

方瑾枝趴在陸無硯懷裡，小下巴抵在他的肩窩上，回望靜憶，朝她揮手告別。

靜憶淺淺笑著，心裡那汪死水好像有晨露滴落，漣漪一圈一圈地漾開。

陸無硯側首瞧方瑾枝，問道：「妳很喜歡她？」

「唔……」方瑾枝想了下。「我覺得靜憶師太一個人站在梅林裡時，看起來很孤單。三哥哥，以後我還能再來看望她嗎？」又湊近陸無硯耳邊哼唧兩聲。「三哥哥，答應我好不好？好不好嘛？」

「好。」

方瑾枝在喊「三哥哥」時，聲音最是婉轉，明明只有三個字，從她嘴中吐出來時，偏偏拐了兩個彎，尾音又拉得綿長。

這一聲聲「三哥哥」像根羽毛，在陸無硯心裡輕輕掃了一下，足以抵得上千言萬語，哪裡還有什麼好與不好？只恨不得把她想要的一切全捧到她眼前。

陸無硯和方瑾枝回到垂鞘院後，得知陸申機過來，還在大廳裡坐了很久。

陸申機席地而坐，數張軍事圖凌亂地堆在他周圍。

陸無硯見狀，曉得陸申機要來教授兵法，便捏捏方瑾枝的手，對她說：「今天回妳自己的小院吃晚膳。」

「好。」方瑾枝向陸申機問好，才轉身朝外走。

候在一旁的入烹急忙過來，親自帶她回去。每次方瑾枝來垂鞘院，若有別的事誤了時辰，便是入烹送她。

方瑾枝走到院門口，還能聽見陸申機冷厲的聲音。「因事為制，連橫之策……」

什麼意思呢？方瑾枝聽不懂。不過她現在顧不得這個，滿心想著今晚可以好好陪兩個妹妹了。方瑾平與方瑾安乖巧的模樣在腦海浮現，讓她不由彎起眉眼。

方瑾枝回到閣樓後，將門閂了。

「姊姊今天好早。」方瑾平和方瑾安聽到動靜，連忙從隔間跑出來。

方瑾枝笑道：「是，今天大舅舅又來給三哥哥講地圖，我就先回來啦。」

「地圖是什麼？姊姊不喜歡聽大舅舅講地圖嗎？」她們不知道什麼是地圖，不懂外面的一切。

「唔……」方瑾枝想了下，解釋給她們聽。「大地圖就是上面畫了好多山、河、房子、還有人的紙。」

「山是什麼？河又是什麼？」

這下，方瑾枝不知該怎麼解釋了。那些再尋常不過的東西，只因兩個妹妹從未見過，就變得一無所知。

「山啊……就是很高很高的地方，長滿綠色的樹，還有山石、峭壁；河很長很長，清澈的水從高的一頭流到矮的一頭，游來游去的魚能看得清清楚楚……」方瑾枝聲音漸低，望著蹙眉的妹妹們，有個聲音在心呼喊：帶平平和安安正大光明地走出去，看看外面的世界。

「真想去看看……」方瑾平小聲呢喃。

方瑾安悄悄看她一眼。「我們去彈琴。」

「好。」方瑾平微笑點頭。

兩個小姑娘從床邊起身，歡喜地走到琴案前坐下。明明年紀還那麼小，可是彈琴時，稚嫩小臉蛋上竟添了幾分認真，悅耳琴音隨即從她們的指尖流瀉，縈繞在整間屋子裡，又從閣樓傳出去。

之前方瑾枝的手指不能彎，陸無硯不僅讓入醫每日替她下針，更要她彈琴、用僵硬的手指去挾黑白棋子來鍛鍊，讓手指更靈活。

這般辛苦，方瑾枝全忍了過來，不僅在垂鞘院裡苦練，更將琴抱回來，晚上繼續練習。起先，方瑾平和方瑾安總是靜靜坐在一旁的鼓凳上聽她彈琴。後來，方瑾枝無意間發現妹妹們似乎十分喜歡這張琴，便把兩人拉到琴邊，開始教她們彈。

看著她們露出笑容，方瑾枝也跟著高興。兩個妹妹與平常人不同，難得有讓她們感興趣的事情。之後便央求陸無硯好好教她彈曲子，學會了，再回來教妹妹們。

大概是因為雙生的緣故，兩個小姑娘坐在一起，方瑾平用右手，方瑾安用左手，彈出的調子竟像出自一人之手。

只可惜，兩人再怎麼喜歡彈琴，也只能在方瑾枝回來時彈。

方瑾枝思及此，看著兩個妹妹認真而欣喜的樣子，竟說不清心裡是開心還是難受……

很快到了臘月十二，這天是方瑾枝的生日。

方瑾枝起了個大早，被衛嬤嬤塞了一嘴雞蛋，又吃兩口長壽麵，衛嬤嬤便搬來八仙桌，放在門前，又在桌上放把玫瑰小椅，吩咐幾個丫鬟護著她，讓她踩著椅子，踮腳抓漆紅門樑一下。

「抓門樑後，很快就能長高嘍！」衛嬤嬤在下面笑著說。

方瑾枝也希望自己長得高高的，最好和陸無硯一樣高，這樣他側頭跟她說話時，就不用彎著腰了。

方瑾枝摸完，讓衛嬤嬤抱她下來，整理好衣服，便急匆匆地往垂鞘院跑去。

「三哥哥！三哥哥！」方瑾枝一路小跑，直進陸無硯的寢屋。

陸無硯還在睡。

方瑾枝扯下身上的小斗篷，脫掉鞋子爬上床，搖陸無硯的手。

「三哥哥，你不要睡了好不好？」

陸無硯抬起眼皮看她一眼，胡亂應了聲，轉身繼續睡。

方瑾枝有些洩氣地小聲嘟囔：「今天是我的生日呢……」

陸無硯不吭聲。

方瑾枝無奈，挪挪小身子，小心翼翼地下床，輕手輕腳地退出去，到偏廳找入烹陪她到廚房幫陸無硯熬粥了。

等胡桃粥熬好，已經巳時過半，方瑾枝才折回陸無硯的寢屋。

這回，她倒是沒急著喊陸無硯起床，站在床邊猶豫好一會兒，才爬上床，鑽進被子裡，將小臉蛋貼在陸無硯的背上，小手搭著他的腰。

外面很冷，屋子裡卻溫暖如春。方瑾枝打了個哈欠，乾脆抱著陸無硯睡回籠覺。

等到陸無硯堪堪睡醒時，已經快午時。他翻了個身，靜靜打量著酣眠的小姑娘。

一會兒後，方瑾枝也醒了，迷迷糊糊地嚷：「三哥哥……我餓……」

陸無硯輕笑，摸摸方瑾枝亂蓬蓬的軟髮。「好，咱們起床。」

方瑾枝揉著眼睛跳下來，取了床邊衣架上的袍子遞給陸無硯，隨即轉身，背對著陸無硯道：「三哥哥快穿衣服吧，瑾枝不會偷看的。」

陸無硯沒拿方瑾枝放在床邊的袍子，而是掀被下床，從衣櫥裡重新挑件新的穿上。

方瑾枝悄悄看一眼，這才明白過來，原來陸無硯睡覺時會穿褲子了。

陸無硯無奈。他的確有不著寸縷睡覺的習慣，可自從方瑾枝越來越頻繁地鑽他被子，只好套上褲子睡覺，免得小姑娘以為他得病，某天醒來，這「病」會被她給除了。

等陸無硯穿好衣服，方瑾枝撒嬌地過去扯他的手，仰起頭，用可憐巴巴的目光望著他。

見陸無硯渾然不覺，方瑾枝攤開小手掌，伸到陸無硯面前——這是明顯地要東西哩！

「不餓了？」

方瑾枝摸摸自己的肚子，有點癟，小肚子適時嘰哩咕嚕響了兩聲。

「去堂屋等我吧。」陸無硯說。

「好！」方瑾枝知道陸無硯醒來第一件事就是去洗澡，乖乖跑到堂屋等。

明明方瑾枝親自熬了核桃粥給兩人當早膳，可是等陸無硯洗漱乾淨，出來時已經午時過半。入烹乾脆多燒幾道方瑾枝愛吃的菜，與核桃粥一起當午膳。

吃飯時，方瑾枝一直想，陸無硯是不是忘了她的生日？好不容易吃完飯，終於坐不住，膩到陸無硯身邊。

「三哥哥快看，我的手指頭幾乎全好了呢！」方瑾枝說著，動動她的手指頭。

陸無硯強忍著笑，拿起一本書，一本正經地說：「乖，別吵我看書，自己到旁邊玩。」

方瑾枝收回小手，卻不走開，繼續可憐巴巴地望著陸無硯。

好一會兒後，陸無硯的目光終於從書卷上抬起來，望向方瑾枝。

「三哥哥沒忘記，是不是故意逗我呢？」方瑾枝偏頭望著陸無硯，表情胸有成竹。

入烹悄悄走進來，稟道：「三少爺，東西都送到了。」

聽了入烹的話，方瑾枝才恍然大悟，原來陸無硯不是忘記，也不是故意逗她，而是禮物還沒有送來。

陸無硯點頭，放下手中的書，牽著方瑾枝的手往外走。

庭院裡，擺了兩個一式一樣的雙開門黃梨木衣櫥，上面雕著極精緻的游魚圖。這衣櫥極大，幾乎有半面牆那麼大，若是兩個挨著擺在一起，可以占據一整面牆。

「哇，好大！」方瑾枝走過去，打開其中一個衣櫥，裡面塞了滿滿的衣服，瞧著大小、款式，都是給她裁的新衣，一年四季的衣服都齊全了，連繡花鞋也有幾十雙。

小姑娘家哪有不愛漂亮的？更何況是本來就很漂亮的方瑾枝。她一件一件拿起來看，竟是眼花撩亂，只覺新衣裳永遠都穿不完。

接著，方瑾枝又打開另一個衣櫥，卻有些意外，裡面竟是空的，只有一塊橫隔板。

方瑾枝有些疑惑地看著這塊隔板。它的位置在衣櫥偏下的地方，而且快有床板厚。

方瑾枝轉過頭，笑嘻嘻地對陸無硯說：「三哥哥，這個衣櫥還沒完工哩。」簡直像個半成品。

陸無硯似笑非笑。「嘖，這個衣櫥簡直可以把咱們的小瑾枝塞進去。」說著，把方瑾枝抱起來，輕輕放在空衣櫥的橫隔板上，然後關上門。

想像中的漆黑並沒有出現，方瑾枝疑惑地抬頭，驚訝發現，這衣櫥上面竟是空的！望著衣櫥上露出的一小方藍天，呆愣在那裡。再摸身下的橫板，這……分明就是一張床！

方瑾枝的手微微發顫。

衣櫥的門被打開，露出陸無硯的臉。

「三哥哥……」方瑾枝輕輕喊陸無硯一聲，卻說不出別的話。她想告訴他這禮物真的太好了，又怕他知道了她的秘密，從此便會嫌棄她，甚至傷害她的妹妹。

陸無硯把她從衣櫥裡抱出來，柔聲說：「裝衣服的話，一個衣櫥便夠了；另一個的樣子簡單些，是因為還沒想好裝什麼東西。等瑾枝想明白要裝什麼，再改製也不遲。」絮絮解釋，免得他的小姑娘生疑。

「嗯！」方瑾枝重重點頭。「謝謝三哥哥送給我的東西，瑾枝很喜歡。等到瑾枝想好要裝什麼，再……再改製。」

陸無硯沒接話，從入烹手裡接過雕著百鳥朝鳳的紫檀木錦盒，又從裡面取出兩把純金的重鎖，鎖上也同樣雕刻著游魚的圖案，一看就曉得是一套的。

「這些衣服全是三哥哥畫出來的款式，寶貝著呢，可不許下人隨便亂碰。要是不放心，可以用鎖將衣櫥鎖上。」陸無硯笑著將鎖交到方瑾枝手上。

金鎖很重，放在方瑾枝手中沈甸甸的，但這種沈甸甸的感覺，讓她莫名安心。

陸無硯轉身，又從入烹懷裡的紫檀木錦盒裡取出一個純金小算盤，放在她手裡。「教了很多東西，唯獨忘記教妳算帳。」

方瑾枝搖搖手裡的小算盤，上面的金珠子發出一陣清脆聲響。

「算帳好呀，我喜歡算帳！」方瑾枝垂首打量純金小算盤，可是沒過多久，神情一點一點黯淡下來。她哪有帳可算呀，方家的商鋪都不在她手上呢。

陸無硯見狀，提起長衫衣角，在方瑾枝面前蹲下，細細道：「每年的花朝節，府裡都會幫陸家姑娘們舉辦一個小小的比試，有點茶、插花……」

「我知道。」方瑾枝點頭。「今年花朝節時，我的手傷著呢，所以沒有過去看。」

「那，咱們瑾枝明年去參加好不好？」

方瑾枝疑惑地望著他。「三哥哥，你是想讓我在花朝節時好好表現，好給你爭氣嗎？」

「對啊，教了妳這麼久，也該拿出點東西給三哥哥瞧瞧吧？」陸無硯理理方瑾枝額前的柔軟髮絲。「如果妳能奪得頭籌，三哥哥送份大禮給妳。」

方瑾枝歪著頭問：「什麼禮物？」

「方家的茶莊生意之所以做得那麼大，其中很重要的原因，是妳母親生前極喜歡茶藝，所以妳父親在茶莊花了大心思，討她歡心。」

方瑾枝眨眨眼，認真地聽。她曉得他們家的茶莊生意做得很大，卻不知還有這個原因。

「倘若咱們瑾枝也能練出一手好茶藝，三哥哥就做主，幫妳要回茶莊。」陸無硯低頭，用指尖撥了下方瑾枝小手裡捧著的純金小算盤。「所以，得好好教妳算帳。」

第十一章

又是一年臘月二十九。

啪！方瑾枝站在高腳方桌前，把小算盤打得直響，隨即一晃，上頭的金珠子各歸各位。

「我算好啦！」方瑾枝轉過頭，笑嘻嘻地望向入烹。

入烹看向不遠處的三腳香桌，上頭的香還沒燃盡。「表姑娘又快了呢！」難掩心裡的驚訝。

方瑾枝學東西總是很快，在算帳這件事上，更將她聰慧的天分發揮得淋漓盡致。

方瑾枝朝寢屋的方向瞅了瞅。「三哥哥又沒起來。」

話音剛落，陸無硯打著哈欠跨進門檻。

「三哥哥！」方瑾枝急忙放下手裡的算盤，跑到陸無硯身前。「三哥哥今天好早哇！」

「嗯。」陸無硯應聲，有些犯睏地說：「收拾一下，帶妳去靜寧庵接祖母回來過年。」

方瑾枝有些疑惑。「上次大祖母不是說不回來了嗎？」

陸無硯沒對方瑾枝多解釋，等一切收拾好，就直接帶她去靜寧庵。

路上，陸無硯一直倚在車壁上閉目小憩。

方瑾枝坐在車窗邊，將車簾掀開一條小縫，瞧著外面的雪景。涼涼的風吹到臉上，她並不覺得冷，但想到陸無硯在睡著，怕他著涼，遂放下簾子，把冬日的涼風擋在外面。

她百無聊賴地坐在馬車裡，雙手托腮，望著閉目的陸無硯。她的三哥哥可真好看！

方瑾枝挪過去，將陸無硯放在腿上的手小心翼翼地抬起來，然後把自己的小身子靠在陸無硯腿上，打個哈欠，閉上眼睛睡覺。

陸無硯睜開眼睛，望著方瑾枝酣眠的模樣，嘴角不由染上幾分笑意，輕輕扯過一旁的裘衣，蓋在她身上。

到了靜寧庵，陸無硯讓方瑾枝自己去玩，獨自去見靜心師太。

正好，方瑾枝也不喜歡悶在屋子裡，想去梅林找靜憶。

「靜憶師太！靜憶師太！」方瑾枝雙手抓住兜帽，小跑著衝進梅林裡。她已經跟靜寧庵裡的小尼姑打聽清楚了，靜憶的住處就在這片梅林的盡頭。

靜憶正在修剪一株朱砂梅，聽見方瑾枝嬌糯而稚氣的聲音，手中一頓，不由站起來，朝方瑾枝奔來的方向張望，直到一身素雅的小姑娘跑到她身前。

「靜憶師太，我來看望您啦！」方瑾枝站定，小胸脯還在微微起伏。

「慢一點。」靜憶拉她進屋，為她倒了一碗溫水。

方瑾枝大口喝下水，嘴裡的乾澀才好了些，小心地把瓷碗放在桌上，規規矩矩地道謝。

靜憶笑著搖頭。「妳能記得來看我，我已經很高興了。」

「我答應過會來看望您呀！」方瑾枝的大眼乾乾淨淨，瞧著就讓人歡喜。「靜憶師太，快要過年了，您不回家去嗎？」

靜寧庵與尋常的尼姑庵不同，許多大戶人家的婦人會因各種原因，藉著帶髮修行的名義住在這裡，像眼前的靜憶就沒有剃度。方瑾枝向小尼姑問路時，也問了靜憶的事，曉得她跟陸無硯的祖母一樣，每隔一段時日，家人都會給她送些用物來。

是以，方瑾枝曉得靜憶是有家人的，而且還不是尋常人家。她家人送來的用物能和溫國公府的東西比肩，家世哪裡會差？

靜憶眸光一滯，頓了頓，才輕輕搖頭。

「哦……」方瑾枝點點頭，隱約猜到定是發生什麼事，靜憶才會離開家躲在庵裡，懂事地不再追問。

「可惜我也是借住在別人家，不然真想邀師太去過年呢！」方瑾枝偏頭望著靜憶，說完了，還像個大人一樣輕嘆一聲。

靜憶早發現方瑾枝總是穿素色衣裳，上次見她，還以為她就是這般雅致的小姑娘，喜歡清淡素淨的顏色。可今日是臘月二十九，馬上要過年，連靜寧庵裡都添了點紅色，更何況是大戶人家裡的人。再聽說方瑾枝借住在別人家，便知她可能戴孝，也是個可憐的孩子。

「在這裡等我。」靜憶起身走出屋子，再回來時，手裡捧著一只藏藍色葵口碗，碗裡放著紅彤彤的山楂果。

「我這裡沒什麼甜品，只有我種的山楂果可以嚐個鮮。」

方瑾枝拿起一顆山楂果塞進嘴裡。「酸酸甜甜的，好吃！」說著，又拈一顆來吃。

靜憶的目光落在方瑾枝手上，有些詫異。「妳拿東西的姿勢倒是與尋常人不同。」

方瑾枝不是如一般人那般用拇指和食指，也不是如嬌氣的小姑娘那般翹著蘭花指，而是五根手指張開，拇指、食指和小指放平，微微彎曲中指和無名指去挾山楂果。
方瑾枝正想再拿顆山楂果，聽靜憶這般說，小手懸在藏藍色葵口碗上，不亂動了。
靜憶忙道：「沒關係，怎麼拿都好，妳喜歡吃就好。」
「我習慣了呢……」方瑾枝不好意思地笑笑，收回放平的拇指、食指和小指，如尋常人那般去拿葵口碗裡的山楂果。
「我沒有指責妳的意思，只是……有點奇怪。」靜憶心裡忽然生出焦灼，怕方瑾枝因為她無心的話而不爽快。這幾年她心靜如水，不想遇見方瑾枝，就把心裡的寧靜打破了。
方瑾枝拿起一顆紅紅的山楂果遞到靜憶嘴邊，甜甜地笑。「師太也吃。」
靜憶微愣，有些不自然地張開嘴，吞下了山楂果。
方瑾枝吞下嘴裡的山楂果，才把自己的右手遞到靜憶眼前，道：「師太，我的手指是壞的。」又去抓靜憶微涼的手，讓她摸她的中指和無名指。
靜憶小心翼翼地摸，好像有不對勁的地方，卻又說不出來。
「您看。」方瑾枝舉起右手，五指張開，再握拳，再張開，再握拳……如是數回。
她的速度越來越快，靜憶終於發現端倪，她的中指和無名指動得比其他手指慢些。
「我的手被別人踩壞了，這兩根手指以前不能彎呢，要天天練習挾棋子，才慢慢好起來。」方瑾枝一臉驕傲，笑著說：「已經瞧不出來是不是？」
「是。」靜憶有些心疼地點點頭。這孩子究竟吃了多少苦，才讓手指恢復？
吃完山楂果，靜憶陪著方瑾枝在梅林轉了好久。靜憶見她喜歡梅，便將林裡所有梅樹的種類一一介紹給她。

兩人逛了好一會兒，看看時辰差不多，方瑾枝才向靜憶告別，回去找陸無硯。

另一邊，靜心師太的禪房裡，靜心師太被逼到牆角，陸無硯伸出右手，掐在她脖子上。

「我沒工夫跟妳耗，妳必須回陸家過年，過完年，想去哪裡都不攔妳。」陸無硯的聲音是冰冷的，哪還有平日待方瑾枝的半點溫柔。

靜心師太睜大眼睛，恐懼地望著陸無硯，從腳底開始發涼，怎樣都沒想到有一天親孫子會這樣掐著她的脖子。而且，陸無硯看著她的目光，根本不像看著一個活人！

陸無硯的手逐漸收緊，聲音越發冰冷。「還是妳以為我在開玩笑？」

靜心師太張張嘴，有些艱難地開口。「那……那個孩子在門外。」

陸無硯眼裡的寒意滯了一瞬，突然鬆手，猛地轉身。

禪房的門不知何時被風吹開，方瑾枝捧著裝山楂果的葵口碗，站在雪地裡，愣愣看著他，整個人傻傻的，像被嚇著了。身後是層層疊疊的雪山，她的身影看上去竟是那麼弱小。

「瑾枝……」

陸無硯上前一步，方瑾枝訥訥地後退兩步，乾淨的大眼裡浮上一層濃濃的迷茫。

陸無硯沒再往前走，微微側首，對驚魂未定的靜心師太說：「收拾東西，馬上下山。」

回去的馬車裡，靜心師太縮在角落，不停撥動手裡的佛珠；方瑾枝則縮在另一個角落裡，低下頭，呆呆看著臨走前靜憶師太送給她的山楂果。

陸無硯凝視方瑾枝，想跟她解釋，卻發現沒什麼好解釋的。他本來就是那樣卑鄙醜陋，她只不過是親眼見到真實的他，反正，她早晚都會知道他是怎樣的人。

這般想著，他竟是有些釋然。

馬車回到溫國公府後，府裡人過來迎接靜心師太，靜心師太唸了句佛，收起所有驚慌，端莊地下車，面對這些親人。

陸無硯跳下馬車，轉身看著仍舊縮在角落裡的方瑾枝。以前上下馬車時，方瑾枝都是被他抱上去又抱下來。

方瑾枝抬頭，對上陸無硯的目光，匆匆移開眼，不敢再去看。過了很久很久，她的小身子才動了動，抱著懷裡的葵口碗，小心翼翼地站起來，一步一步走向車門。

這時，拉車的馬忽然揚起前蹄，嘶鳴一聲，將整個車廂帶得晃動起來。方瑾枝一驚，匆忙去抓車門，幾顆紅紅的山楂果從葵口碗裡掉出來，落在雪地上。

她怯生生地抬起頭，去望陸無硯。

陸無硯捨不得了，往前邁出一步，把小姑娘從馬車裡抱出來，卻明顯可以感覺到他懷裡的小姑娘身子僵了下。

「我、我可以自己走……」方瑾枝抓緊手裡的葵口碗，沒如往昔那般摟住他的脖子。

「嗯。」陸無硯也不堅持，把懷裡的方瑾枝放到地上。

方瑾枝一站穩，幾乎是落荒而逃，抱著一大碗紅山楂果跑回了自己的小院。

方瑾枝跑回小院時，藏藍色葵口碗裡的紅山楂已經灑落一半。

「姑娘，您是自己回來的？」正在打掃院子的米寶兒和鹽寶兒疑惑地迎過去。

「幫我守門！」方瑾枝沒理她們，直接抱著葵口碗回閣樓。

方瑾枝走進閨房，入眼就是占據整面牆壁的兩個大衣櫥。她愣愣望著衣櫥上精雕細琢的游魚圖案，那些游魚好像活了過來，變成溫泉池裡的紅鯉魚。她的三哥哥站在池邊，輕輕一撈，就撈上一兜紅鯉魚，將魚兜靠近她，說：「來，挑一條……」

方瑾平和方瑾安正坐在衣櫥裡的小床板上玩翻繩，見方瑾枝回來，立刻放下手裡的紅繩，從床板上跳下來，喊了姊姊。

自從有了大衣櫥，要藏匿她們倆更是容易，她們也可以離開小隔間，多出來走走。

方瑾枝應聲，將懷裡只剩半碗的紅山楂果遞給她們。「山上帶回來的呢，很好吃。」

兩人接過方瑾枝遞來的葵口碗，一顆接一顆地嚐。

「慢點吃，不能一下子吃太多，怕太酸。」方瑾枝彎起眼睛，柔聲勸著兩個妹妹。

「好！」方瑾平和方瑾安向來很聽方瑾枝的話，把剩下的山楂果放在桌上，跑到琴案前彈琴。彈到會心時，相視一笑，獻寶似的望向最疼她們的姊姊。

「彈得很好！」方瑾枝伸出兩隻大拇指誇讚，這才想起自己身上還穿著小斗篷，便將斗篷脫了，緩緩坐在一旁的鼓凳上，聽著兩個妹妹彈琴。

聽著琴聲，方瑾枝不由走神，滿腦子裡都是陸無硯，對她好的他，還有今日所見的他。

方瑾枝猛地站起來。

方瑾平和方瑾安一驚，琴音立時斷了。

「平平、安安，姊姊要出去一趟！」

兩人離開琴案，十分乖巧地點點頭。

「姊姊等會兒就回來。」方瑾枝揉揉她們的頭髮，連小斗篷都來不及穿，急匆匆地跑下樓，直奔垂鞘院。

到了垂鞘院，方瑾枝的腳步慢下來，低著頭走路，似乎帶著一種猶豫，一種不捨。

眼前忽然出現一雙白色靴子。

方瑾枝的心尖顫了下，抬頭望向陸無硯。「三哥哥……」

陸無硯勾起嘴角。還是「三哥哥」，不是「三表哥」。

他在方瑾枝面前蹲下，道：「瑾枝忘記了嗎？三哥哥答應過妳，無論我對別人怎樣，對妳都不會變，會一直對妳好。」

方瑾枝搖搖頭，似有話說，似又困惑迷茫，不知道怎麼開口？

「我……」方瑾枝終於說了一個字，又說不下去了。

陸無硯也不急，就等著她，他知道他的小姑娘比起同齡孩子更加早慧，心思也更重，很多事情不能逼她，得讓她自己想明白，主動說出來。

「三哥哥，我跟你說實話，你可以不生氣嗎？」方瑾枝凝視陸無硯，大眼睛裡帶著一抹小心翼翼。

「三哥哥永遠都不跟妳生氣。」

方瑾枝垂在身側的手攥緊衣角，終於下定決心，道：「三哥哥，我是故意接近你的！」

「然後呢？」

「我……我很壞。」方瑾枝的眼睛泛紅。「因為你身分尊貴，府裡誰都不敢惹你，所以我故意討好你，希望你一直一直護著我。我以前總是撒謊，口口聲聲說著喜歡三哥哥，其實我一點都不喜歡你！」

陸無硯皺眉。用得著這麼直接說出來嗎？

「以前……我認為只要三哥哥對我好，那就足夠了。」方瑾枝吸吸鼻子。「可是，我……好像變得更貪心了……」有些心慌地望著陸無硯。

陸無硯詫異地問：「貪心？妳還想要什麼，三哥哥都給妳。」

「我希望三哥哥也好！」方瑾枝大聲說出來。

是因為相差了九歲的緣故嗎？陸無硯發覺自己聽不懂這話的意思。

「三哥哥，上次你不是說不喜歡我撒謊嗎？那麼……三哥哥可不可以也不要對我撒謊？我都看見了，我看見大祖母說我在門外時，你眼睛裡的慌亂。三哥哥，你在害怕對不對？」

陸無硯沒接話，搭在膝上的指尖輕顫一下。

「三哥哥，你怕我再也不來找你。」方瑾枝小心地走近陸無硯。「小時候，哥哥教我，誰對我好，就對誰好；誰傷害我，就傷害誰。三哥哥對我的好，瑾枝一輩子償還不完。」

她又上前一步，伸出小胳膊，如往昔那般摟住陸無硯的脖子。「我知道三哥哥小時候吃了很多苦，可是都過去了，以後的日子，我會陪著三哥哥。每個人都有缺點，我不會因為三哥哥身上的缺點而離開你。」

淚珠從她的眼眶裡滾落，掉在陸無硯的臉上。「瑾枝現在喜歡三哥哥了，就算三哥哥不疼我了也喜歡，就算三哥哥和我想像中的不一樣，我也喜歡！」

和妳想像中的不一樣也喜歡？陸無硯苦笑地抱緊懷裡的小姑娘。

傻孩子，妳好不容易接受我身上的「缺點」，可妳知不知道，妳所看見的，不過是冰山一角。這一世，我不敢讓妳認清真正的我，那個躲在骯髒角落裡、手握尖刀的我……

是夜，陸無硯夢魘了。

夢裡是散發屍體惡臭的牢房，漆黑而陰森。

夜晚最是安靜，一丁點聲響都可以清晰地飄進耳朵裡，蟲鼠啃咬屍體的聲音一聲一聲在陸無硯耳邊炸開。他抱膝縮在角落裡，不敢亂動，因為那些屍體就在不遠處。可是每隔一段時間，又必須動一動，不然那些蟲鼠會把他當成死人，爬過來咬他。

「遼國楚映司的兒子，出來！」

陸無硯抬頭，在牢房走廊半明半暗的燈火裡，看見一張張不懷好意的臉。

他被人從角落裡拉出來，托著沈重的腳鍊，赤腳走在被血淚與屎尿弄得濕淋淋的地上。

「你死，還是他死，你自己選。」有人把匕首塞在陸無硯手裡。

陸無硯抬頭，看著跪在面前的男人，看著那雙恐懼的眼。他站在這裡，手裡握著刀，可他覺得自己就是面前這個被捆綁在地的男人，那男人眼裡的恐懼也是他的恐懼。

「快去！你知道該怎麼做！」身後的獄卒繼續推陸無硯。

是的，他知道。這裡是荊國的死牢，也是荊國的地獄。自從他被帶到這裡後，便被迫看著那些劊子手行刑，他不敢看的時候，就會被他們扯開眼皮，強迫他去看、去學，還朝他吼：「再閉上眼睛，就把你的眼珠子挖出來！」

於是，他不敢再閉眼，眼睜睜看這些魔鬼行刑。殺人是劊子手的遊戲，連給個全屍都吝嗇，哄笑著把死囚當成案板上的雞鴨，任意宰割、玩弄。女囚更是淒慘，沒有一個逃得過被凌辱的命運，死去時叫得比男囚更加淒厲，帶著滿滿仇恨，喊出一聲又一聲最惡毒的詛咒。

陸無硯握緊手裡的刀，刺入那個男人的咽喉，手腕轉動，讓匕首刺得更深，鮮血噴了他一頭一臉，眼前變成紅色。

「你表現得很好。哈哈哈哈……」他們在笑，笑一個八歲的男童第一次殺人的樣子。

陸無硯握刀，看著躺在地上的屍體，鮮血汩汩流出，那個人的眼睛睜得老大，表情絕望、恐懼、仇恨，感覺就算死了也在望著他。

「去！把她的眼睛挖出來！」身後的人笑夠了，又狠狠把陸無硯推到另一個人身前。

那是一個渾身赤裸的女孩，十分瘦小，皮膚蠟黃，瞧上去不過十一、二歲。縱使還這麼小，也沒逃得過這些惡魔的玩弄，甚至因為是處子之身，遭遇更可怕的欺凌。而她被關進死牢的原因，只不過是偷了一個包子。

「不要……我不要死……」小女孩恐懼地望著陸無硯。因為太過瘦弱的緣故，那雙眼睛顯得更大，幾乎占據了半張臉。

可陸無硯還是一步一步走近她。如果他不這麼做，被挖去雙眼的就會是他，而她的眼睛也會被別人挖出來，遂握緊手中的匕首，異常平靜地挖出了那雙瞪著他的眼睛。

「啊——你是惡魔！我詛咒你不得好死，詛咒你身邊的人一個接一個死去——」

小女孩淒厲的哭喊變成一聲又一聲的詛咒，而這些詛咒，在陸無硯前世時全部應驗。

八歲到十歲，最為無憂童真的兩年，陸無硯卻從天之驕子變成泯滅人性的劊子手。兩年能做什麼？能殺死數以千計的人。

不，數以萬計。在荊國的死牢裡，小男孩握著刀，操縱最凶殘的刑罰，平靜地將人皮從骨肉上剝離，轉過身，冷漠地問：「可以了嗎？」嘴角甚至噙著一抹嘲諷的笑。

後來，即使是荊國死牢裡的獄卒，看著這個微笑殺人的小男孩也會心悸。

陸無硯從夢魘中掙扎著醒過來，坐在床榻上大口喘氣，望著漆黑的夜。縱使過去這麼多年，那雙恐懼的眼睛一直都沒有離開過他。

他回家六年了，可是又好像從未回來；他的魂，永遠禁錮在那骯髒的死牢裡。

陸無硯微微發顫地抬起雙手，明明乾乾淨淨，可他只看見永遠洗不去的鮮血。

吱呀——木門被推開，響起輕快的腳步聲，方瑾枝探出小腦袋。「三哥哥，我想和你一起睡。」

陸無硯不動聲色地將仍舊發顫的手藏進錦被，扯出溫柔微笑。「不行，這不合規矩。」

「可規矩是人訂的呀，自然也能改規矩。」方瑾枝走過去，懷裡抱著軟軟的繡花枕頭。

陸無硯這才發現，她身上穿得很單薄。心裡算了下，現在應該是丑時初，方瑾枝向來睡得早、起得早，這個時辰過來，應該是睡了一半驚醒的。

「又作噩夢了？」陸無硯問道，坐在床上，並沒有動。

方瑾枝抱緊懷裡的枕頭，走到床邊，固執地再說一遍：「三哥哥，我想和你一起睡。」

陸無硯皺眉，看她一眼。「瑾枝聽話。」

方瑾枝猶豫一會兒，忽然把枕頭放在他的床上，然後踢掉鞋子爬上床。

「三哥哥，外面下大雪了，還颳風，如果你現在趕我回去，我會生病！」方瑾枝坐在床上，正經地望著陸無硯。

外面很靜，根本聽不見風聲，陸無硯不拆穿她，說：「不趕妳，只是讓妳去隔壁睡。」

方瑾枝垂著眼睛，想了好一會兒，雙手托腮道：「三哥哥，如果我哭著跑進來說作了噩夢好害怕，你一定不會像現在這樣趕我走。」

陸無硯仍舊沈默。

「可是瑾枝答應過三哥哥不撒謊了，唔，是不對三哥哥撒謊。」她的小屁股往前挪了挪，更靠近陸無硯一些。「三哥哥，我沒有作噩夢。我躺在床上想了好久，想到明天是年三十，心裡好難受。過完年，我就七歲了，七歲不同席，到時便不能天天來找三哥哥。三哥哥，你不會捨不得我嗎？我捨不得三哥哥，睡不著，所以才跑過來。」

「真是個傻孩子。」陸無硯唇畔那抹勉強裝出來的微笑，添了一絲真意。

方瑾枝咧著嘴，甜甜地笑起來。「三哥哥，還沒過年，我還不到七歲呀！我偷偷睡在這裡，你不說，我也不說，沒人知道的。」

「瑾枝會因為別人不知道而去偷東西嗎？」陸無硯輕笑一下，反問她。

方瑾枝愣住，眨眨眼，不知道該怎麼反駁，有些著急。「三哥哥，那……那我哭吧！」

陸無硯剛想說話，方瑾枝隨即有些懊惱地搖搖頭，苦著臉說：「唔……可是我現在一看見三哥哥就開心，哭不出來……」

陸無硯低低地笑出聲，笑意從眼底一點一點溢出來，盡數堆在眼角。

他轉過身，放好方瑾枝抱過來的枕頭。「下不為例。」

「好！」方瑾枝彎著一雙月牙眼，歡喜躺下。

陸無硯幫方瑾枝蓋好被子，每個被角都掖得妥帖。正值寒冬臘月，縱使垂鞘院的爐火比別處旺很多，他也擔心她著涼。

方瑾枝不肯規矩躺著，伸手去抱陸無硯的腰，有些驚訝。「三哥哥，你身上好涼。」

許久，陸無硯才應了聲。「不冷。」

方瑾枝又往陸無硯身上湊了湊，拉過他冰冷的手放在自己的小手中間，反反覆覆搓揉，搓著搓著，動作越來越慢，最後陸無硯的手掌從她的小手間滑落，而她，已經睡著了。

陸無硯卻睡不著。他側躺著，靜靜凝視酣眠的小姑娘，整整一夜。

第十二章

過了十五，方瑾枝和陸家其他姑娘一起去學堂讀書。她跨出自己的小院時，有些不捨地望向垂鞘院。以後，她不能天天去垂鞘院，讓陸無硯教她寫字了。

因為是第一天上學，方瑾枝特意早起，到陸家學堂時，其他表姊妹還沒來呢。她瞧了瞧屋裡的空桌椅，走到最後一排坐下。

不久，陸佳蒲和陸佳茵攜手進來，原本還說說笑笑，可是等她們進屋瞧見方瑾枝，陸佳茵臉上的笑就消失了。

「四表姊、六表姊。」方瑾枝從座位上站起來，甜甜地打招呼。

陸佳茵哼了聲，只差沒給方瑾枝一個白眼，不再理會她，走到自己的座位坐好。

陸佳蒲有些苦惱地看看自己的妹妹，才走到方瑾枝面前，拉著她的手，親暱地說：「真好，以後瑾枝就和我們一塊兒讀書了。」

五姑娘陸佳萱也來了，寒暄過後，悄悄地說：「等會兒上課的尤先生最是嚴厲，妳可要小心。」

「嗯。」方瑾枝點頭，彎起一雙月牙眼，感激地望著陸佳萱。

話音剛落，尤先生就來了，幾個姑娘不敢再多說，急忙回座位坐好。

尤先生年近古稀，臉上不怒自威，沒有多少學者的儒雅，更多的是師者的嚴厲。他走進屋裡，看幾位學生一眼，目光在方瑾枝身上停留一瞬便移開，開始講課。

有了陸佳萱的提醒，方瑾枝不敢馬虎大意，規規矩矩地坐在後面聽課，可是隨即驚愕地發現，尤先生教的東西，陸無硯早就教過她了。

溫國公府給姑娘安排的課業主要是四書五經和《女書》、《女誡》、《女德》。這三本書先不提，單說四書五經，陸無硯早就教完四書，至於五經，她背完了其中的《詩經》，《禮記》也學了一小半。聽尤先生講書的內容，溫國公府裡的學堂應該才剛開始學《詩經》。

方瑾枝有些茫然。陸家的這些表姊妹們不是從三歲開始啟蒙嗎，怎麼……學得這麼慢？她不知，陸家學堂安排府裡姑娘們學的東西比較雜，除了讀書之外，還有刺繡、插花、點茶、禮儀；琴棋書畫也是必學，還有更花費功夫的應酬禮儀。她們自小就要背下皇城貴族的家譜，弄清楚龐大而複雜的姻親關係，很多東西是陸無硯不曾教過她的。

更何況，陸無硯是傾全力教她，就算是個笨的，也受益匪淺，更何況是方瑾枝這樣天資聰慧的小姑娘。

在這種迷茫中，方瑾枝有點走神了。

「表姑娘。」尤先生抬眼喚她。「『我徂東山，慆慆不歸』的下一句是什麼？」

方瑾枝有禮地站起來，脆生生地接下去。「我來自東，零雨其濛。」

「那妳可知是什麼意思？」尤先生居高臨下地看著方瑾枝。

「自我遠征東山東，回家願望久成空。如今我從東山回，滿天小雨霧濛濛。」方瑾枝頓了下，繼續道：「這首詩名〈東山〉，是講述戰士歸家前的思慮，抒發戰爭對百姓之災。」

屋子裡的人很安靜，只有方瑾枝稚嫩而清脆的聲音。

幾位姑娘眉宇間都有幾分詫異。一年前，方瑾枝剛來陸家時，連自己的名字都不會寫呢，不過一年，怎麼就令人刮目相看了呢？

「嗯，說得都對。」尤先生點點頭。「妳學過《詩經》？」

方瑾枝規矩地回答：「回先生的話，已經學過了。」

尤先生又考幾首詩，方瑾枝無一答錯，甚至在背誦時，連一絲停頓都沒有，並且理解其中的內容，唬住了屋裡的表姊妹們。

其實方瑾枝並不理解每首詩的意思，只是陸無硯在教她時，會將每首詩詞的涵義講解一遍。她本就記性過人，遂把陸無硯的解釋記下，如今尤先生再問她，她就從記憶裡把陸無硯的解釋複述一遍。雖然，其中很多涵義是她不明白的。

「會默寫嗎？」尤先生拋出最後一個問題。

「會。」方瑾枝點頭。她豈止會默寫，還可以左右手同時默寫，而且筆跡不同。

當初發現右手手指不能彎、沒有知覺時，偷偷哭過後，她便拚命練習用左手寫字。如今，她已經可以一心二用，兩隻手抓著筆，能書寫出不同的內容來。

「很好。」尤先生把手裡的書卷放到桌上。「妳既然都會，那不用再來上課了。」

「尤先生……」方瑾枝睜大眼睛，愣愣地望著尤先生。太聰明了也會被嫌棄嗎？

「妳聽不懂我的話嗎？我要妳出去！」尤先生的話音中已經有了一絲慍怒。

方瑾枝一驚，這才緩緩彎下腰收拾書桌上的東西，放回小書箱裡，然後在陸佳茵幸災樂禍的目光中，走出去。

雖然被趕走，但她臉上並沒有羞惱神色，臨出屋時，還向尤先生行了一禮。

走出學堂，方瑾枝將懷裡的小書箱遞給阿星，轉身去了垂鞘院。

一進垂鞘院的院門，方瑾枝小跑起來，鑽進堂屋，又奔進陸無硯的寢屋，都找不到陸無硯，還是入烹從廚房裡出來，說陸無硯難得今天起早，在頂樓呢。

方瑾枝點點頭，踩著木樓梯，蹭蹭蹭地跑上去。

頂樓的門一推開，入眼就是大群白色鴿子，陸無硯正坐在交椅裡紮風箏，見方瑾枝跑過來，抬起頭，有些驚訝地看著她。

「三哥哥！」方瑾枝穿過白鴿，小跑到陸無硯身前。「吶，你一手教出來的學生被嫌棄，讓先生趕出來了！」

陸無硯聞言，眸光中有半瞬思索，隨即笑開，把手裡的小剪刀遞給方瑾枝。「那正好，咱們來做風箏吧。」

第二日，尤先生沒來溫國公府。聽說前日回家路上，他坐馬車時出事，把腰摔壞了。本就一大把年紀，這下索性辭去教書差事，回家安心休養。

方瑾枝驚訝地把這件事告訴陸無硯，陸無硯輕笑道：「那個仕途不得志的老東西，讓他教書，也是誤人子弟。」

方瑾枝歪著頭，古怪地打量陸無硯。

沒幾日，陸無硯立即又為溫國公府的學堂請來一位新的教書先生。新先生雖然快到花甲之年，但許是因為脾氣很好，又總是愛笑，瞧上去竟是分外年輕，手裡也沒有尤先生不離手的戒尺，所以姑娘們都很喜歡他。

除了方瑾枝。

一整天，方瑾枝都悶悶不樂。下課時已經天黑了，陸無硯告訴她，以後晚上不許跑來垂鞘院。這個時辰，陸申機定又擺了一地的軍事圖與他討論，偷偷溜去也沒用。

方瑾枝跺腳，不甘心地回自己的院子。

「表姑娘。」入茶站起來迎她。「今日還要繼續練習點茶嗎？」

「練！」方瑾枝重重點頭。花朝節要到了，攀比之心人人有之，博個多才多藝的名頭，於將來也是大有益處。

花朝節是溫國公府裡的姑娘們向長輩展示才華的好機會，幾位表姊妹打算拿出來比試的才藝可多了。相較於她們，方瑾枝遜色得多，只準備了一件才藝——點茶。

茶，在大遼是雅事，點茶比的是技藝，比的也是藝術。手藝算八成，還有兩成是點茶之人行動間施展出來的美感，這對一個七歲的孩子來說，太難了。練就一手好的點茶本事需要很多心血，因其更高一格的「雅」，在沒將本事練到家時，極少有人賣弄，免得惹人笑話。

是以，當大家發現方瑾枝居然準備表演茶藝時，不免吃驚。且不說別的，就那小胳膊，她拿得動水壺嗎？

「竟是點茶。」陸文岩頗為感慨。「阿蓉就喜歡點茶，那手藝，陸家找不出第二個。」許氏不愛聽陸文岩提起那個處處比嫡女出色的庶女，勉強笑了下，算是附和。

這時，入茶領著米寶兒和鹽寶兒，把點茶所需的器具一一擺上來，琳琅滿目的器具看起來竟有些古怪，仔細瞧才發現，原來是比尋常的茶器小了些。

「嘖，聽說是找人專門打造的，咱們府裡這位表姑娘可真有心。」剛剛表演完琵琶曲的陸佳茵，看了懶洋洋坐在陸嘯身邊的陸無硯一眼，有些陰陽怪氣地說。

她說完後，發現陸佳蒲並沒有像往常那樣替方瑾枝說話，有些詫異地側首望去，卻見陸佳蒲皺著眉，目光落在正擺放茶器的兩個丫鬟身上。

「姊姊？」陸佳茵扯扯陸佳蒲的袖子。

陸佳蒲道：「妳覺不覺得表妹身邊那兩個丫鬟像變了個人似的？」

「有嗎？」陸佳茵皺眉。「誰要關注兩個低賤的丫鬟啊！」

陸佳蒲向來心細，隱隱覺得方瑾枝身邊的丫鬟有了很大的變化，舉止得體，哪裡還像剛來溫國公府時的毛躁模樣？

陸佳萱見狀，微笑著站出來道：「點茶不是一時半會兒就能完成的，不如佳萱彈一曲〈點絳唇〉，好伴個音。」又問方瑾枝：「表妹說好不好？」

「當然再好不過。」方瑾枝甜甜回應。

雖然陸佳萱只有九歲，卻已顯露過人容貌，又溫柔得體，穿著妃色襦裝坐在一旁，十指輕攏慢撚間，自成一道風景。

陸佳茵聽著曲子，翻個白眼，嗤笑著說：「方瑾枝這個傻的還謝她！她只能穿素色，五姊姊倒是穿了一身亮麗妃色搶風頭。」

陸佳蒲聞言，有些無奈地看親妹妹一眼，想勸，又把話嚥回去。

是，陸佳萱是在搶風頭，但搶的並不是方瑾枝的。點茶時，有音律為伴本就是添彩之舉，更何況她彈奏的曲子平緩柔和，更是相得益彰，真正要搶的，是陸佳茵的風頭。

茶具與茶器都備好了，方瑾枝看坐在遠處的陸無硯一眼，才低下頭捶打包在絹紙裡、剛剛烘焙過的團茶，然後將捶碎的茶放在茶碾裡，仔細研碾成細末。

接著，她接過入茶遞來的籮，輕輕篩濾細粉，不留下粗的茶屑。

米寶兒把加熱過的茶盞遞給方瑾枝，讓方瑾枝將篩過的茶末置於茶盞中。

另一邊的鹽寶兒不敢耽誤，將裝滿沸水的茶瓶遞給方瑾枝，低聲提醒：「姑娘小心。」

這時到了點茶最關鍵的一步，眾人將目光移過來；陸無硯臉上的表情倒是沒什麼變化，仍舊是懶洋洋的。

方瑾枝偷偷吸口氣，舉起茶瓶，對準茶盞一角，用力注水。注水時，要注意力道，輕一點、重一點，可能都會破壞了茶面的美。

注完水，方瑾枝的手不敢發顫，乾淨俐落地收起茶瓶，不讓殘餘水滴再落入茶盞中。可是方瑾枝畢竟人小，力氣有限，茶瓶中的沸水還是灑出一滴。可幸好是滴在桌面上，讓她偷偷舒了口氣。

她放下茶瓶，入茶已及時將茶筅遞過來。

這個時候是最耽擱不得，慢一點恐怕要影響湯花了。

方瑾枝心裡有點急，陸無硯見狀，輕輕咳嗽一聲，方瑾枝一愣，隨即會意。陸無硯跟她說過，她學點茶不到四個月，並不能學到精髓，但不能慌亂，要做到最起碼的從容。

方瑾枝握著茶筅，回憶入茶平日的動作，開始擊拂茶湯，讓茶末和沸水交融。茶末顏色一點一點變淺，隨著她擊拂的速度越來越快，泛起的湯花逐漸變成雪白色。

這時，方瑾枝睜大眼睛，死死盯著茶盞邊緣，見湯花逐漸緊咬盞沿，咬盞一現，便小心翼翼地收起茶筅，目光仍舊落在茶面上，生怕出現一絲水痕。

站在方瑾枝身後的入茶、米寶兒和鹽寶兒也緊張得不得了。如果湯花不能咬盞，湯花與茶盞相接的地方裂出水痕，那便是最大的敗筆，還好這回成功了。

「妳倒是如妳母親一樣喜歡點茶。」孫氏看完方瑾枝點茶，慈祥地笑了笑。

姚氏附和：「就是啊，我瞧著瑾枝擊拂茶湯的動作，和她母親一模一樣呢。」

陳氏沒插話，似笑非笑地看姚氏一眼。

方瑾枝悄悄抬頭看陸無硯，陸無硯對她輕輕點頭。

方瑾枝心裡有了譜，小心翼翼地端起茶，緩緩走向陸文岩。

看見方瑾枝的腳步停在陸文岩面前，大家都有些驚訝。溫國公陸嘯還坐在這兒呢，就算陸文岩是她的外祖父，也不該將這茶敬給他。

陸文岩挺意外，以為是方瑾枝年紀小，不懂規矩，剛想告訴她應該把茶敬給陸嘯，卻驚訝地看見方瑾枝小小的身子在他面前跪下。

「外祖父，這碗茶，是瑾枝代替母親敬給您的。」方瑾枝清脆的聲音清晰地落入每個人耳中，誰都沒想到她會突然說出這番話來。

陸文岩聞言，心中五味雜陳。「妳母親……是個好孩子。」

方瑾枝說：「其實母親不喜歡點茶。」

此言一出，舉座皆驚。當年，陸芷蓉點茶的手藝在姑娘們之間，可是數一數二。

「但外祖父喜歡，所以母親才拚命去學。小時候，母親跟瑾枝說，她還沒出嫁前，最幸福的事就是聽見外祖父的笑聲。每次外祖父吃了她點出來的茶，笑著誇她手藝好，便是她最開心的時候。」

庶女討好父親是理所應當的，但從外孫女口中直白地說出來，更多了幾分父女情深。

「快起來，起來說話。」陸文岩去拉方瑾枝。

方瑾枝卻搖搖頭，目光澄澈地望著陸文岩，誠懇地說：「外祖父，瑾枝的父親經營各種生意，但對茶莊最為上心，您知道是為什麼嗎？」

陸文岩當然不知道，方瑾枝也不等他說話，繼續道：「因為母親說，她出嫁了就不能如以前那般侍奉膝下，所以囑咐父親用心管理茶莊，努力找出最好的、外祖父最喜歡的茶，等您生辰時，回來點茶給您吃，博您一笑。可是還沒等到您壽辰，母親就……」聲音越來越低，說到最後，一滴淚珠從眼眶滾落，落在膝上的衣裙裡。

「阿蓉……」陸文岩心中頓覺苦澀，腦海中不由浮現女兒的一顰一笑，那是多麼懂事、乖巧的女兒，可惜那麼年輕就去了……

方瑾枝用手背擦去淚痕，仰頭望著陸文岩，言詞懇切地說：「外祖父，母親沒完成的心願，瑾枝定會代替她完成。瑾枝知道自己的手藝很差，連母親的一丁點都沒繼承，可是瑾枝會努力學，不僅學點茶，還學經營茶莊，以後外祖父的每年壽辰，瑾枝都點茶給您吃。」

方瑾枝起身，去拉陸文岩的手。「外祖父，您說好不好？」

「好好好！」陸文岩拍拍方瑾枝的手，眼中竟是微濕，不知是想起早亡的女兒，還是被懂事的外孫女感動？

聽到這兒，姚氏察覺出不對勁。學習點茶手藝是應當的，但經營茶莊是怎麼回事？

她心裡忐忑，扯出親切得體的笑容，道：「咱們瑾枝是個懂事孩子，學習點茶是好事，但妳還小呢，管理茶莊哪有那麼容易，得等妳再長大些才行。」

方瑾枝不看她，只仰著頭，愣愣地望著陸文岩，慌張地說：「不可以嗎……」淚珠盈眶，泫然欲泣。

「這……」陸文岩還沈浸在悲傷的氛圍中，沒反應過來。

「呵。」陸無硯輕笑。「這麼巧，我剛教了瑾枝管帳。」用手指著方瑾枝，笑道：「可不許給我丟臉，要是把茶莊賠光了，看我不打妳手板！」

方瑾枝配合地縮了縮肩，有些畏懼地依偎在陸文岩身旁，委屈地說：「瑾枝求了三哥哥好久，他才肯教我管帳。我……我一定會把母親的心血經營好！」握起小拳頭，明明是稚言稚語，讓人聽了卻像鄭重的立誓。

「好！」陸文岩重重地拍拍她的小肩膀，欣慰地說：「咱們瑾枝這麼聰明，定會把茶莊管好。若是有什麼困難，就來找外祖父。」

方瑾枝崇拜地望著陸文岩。「外祖父，您真好！」惹得眾人一陣哄笑。

姚氏也笑，但笑容有些繃不住。

陳氏挺起胸脯，嘴角的笑意更深，看姚氏一眼，心裡鄙夷。為何方瑾枝單單表演茶藝？且往昔從不在這種場合露面的陸無硯都過來了，這個愚蠢的女人還渾然不覺。抬手撫了撫髮間的玉簪，頓覺揚眉吐氣。

在長輩們的誇讚中，方瑾枝偷偷望向陸無硯，對他悄悄眨眼睛。

陸無硯苦笑。這孩子才七歲，說起謊話面不紅心不跳，還能說哭就哭，說笑就笑，演得了深情，扮得起純真，這本事可真是爐火純青……等她長大了，可別對他撒謊才好。

這時，入烹抱著一只錦盒，從後花園門口匆忙趕進來，向來舉止得體的她，腳步竟染了三分虛浮，臉色更是煞白，匆匆趕到陸無硯身邊，對他耳語幾句。

「妳再說一遍。」陸無硯冰冷的聲音響起。陸家眾人瞬間靜下來，疑惑地望去。

入烹深吸一口氣，在面色冰寒的陸無硯腳邊跪下，強自冷靜地說：「衛王潛進別院，擒走了長公主。」又顫巍巍地將手中錦盒舉過頭頂。「這是衛王留給您的。」

陸無硯瞇起眼睛，盯著錦盒好一會兒，才伸手接過。錦盒上貼著一張紙，上面寫著「陸無硯」三個字，潦草筆跡正是衛王的。將錦盒打開，裡面是一把生了鏽的匕首。

陸無硯的目光凝在匕首上。在荊國死牢時，他正是用這把匕首，殺了無數的死囚。

他握起那把匕首，大步朝外走。

「三哥哥……」方瑾枝有些擔憂，小聲喊了一句。

陸無硯腳步微頓，轉過身，用十分複雜的目光望著方瑾枝。他本應該叮囑她幾句，可是所有的話都壓在胸口說不出來，最終只是無聲離去。

方瑾枝愣在那裡，想不明白，陸無硯為什麼用那種目光看著她？

陸無硯離開了五年，她便想了五年，卻始終沒有想明白。

第十三章

五年後。

水柱從高處落下，傾入兔毫盞中，須臾間戛然而止。湯紋浮動，瞬間竟浮現「禪」字。靜憶的目光從水面上的字，移到方瑾枝宛若柔荑的玉手上，微微點頭，讚道：「妳分茶的手藝越來越精妙了。」言罷，偏過頭輕咳兩聲。

「師太……」方瑾枝忙將手中的茶筅放下。

靜憶擺擺手。「不礙事，只是偶染風寒罷了。」

「已經入秋，師太早晚唸經時可要注意天氣，也要記得吃藥。」方瑾枝起身，拖著曳地的煙籠紅梅百水裙將小軒窗關上。轉過身，嘴角一挽，梨渦乍現。「師太可不許嫌藥苦！」

「我又不是小孩子。」靜憶連連笑了兩聲，忽然想起一事，走到旁邊的紅木矮櫃前蹲下，翻出小巧的妝奩盒。

方瑾枝歪著頭瞧她，有些驚訝地看見靜憶從裡面拿出一支梅花玉簪。那玉簪是用五片上好的羊脂白玉做成花瓣，又用三顆鮮紅翡翠點綴花心。

「挺配妳今日穿的裙子。」靜憶走回來，將玉簪插在方瑾枝髮間。

方瑾枝提起裙角轉圈，層層疊疊的百水裙宛若流雲般漾開，微微彎著眉眼，笑問：「師太，我是不是好看極啦？」

「妳這孩子，哪有人這麼誇自己的。」靜憶笑著瞪她一眼，但心裡不得不承認，如今的方瑾枝的確好看。不笑時如雲之蔽月，皎皎嫻雅；抿唇輕笑時，眉梢眼角皆是驚豔。凝脂皓膚，兩點淺淺梨渦，再添一抹甜美。

方瑾枝挽起靜憶的胳膊，癟了癟嘴。「我要走了呢，再遲，二哥又要發脾氣。」

前幾日是榮國公的壽辰，方瑾枝得回去祝壽，林家挽留她小住四日，今日才讓林今歌送她回溫國公府。因聽聞靜憶生病，便在途中來靜寧庵探望。林今歌沒跟來，而是去好友家閒坐，約好時辰來接方瑾枝，把她送回陸家。

靜憶親自送方瑾枝下山，林今歌竟是早到了，正倚在一旁的楊樹上等著，瞟見人影，抬起頭，瞪方瑾枝一眼。縱使離得這麼遠，縱使看不清林今歌的表情，方瑾枝也敢打賭，那一眼絕對是個白眼。

她向靜憶師太道別，帶著鹽寶兒坐上馬車，還沒等林今歌抱怨，就先甜甜一笑。「都是瑾枝不好，讓二哥久等啦。」

林今歌看見她的笑容，頓覺沒勁，直接翻身上馬，引馬車前行。

回溫國公府的路上，方瑾枝坐在車裡，偶爾能聽見沿街乞討的聲音，遂小心翼翼地將車窗邊的帳幔扯開一角，瞧著外面的情景。

皇城依舊，那些高門大院還是如往昔般森嚴、雄偉，可是街邊卻多了許多流民。大遼和荊國的仗，已經打了五年。

當初楚映司被擒，楚懷川不顧群臣死諫，立刻發兵。軍中正一品的上將軍之位一直空缺，他將聖旨下到溫國公府，卻找不到陸申機的身影。

楚映司被擒，陸申機失蹤，民心不穩，在陸無硯勸諫下，楚懷川決定親征，以振軍心。大軍齊發，行至邊境時，卻見一匹駿馬奔來，伏在馬背上的人生死不明。遼兵正要萬箭齊發時，被陸無硯阻攔，縱馬前行，制住駿馬，救下重傷昏迷的楚映司。

接著，陸無硯領兵沿駿馬來路追去，終於看見被荊軍包圍的陸申機。他以一人之力抗近百荊軍，身上受傷無數，已是強弩之末，卻依舊沒有後退半步。

陸申機不能後退，不能讓這些人追上楚映司，幸好陸無硯及時趕來。

楚映司被救回，朝中文臣武將皆勸楚懷川立刻收兵。楚懷川猶豫不決時，楚映司正好醒轉，立刻道：「用本宮的假死激發軍憤，再使荊軍輕敵，正是起兵良時。」

有大臣道：「陸將軍身受重傷，我軍無領兵之人啊，請長公主三思！」

楚映司聞言，心尖狠狠地顫了下，陸申機從荊軍中將她救出去的場景立刻浮現眼前。她使勁閉眼，將陸申機的身影從腦海中趕走。

接著，她沈著冷靜地調兵遣將，最後不顧朝臣反對，將大遼兵符交給陸無硯。所幸，陸無硯並沒有讓她失望。

陸無硯布陣領兵的學問都是陸申機親手教出來的，更何況，前世的他，最後可是統一了荊國、燕國和宿國。

自握了大遼兵符，陸無硯便以雷霆之勢攻敵，身上再無半分這些年留給他人的紈袴形象，反倒顯露過人的軍事才能，其冷血與決斷，絕不像從未帶兵的人。他初領軍時不過十六歲，縱使是當初被封為軍中神話的陸申機都沒有他的狠辣，一時間軍心大振，齊心攻敵。

「快中秋節了呢。」鹽寶兒出聲打斷方瑾枝的思緒。「回去做月餅吃吧。」

「是啊，快中秋節了……」方瑾枝放下帳幔，靠在車壁上，輕輕合上眼睛，回憶陸無硯倚在車壁時的樣子。

她的三哥哥，就快要回來了。

八月初十，大軍歸城。

別院裡，楚映司正斜倚在美人榻上，右臂袖子被拉起來，露出貫穿整條胳膊的傷口。傷勢極重，手肘處的傷深可入骨。

陸無硯把藥粉小心翼翼地撒在傷口上，不時抬頭看著楚映司。楚映司閉著眼，臉上沒有表情，像不會疼似的。

陸無硯在心底輕嘆一聲，用紗布將傷口包紮好，又從入醫手中接過湯藥，送到她身前。

「母親，該喝藥了。」

楚映司這才睜開眼睛，沒接陸無硯遞來的湯藥，而是皺眉看著他，有些擔憂地說：「無硯，這次你的風頭太盛了。」

雖然五年前是楚映司親自將兵符交到他手中的，可那是無奈之舉。這五年，陸無硯得了太多讚譽，很容易為他帶來殺身之禍。

而且……當初楚映司交出兵符後，就派精兵把楚懷川送回皇城。國中不可一日無主，朝務也需處理。楚映司心裡十分明白，她不在宮中的五年，朝中定有許多人對楚懷川進讒言，誰能確定人心未變？

陸無硯知道楚映司擔心什麼，把她的袖子放下，嘴角輕勾，帶出一抹似有若無的冷笑。「母親，兒子自有分寸。您先把湯藥喝了，好好睡一覺，眼下沒有比您康復更重要的事。」

楚映司點點頭，像喝水一樣將苦澀的湯藥喝了。

當初楚映司被陸申機救回時，身受重傷，讓軍醫暗中調養近一年才痊癒。一年後，楚映司重新穿上戎裝出征，士兵知道楚映司未死，士氣更是高昂。

不過，帶兵打仗，受傷必不可免，楚映司的胳膊正是在攻下荊國邊境三城時受傷的。

等到楚映司睡著，陸無硯為她蓋好被子，才輕手輕腳地走出去。

他剛走出別院，就被從樹後竄出來的人影攔下來。

陸無硯有些無奈。「父親，您這樣子，有點像賊。」

陸申機把陸無硯拉到一旁，問道：「湯藥喝了嗎？藥粉塗了嗎？歇下了嗎？」

陸無硯嘆口氣。「湯藥喝了，藥粉塗了，母親已經歇下了。」

「你親眼看見的？」

「湯藥是兒子親自遞的，藥粉是兒子親自塗的，也是親眼看著母親睡下才出來的。」

陸申機皺眉，反問：「藥粉是你親自幫她塗的？為什麼不讓丫鬟塗？入醫死了嗎？」

陸無硯哭笑不得。「我是她兒子……」吃醋吃到親兒子身上，醋勁可算天下無雙了。

「行行行，你走吧！」陸申機揮揮手。

陸無硯搖搖頭，坐上停在不遠處的馬車離開。

等到陸無硯走後，陸申機在原地走來走去，繞了好一會兒，還是不放心。最後，咬咬牙，繞到別院後面，趁著侍衛不注意時躍上牆頭，飛簷走壁，掠至楚映司寢屋的房頂。

他在屋頂上蹲下來，小心翼翼地挪開一塊青瓦。那塊青瓦與別處顏色不同，顯然是經常被掀開，隨即低下頭，朝屋子裡望去。

美人榻上哪裡還有人？楚映司早就起身了，或許根本沒睡。此時她正坐在窗邊的玫瑰小椅裡，蹙眉翻看案几上的密信，又攤開信紙寫字。

「就知道妳不肯好好歇著！」陸申機憤憤然地捶了下屋頂。

「什麼人在上面?!」楚映司猛地抬頭。

陸申機一驚，將手中的青瓦放下，幾個瞬息間，沿著來時的路逃走了。

「長公主可有事吩咐？」侍衛們聽見楚映司的聲音，立刻趕到門口。

楚映司放下手中的筆，走到寢屋正中央，仰頭望向屋頂缺了一塊磚瓦的地方，過了一會兒，才道：「無事。」

她踱回案几旁，繼續寫信。寫了幾個字，筆尖頓住，想起某個傻瓜，不由輕笑一聲。

八月十五中秋節，是陸無硯回溫國公府的日子。

方瑾枝一大早就起來了，想用最好的模樣去迎接他。

「這身好看嗎？」方瑾枝轉個圈。她上身穿了淡粉短衫，下面是點綴木槿花枝的襦裙，粉嫩顏色將臉蛋襯托得格外嬌美。
方瑾平與方瑾安使勁點頭。「好看！」
「會不會太粉嫩了點？」方瑾枝想想，又去衣櫥裡翻，換上竹青色褙子，配水色煙雲褶襇裙，再問：「這樣好看嗎？」
「好看！可雅致啦！」方瑾平更加用力地點頭。
「是，嫻靜溫柔，如……如花照水！」方瑾安跟著附和。
方瑾枝摸摸袖子，又不大滿意。「可我覺得袖子有點窄，裙子的花邊也不夠精緻。」
方瑾平和方瑾安聞言，望了堆滿整張床的衣裙一眼，有些無奈地搖搖頭。她們的姊姊是要把所有衣裳換一遍呀……
方瑾枝握起小拳頭，敲敲頭，去衣櫥旁繼續翻。「妳們說，三哥哥會不會不記得我？」
方瑾平與方瑾安立刻搖頭。這幾日，方瑾枝問了多少次，她們已經數不清了。
方瑾枝摸摸自己的臉，自言自語地說：「三哥哥一定記得我，可是會不會認不出我來呢？對了……換這套！」從衣櫥裡翻出一條霜色曳地翠紋裙，與一件竹青色對襟羅袖短衣。
「我小時候總是穿素色的衣服，得穿素色的，三哥哥才認得我！」
方瑾平和方瑾安對視一眼，實在瞧不出這身衣服和其他幾套有什麼不同？而且……她們已經找不到誇讚的詞了。
「不行！」方瑾枝又搖頭。「見到三哥哥，我應該要高興，穿喜慶的紅色，對不對？」
方瑾平和方瑾安只能點頭了。

果然，等方瑾枝換上水紅對襟短衣並亮妃色繡折枝堆花襦裙後，立即苦惱地問她們。「會不會……太豔了？」

見兩個妹妹不說話，方瑾枝漂亮的眉眼皺在一起，去搖她們的小胳膊。「哎呀，妳們倒是說話呀！」

「好、好看！回眸一笑百媚生，六宮粉黛無顏色！」方瑾安急忙道。

方瑾平瞪她一眼，小聲說：「這詩不是這麼用的，背錯了。」

方瑾安撓撓頭，嘟囔道：「我已經把會背的詩都背完了……」

「不然……還是換回之前那身襦裙？」方瑾枝拽著自己的衣角，猶豫不決。

方瑾平和方瑾安已經不想再出主意了，畢竟她們的主意沒什麼用處。若問她們的意思，她們的姊姊是天下最最漂亮的人，穿什麼都好看！

「姑娘，三少爺回來了！」米寶兒跑上樓稟道。

「知道了！」方瑾枝哪還顧得上再換衣服，匆匆跑下樓，剛跑兩步，忽想起房裡沒上鎖。

她剛想轉身折回去，米寶兒便小聲說：「姑娘去吧，奴婢來鎖門。」

「好！」方瑾枝點點頭，將繫在胸口的雪白綢帶拉緊些，再跑下樓。出了小院，便以端莊的淑女模樣，朝著前院走去。

第十四章

如今，陸無硯與往昔大不相同，再也不是那個脾氣古怪、人人躲避不及的紈袴子弟，縱使陸家眾人對他仍有忌憚，但他今日歸家，依然必須前去迎接。

大廳裡都是人，或坐或站，方瑾枝悄悄走到陸佳蒲、陸佳萱等人身邊站好。

陸佳茵回頭看她，涼涼地說：「用得著穿一身紅嗎？」

方瑾枝淺淺笑著，端莊文靜，像沒有聽見一樣，可是心裡卻打起鼓來。這身紅衣裙，會不會真的不適合？隨即用眼角餘光悄悄瞟了其他幾位表姊妹一眼。都換了新衣裳嘛！這種場合，閨中女兒都要換上漂亮衣裳，戴出金燦燦的頭面來見人。

糟了！方瑾枝心中暗道一聲不好。剛剛她忙著換衣裳，竟忘記佩帶一套適合的首飾，別說玉簪、步搖這些，幾次折騰地換衣裳，連頭髮都有些亂了。

等了好一會兒，孫氏問服侍的嬤嬤。「人到哪兒了？」

嬤嬤出去瞧，回來後，有些尷尬地回稟：「三少爺已經到前院，說先不來後院請安，讓老太太和各房不用等他用午膳。」

滿屋子的人一愣。她們餓著肚子等半天，人家根本沒打算來後院。

陸佳茵嗤笑一聲，小聲嘟囔：「忒欺負人！」

陸佳蒲拽她的袖子，讓她別亂說話。

姚氏也聽見了，若是往常，定要瞪她一眼，只是如今等了半日，心裡煩躁，懶得管她。

孫氏沈默半晌，才道：「都回去吧。」

各房的人沒敢多說，悄悄退下，方瑾枝默默落在最後。

「姑娘？」鹽寶兒上前一步，有些擔憂地瞧著方瑾枝。

方瑾枝低著頭，神色間有些低落，鹽寶兒喊她一聲，竟是沒有聽見。

鹽寶兒只好再喊一聲，方瑾枝才有些茫然地回過頭。

鹽寶兒小聲道：「三少爺不知道您在等他，所以才沒來後院。」

方瑾枝搖搖頭，繼續往前走。她低落是因預想中的重逢沒有到來，想早點見到陸無硯。

鹽寶兒沒猜透方瑾枝的心事，只好苦著臉跟著。不想方瑾枝忽然停步，讓她差點撞上。

「姑娘怎麼不走了？就快到了呀！」

方瑾枝看前面的垂花門一眼。過了那道門，再走不久就到她的小院，心中忽然有了決定，轉身朝另一個方向走去。

鹽寶兒驚訝，忙攔道：「姑娘，您走錯了！那是往前院的路……」隨即想通，難道姑娘是要去垂鞘院等著？便急忙跟上，不再多言。

走在青磚鋪就的小路上，方瑾枝的腳步逐漸放緩，側首望著鬱鬱蔥蔥的樹叢，微涼秋風拂過，將枝葉吹起一陣沙沙聲響，回憶傾巢而來。

她第一次見到陸無硯時，就是在這裡。那時，她剛來溫國公府，誰都欺負她，沒人把她當成主子看，連身邊的下人都不省心。就因為一綑綢緞，吳嬤嬤發脾氣丟下她，衛嬤嬤不得不把她孤零零留在原地，先送綢緞回去。

當初，她也怕，她也慌，沒有父母、兄長庇護，連奶娘都是個拿不定主意的，再怎麼害怕，也得裝出鎮定的樣子來。

她閉上眼睛告訴自己，不要怕、不要慌，睜開眼睛時，陸無硯就出現在小路的盡頭，從此以後，走進她的生命。

那時，她還以為陸無硯是瘸子，和她一樣是個小可憐呢。

想到這裡，方瑾枝不由輕笑，再抬首時，便有幾道聲音落入耳中，頓時緊張起來，匆匆理了理鬢角的髮絲，靜靜立在原地。

幾條人影穿過月門，逐漸走近，正是陸家的幾位少爺簇擁著陸無硯而來。

陸無硯穿了一身銀色騎裝，不似鎧甲厚重，卻也沒有往昔寬袍的隨意，以前不束不紮的墨髮，用一條銀色錦綢束起來。

方瑾枝拚命地告訴自己不要緊張，可當陸無硯的身影映入眼簾時，心尖還是輕輕顫了下。陸無硯的樣子和她記憶中的三哥哥不大一樣了，這種細微的變化，讓她心裡有一種陌生，還有絲慌亂。

陸無硯穿過月門時，就看見遠處小徑旁的方瑾枝立在那裡，美好得宛若一株紅色海棠，可卻只瞧她一眼，就移開目光，偏過頭和大少爺陸無破說話。

隨著陸無硯和幾位表哥越走越近，方瑾枝後退兩步，從青磚地退到栽植花木的泥地上，半垂眉眼，努力裝作不在意的樣子，卻豎起耳朵聽他們講話。

「就送到這裡吧。」陸無硯腳步未停，但接近方瑾枝了。

陸無破便道：「好，三弟趕這麼久的路也累了，是要好好歇歇，咱們來日再聚。」

陸家眾位少爺便停步，目送陸無硯離開。

陸無硯的腳步微微頓住，才繼續往前走，越過方瑾枝三、五步，忽又停下，望著隱在花木叢葉間低頭的方瑾枝，道：「還不走？」

「這就來！」方瑾枝唇畔間的梨渦輕輕漾開，竟藏不住聲音裡微微溢出來的喜悅，踏上青磚小路，匆匆追上陸無硯。

陸無磯遠遠看見，抱著胳膊嘖了聲。「真是個會惹事的。」

「十一弟。」陸無破皺眉看他一眼。

陸無破身為陸家少爺的兄長，不僅年紀比他們大很多，而且自小在軍中長大，出於對兄長的尊重，陸無磯不得不收起臉上鄙夷的表情，可仍打心裡瞧不起方瑾枝。當初方瑾枝剛來時，使勁巴結陸無硯，後來陸無硯離開五年，她就討好陸家老小，忒沒骨氣。

如今正是剛剛入秋的時候，今年又冷得很晚，府裡的姑娘們還穿著薄薄紗裙。可陸無硯畏寒，垂鞘院裡雖沒有誇張到生起爐火，但入茶和入烹已將暖和柔軟的兔絨毯鋪好，一個守在垂鞘院門口，一個在正屋門口候著陸無硯。

「三少爺。」守在院門口的入茶微微彎膝行禮，默默跟在陸無硯身後。

陸無硯走到正屋門前時，沒有急著進去，而是轉過身看向方瑾枝。

還沒等陸無硯說話，方瑾枝便急忙開口。「我知道，三哥哥從外面回來，都要先去洗澡，入熹和入茶已經仔細打灑過淨室了。」

「好。」陸無硯點點頭，轉身朝淨室走去。

進了淨室，陸無硯脫下衣裳，把身子泡在溫泉水裡。

其實，他不知道該怎麼面對方瑾枝？

他低下頭，氤氳水中竟浮現方瑾枝六、七歲時的樣子、如今的樣子，還有前世讓他傾心的十五、六歲的模樣。水波一層層蕩開，不同年紀的她，容貌逐漸交疊，又散開……

之前方瑾枝年紀小，他還可以把她當成孩子抱在懷裡、放在膝上，可是離開五年，她長大了啊……靠近她，陸無硯心裡那種熟悉而陌生的悸動又回來了，恨不得把她揉進懷裡，吻遍她身上每一寸肌膚。

可是，她才十二歲！

「還不如晚兩年再回來……」陸無硯痛苦地揉了揉眉心，更苦惱了。

沐浴完，陸無硯換上寬鬆的茶白色長袍，走回正屋。

原本還在思索要用什麼樣的語氣和方瑾枝說話，可見到她時，他卻無奈地愣住了。

方瑾枝坐在窗口邊的玫瑰小椅裡，趴在高腳桌上睡著，眉梢眼角都是笑意，一雙手臂抱住桌上的青瓷魚缸。

陸無硯走過去，靜靜凝望她。明明只是小憩，她竟能作夢，還勾起嘴角，蜜意濃濃。

入烹抱著絨毯從屏風後繞過來，走到他身邊，小聲說：「這幾日，表姑娘都沒睡好。」縱使她壓低聲音，還是吵到方瑾枝了，讓她嘴角的笑意凝住，眉心輕輕蹙起來。

陸無硯不悅地看向入烹，入烹一驚，再不敢發出聲音，懷裡抱著絨毯，一時之間竟不知要不要幫方瑾枝披上，生怕再吵到她。

陸無硯抬手，入烹忙把絨毯遞給他，然後悄悄退出去。

陸無硯垂眼，將手裡摺好的絨毯打開，彎著腰，小心翼翼披在方瑾枝身上。

「三哥哥……」

陸無硯動作一頓，以為吵醒了方瑾枝，抬首卻發現她並沒醒過來。原來是夢見他嗎？

啪！一聲脆響，外面好像有什麼東西摔碎了。方瑾枝身子一顫，從睡夢中驚醒，猛地抬頭，額頭剛好撞在陸無硯的下巴上。

「唔……」方瑾枝痛呼一聲，低頭按著眉心。

「疼了？」陸無硯匆忙拿開她的手，替她揉著。

陸無硯揉了一會兒，見方瑾枝沒吱聲，便問：「還疼嗎？」

方瑾枝搖頭，推開陸無硯的手，睜著一雙澄澈的秋水明眸，楚楚地望著陸無硯。「三哥哥，你還記得我嗎？我叫什麼名字？我生辰是哪天？我喜歡吃什麼？我害怕什麼？」

「記得。妳叫方瑾枝，生辰是臘月十二，喜歡吃甜食，害怕一個人坐鞦韆。」陸無硯凝望著他的小姑娘，一件一件說出來。

方瑾枝鬆口氣，忽然間又皺起眉，搖搖頭。「不對！」

「哪裡不對？」

「我害怕……我害怕三哥哥再也不回來了！」方瑾枝嘟著嘴，滿臉不高興，抬起胳膊環住陸無硯的腰，將自己的臉貼在他的胸口。

陸無硯僵住身子，艱難地開口。「瑾枝，妳長大了，不許這樣。」

方瑾枝假裝沒聽見。

陸無硯沈默一下，又道：「《女誡》是誰教的？我要換人！」

方瑾枝哼唧兩聲，嘟囔著：「你就當我睡著了，還沒醒。」

陸無硯無奈，只好任由她抱著。側過頭，看見高腳桌上的青瓷魚缸，裡頭的兩條紅鯉魚竟長得那樣大了。

他低頭，以長指為梳，慢慢梳理方瑾枝有些凌亂的長髮。「入烹說，這幾日妳都沒有睡好，為什麼？」

方瑾枝咬了下嘴唇，不肯說實話。

陸無硯見狀，便不追問，繼續梳著她的頭髮，直到將她的每一綹髮絲都梳齊。

「因為三哥哥要回來了。」方瑾枝鼓起勇氣，鬆開環著陸無硯腰間的手，仰頭望他，緩緩說出實話：「六日前曉得三哥哥的歸期，然後……我就睡不著了。」

絲絲墨髮如瀑布般傾瀉而下，披在她的背上，水紅襦裙將嬌容襯托得更加美豔，偏偏目光又是這樣不染塵俗……

這一瞬，陸無硯心裡是慌的。

他匆匆別開眼，輕咳一聲。「午膳用過了嗎？餓不餓？」

方瑾枝這才覺得腹中空空，點點頭，卻發現陸無硯偏過頭不看她，立時皺眉，有些委屈地問：「三哥哥，我變醜了嗎？」摸摸自己的臉，有些迷茫。她一直對自己的長相很有自信，可是陸無硯為什麼不肯多看她一眼？

「沒有，天下間沒有比妳更好看的人。」陸無硯回頭凝視方瑾枝，難得用了嚴肅的語氣。他慢慢抬手，想撫上面前那張宛若凝脂的臉頰，可是手還沒抬高，就放下來。

「我去吩咐入烹準備午膳。」陸無硯轉身，大掌卻被方瑾枝拉住。

方瑾枝從玫瑰椅裡起身，握著他的手。

陸無硯微微側首。小時候，她就喜歡拉著他，不過那時她人小，手更小，喜歡將他的拇指攥在她小小的掌心裡。如今，她卻將纖纖玉指滑進他的指縫間，指尖貼在他的手背上。

「我和三哥哥一起去。」方瑾枝望著陸無硯，瀲灩明眸彎成月牙。

瞧著這對月牙眼，陸無硯一時怔忡，眼前好像還是那個小小的她。

「好。」陸無硯把她的手握在掌心，牽著她往外走。

耽擱許久，兩人接近申時才吃上午膳。

陸無硯有些歉疚。若非他回來得晚，又在淨室裡耽擱，也不至於讓方瑾枝餓這麼久。

今日是中秋節，幾道正式的菜餚之外，月餅和桂花酒也是不可少的。

陸無硯吃東西時雖然忌諱很多，卻沒有特別愛吃的，永遠都是「不要」，極少有「要」的時候，因此入烹做菜時，向來不求有功，但求無過。可自從方瑾枝經常來這裡吃飯後，陸無硯便吩咐照著方瑾枝的口味來，結果，這桌菜，十有八九都是甜口味。

「三哥哥吃月餅。」方瑾枝將酥皮核桃月餅掰成兩半，把大的一半遞給陸無硯。

「嗯。」陸無硯接了。

「三哥哥喝湯。」方瑾枝盛了一品官燕湯遞給陸無硯。

「好。」陸無硯端過來。

「三哥哥吃這個！」方瑾枝又挾一片桂花魚條放到陸無硯面前的空碟子裡。這回還沒等陸無硯答應，又挾了塊八寶兔丁給他。

「唔，不能光吃肉。」方瑾枝又挾了些桂花辣醬芥、三絲瓜卷和花盞龍眼給陸無硯。

不久，陸無硯面前的空碟裡竟堆得像一座小山。

其實，他回來時已在前院吃過東西，仍笑了笑，將方瑾枝布的菜一口一口吃掉。

吃完，他瞥向一旁的桂花酒，忽然想起方瑾枝小時候不小心誤飲烈酒的事，指尖輕扣桌面，問道：「瑾枝，三哥哥不在這幾年，妳可有喝過酒？」

方瑾枝一直盯著陸無硯瞧，自然知道他看見了旁邊的桂花酒。

「三哥哥想喝酒嗎？瑾枝陪你。」方瑾枝起身開酒，幫陸無硯斟滿，又幫自己倒一杯。

陸無硯疑惑地看著她。

「我會喝酒呀，而且這種一點都不烈的桂花酒，我常常喝。」方瑾枝說著，端起酒樽。

陸無硯卻握住她的手腕，奪過她手裡的酒樽，淺酌而盡，似笑非笑地看著她。

「難不成趁我不在家的時日學壞了，竟是時常飲酒？」

「我、我……」方瑾枝無措地望著陸無硯。她當然沒喝酒，只是剛剛瞧見陸無硯似乎想喝，才撒謊的。真是……有理說不清了。

她皺眉思索一會兒，不大高興地瞪陸無硯一眼。「三哥哥，你故意的。」

陸無硯不由淺笑出聲。

這時，入烹捧著一只漆黑的木盒走進來。「三少爺，有人送東西給您。」

「什麼東西呀？」方瑾枝好奇地湊過去，將盒子打開。

陸無硯猛地抬頭，厲聲說：「瑾枝，別打開它！」

但是遲了。

方瑾枝不僅把盒子打開，還因為被陸無硯的聲音一嚇，使木盒從手中脫落，裡面的東西掉出來，在她的水紅襦裙上劃過一道骯髒痕跡。

那是一隻被開膛破肚的老鼠。

陸無硯匆忙拉起方瑾枝，把她的臉按在自己的心口上，輕輕拍著她的後背，一遍一遍地說：「別怕，盒子裡什麼都沒有，妳什麼也沒有看見……」

第十五章

屋裡的動靜鬧得太大，入茶聞聲趕來，入烹拿一大塊棉錦包住穢物，準備丟掉，又給個眼色，讓入茶幫方瑾枝準備一條新裙子。

沒一會兒，入茶拿著裙子回來，陸無硯才鬆開方瑾枝，讓她跟入茶去偏廳換衣裳。

待兩人出去，陸無硯低頭看著黏在前襟的污漬，皺了皺眉，走出正屋，打算去淨室梳洗。可還沒走到淨室，就蹲下身，將剛剛吃過的東西盡數吐出來，吐完了，仍舊乾嘔不止。

入烹抱著茶水上前，陸無硯喝了一口，又吐出來，將茶碗擲到地上，壓抑胸腹間的翻騰，道：「換清水！」

「是！」入烹提著裙角跑去提清水，再回陸無硯身邊，把清水倒進杯裡遞給他。

陸無硯接過入烹送來的清水，一口接一口地漱口，漱完再將空杯子遞回去。眼角餘光掃過接杯子的手，小小的、白白的，不是入烹，回頭竟看見方瑾枝蹲在他身後，低著頭，將水壺裡的清水倒滿瓷杯。

望著方瑾枝遞來的瓷杯，陸無硯皺著眉，沒接下。

方瑾枝見狀，將手裡的瓷杯放在地上，然後拿起帕子，把陸無硯嘴角的水漬一點一點擦乾淨。眸波微顫，眉心輕蹙，帶著一絲心疼。

「回去！」陸無硯起身朝淨室走。

方瑾枝急忙站起來，小跑著追上他。

聽見身後的聲響，陸無硯頓住腳步，轉過身，有些無奈地問：「跟著我做什麼？」

「我不放心三哥哥呀！」

「那也不能跟我進淨室！」

方瑾枝歪著頭，想了一會兒，忽然抬手，將掌心貼在陸無硯的腹部。

「妳做什麼?!」陸無硯略狼狽地後退兩步。越是懼怕靠她太近，這樣不經意的小動作越是讓他心口發熱、發麻。

「三哥哥，人不管吃了什麼，都是要去茅房的。」方瑾枝一本正經地說道。

陸無硯的眉頭皺起來，審視著方瑾枝。「妳又猜到什麼了？」

「唔，我沒猜到什麼。」方瑾枝搖搖頭。「只是突然想到的。不管吃了大魚大肉，還是山裡野菜，去趟茅房就沒啦，不會留在肚子裡的，何況是很多年以前吃過的東西……」眉眼間帶著一點小心翼翼，去打量陸無硯的神色。

陸無硯嘆口氣，胸腹間的噁心感慢慢淡去，抱著胳膊望向方瑾枝。「怎麼猜到的？」

方瑾枝嘴角一勾，瞇起眼睛。「去年一直不下雨，收成不好，我聽府裡的下人說，那些貧苦百姓餓得受不了時會吃野菜、會吃樹皮，還會將捉到的蟲鳥煮了吃。先生還教過，古時災情嚴重時，災民甚至會交換自己的孩子來吃……」

陸無硯苦笑。他怎麼忘了這孩子自小便聰慧過人，五年不見，長的不僅是個子。

「那妳想知道我吃過什麼嗎？」

方瑾枝垂眸，收起臉上的笑容，仰望陸無硯，認真地說：「如果三哥哥說出來會更加不舒服，那瑾枝就不想知道；如果三哥哥說出來以後不會再難受，那瑾枝就想知道。」

陸無硯沈默一下，忽然低著頭笑出聲，再抬頭望著方瑾枝時，眸若星辰。

方瑾枝跟著他笑，從眼角到眼底，像鍍了一層光。

「好了，回去等我，不許跟我進淨室搗亂。」陸無硯慢慢收起笑容。

方瑾枝的臉頰瞬間紅起，反駁道：「誰要跟你進淨室搗亂了！」背手轉身，大步離去。

陸無硯若有所思地看著方瑾枝的背影，突然想通什麼似的挑眉。看來是他想錯了，他的小姑娘長大了，不是什麼都不懂。

他搖搖頭，踱進淨室，等到再出來時，有些意外地發現，方瑾枝竟然等在外面。

方瑾枝看見他，不大高興地說：「明明是我被嚇著，為什麼最後是我哄你？不成！」

「那怎樣才成？」陸無硯走近她。

「三哥哥得哄哄我呀。比方說，給我一點好處什麼的。」有流光在她的眸中浮動，透出明目張膽的小聰明。

「好處？」陸無硯忍住笑，走到她身邊，忽然彎下腰，將方瑾枝抱起來，如她小時候那般，讓她坐在自己的臂彎裡。

方瑾枝低低驚呼一聲，摟住陸無硯的脖子，忽然覺得不對勁，有些尷尬地鬆開手，去抓他的衣襟。

「三哥哥，放我下去！」她眼中是滿滿的驚慌。

陸無硯勾起嘴角，並沒有理會她的抗議，抱著她往正屋走。

正屋裡，入茶和入烹剛剛換好新的兔絨毯，瞧見陸無硯抱著方瑾枝進來，微微愣住，立刻低頭不敢多看，匆匆退下。

「三哥哥，你幹麼呀，讓人看見了不好！」方瑾枝快急哭了。

陸無硯步進偏廳，把方瑾枝放在美人榻上，雙手壓在她身側，逐漸靠近她，清晰瞧見她白瓷般的臉頰紅得快燒起來。

「剛剛是誰拉著我、抱著我，怎麼才過一個時辰，就開始躲著我了？居然還懂得『讓別人看見了不好』？」陸無硯似笑非笑地覷著她。

方瑾枝將淺粉色唇瓣咬出一道白色印子，慌張的眼神已經說明了一切。

竟然又是演戲。也是，已經十二歲，怎麼可能不懂男女之情？差點就被她故意裝出來的親暱騙到了。

陸無硯直起腰，靜靜立在旁邊，等著她的情緒平復。

方瑾枝急忙向後挪，有些慌張地攏好鬢邊髮絲，鬆口氣，手足無措的驚慌感慢慢淡去。

她用手背摸了摸滾燙的臉頰，埋怨地瞪陸無硯一眼，卻明白，這回是她沒理。

「我的小瑾枝一向嗜睡，居然連著幾夜睡不著。」陸無硯走過去，隨意地坐在美人榻邊。

「這是有心事。」

方瑾枝聞言，不高興了，立刻反駁：「你不能這樣誣衊我！我沒撒謊，本來就是因為你快回來了。」

「是是是。」陸無硯笑著點頭。「也不僅僅是因為想早點見到我吧？」

「我……」方瑾枝的目光有些游移。

「不如，我也猜一回？」陸無硯輕笑。「這幾天，妳考慮了很多事情。比如，三哥哥還記不記得等妳長大就和妳成親的事。」

方瑾枝聞言，好不容易退燒的臉頰又燙出紅暈，打斷他：「那、那……都是小時候的事了，胡亂說著玩的。」

「胡亂說著玩？」陸無硯不顧方瑾枝的躲閃，抓出她藏在袖裡的手。「咱們可打過勾的，就是這根手指。」探出小指，和方瑾枝的尾指勾在一起。

方瑾枝抽回自己的手，負到身後，抬頭看陸無硯，鼓起勇氣說：「三哥哥，我當一回小人成不成？我後悔了，不想嫁給你，一直當你妹妹行嗎？」

「所以妳故意假裝不懂男女之情，以妹妹的身分親近我？」

方瑾枝偏過頭，小聲地說：「三哥哥要是不喜歡，我以後不這樣了。」

陸無硯追問：「是不當我妹妹，還是不親近我？」

「三哥哥說話好過分，我不要聽！」方瑾枝摀著耳朵，閉上眼，不看不聽。

陸無硯拿下方瑾枝摀著耳朵的手。「說出一個不肯嫁我的理由，若是正當可以准。」

方瑾枝狐疑地看著陸無硯，道：「我不喜歡住在溫國公府，以後要搬走的。」

「嗯，好，我們成婚以後搬出去住。」

方瑾枝睜大眼睛，不可思議地望著陸無硯，使勁想了想，又說：「我、我還小。」

陸無硯笑道：「對，所以我在等妳長大啊……」都已經等了這麼多年。

「可是……」方瑾枝低下頭。「四表哥和你同歲，他的二女兒都要出生了。」

陸無硯剛想說話，忽然覺得不對勁，皺起眉頭。「有人跟妳說了什麼話嗎？」

「沒有。」方瑾枝搖搖頭，又不肯吭聲了。

陸無硯不逼她，靜靜地等著，知道她會說的。

一會兒後，方瑾枝抬頭，看向陸無硯，猶豫地道：「媒人快把府裡門檻踩爛了……」

陸無硯恍然大悟。二十一歲的確是當爹的年紀，而且他身為陸家長房嫡長孫，這五年又聲名大噪，婚事當然會被很多人盯上。

「妳說。」

「三哥哥，我跟你說實話，你不可以笑話我。」方瑾枝抱著膝，把下巴抵在膝上，偏頭看著陸無硯，澄澈的眼睛變得霧濛濛的。

方瑾枝數著手指頭，道：「如果我要嫁給三哥哥，一定會有很多人不同意。我出身不好，年紀又小，這兩年不能嫁人，但三哥哥現在都二十一了。」

「還有呢？」

「剛才說了呀，以後我不想留在溫國公府，只想搬到僻靜的莊子住。三哥哥將來娶的媳婦會是宗婦，要管整個溫國公府的後宅呢，所以我才覺得，做你妹妹比較好。」

這五年來，她一直過得心驚膽顫、如履薄冰，苦心經營茶莊，拚命賺錢，日夜盼著早些帶著兩個妹妹離開溫國公府。她擔心兩個妹妹的未來，不敢拿她們的生命做賭注。

「還有嗎？」

方瑾枝想了想，緩緩搖頭。

陸無硯嘆口氣，望著眼前眉心緊蹙的人，忽又想起前世。倘若那時他能直白地問出來，她又能這般口無遮攔地說出所有顧慮，那麼他們的結局會不會就不一樣了呢？

陸無硯把方瑾枝的手握在掌心。「瑾枝，妳只需要回答，要不要嫁給我？」

「不要！我要做你妹妹！」方瑾枝連連搖頭。

陸無硯一頓，冷了臉。「不嫁不行！不嫁，就把妳扔出府！」

方瑾枝瞪他一眼，氣呼呼地說：「出去就出去，我把茶莊經營得可好啦，能養活自己。」又推陸無硯一把，不高興地說：「哪有你這樣的人，分明是你問我願不願意，我說不願意，你又不同意，還凶巴巴的！」

陸無硯忍俊不禁。「那我不凶，換種語氣。如果妳不肯嫁我，我出家當和尚。」

「這是要脅！」方瑾枝的目光若有似無地落在他的頭髮上，長髮很黑、很滑順。

「這不是要脅。」陸無硯收起臉上的笑意，略嚴肅地說：「這場仗打了五年，對兩國來說都是損傷，無論如何，戰亂總給黎民百姓帶來災苦。去年大旱，不少地方顆粒無收。」

方瑾枝小聲道：「三哥哥，你現在說話的語氣可真像長公主……」

陸無硯苦笑，這不是像不像的事，而是身在其位，必謀其事。

「所以，妳的三哥哥要代替皇帝出家，吃齋唸佛，祈禱風調雨順、國泰民安。」

「什麼?!」方瑾枝愣住，呆呆望著陸無硯的墨髮，眼睛裡一點一點氤氳出濕意。

「別哭……」陸無硯忙安慰她。「我只是名義上出家，不是真的剃度當和尚。」

「頭髮還留著？」方瑾枝忙問。

「留著，一根也不剪。」

「哦……」方瑾枝鬆口氣，但下一瞬又緊張起來，匆匆抓住他的手，焦急地說：「三哥哥，你又要走了嗎？要走多久？什麼時候回來？去哪兒呀？」頃刻間，眼裡溢出了淚珠。

陸無硯忽然覺得錯怪她了，看來她夜夜睡不著的原因，還是想他占了大半。

「我不走，哪裡也不去。」陸無硯急忙去抹她眼角的淚，放緩語氣，柔聲說：「不是跟妳說了，只是名義上出家，不會剃度，也不會真的去寺裡，不過是初一、十五去吃頓齋飯罷了，平日還住在府裡。」

方瑾枝聽了，這才放心。

陸無硯繼續解釋：「妳三哥哥是代皇帝出家，所以那些媒人只能無功而返。」

一方面，此舉可以名正言順推掉那些媒人；另一方面，則是放權。他心裡很清楚，這五年過於招搖，先將兵符繳回，再以替皇帝出家祈福的名義抽身。

其實不用陸無硯多解釋，方瑾枝也明白了，眨眨眼，若有所思地點頭。

陸無硯靠近她，幾近魅惑地說：「三年，再等妳三年。」

方瑾枝偏過頭，恰巧對上陸無硯飽含深情的眸子，瞬間被他眼中的溫柔驚紅雙頰，慌亂地移開眼，心裡仍覺一下一下地顫動，好像有一柄小小的錘子輕輕敲著她的心頭，微疼，又帶著強烈的蠱惑。

雖然方瑾枝雙頰緋紅的樣子太誘人，可是她畢竟才十二歲，陸無硯不想嚇著她，便笑著說起別的事：「這幾年在外打仗，身邊有一名副將，名封陽鴻。他自小羨慕別人有妹妹，我便讓他收妳當義妹。」

方瑾枝愣住，封陽鴻這個名字，她並不陌生，應該說大遼之人都不陌生。封陽鴻年紀輕輕就被楚映司提拔，在弱冠之年被封為驃騎將軍，這五年在軍中戰功不斷。

「三哥哥，你又在幫我找靠山了……」她剛剛才說自己的出身不好，陸無硯就給她找了個做大將軍的哥哥。

「這次是剛好。不過……」陸無硯頓了頓。「今年過年，錦熙王賀可為會進宮，我會帶妳去見他。」

方瑾枝心頭一跳，立刻懂了陸無硯的用心，不由問道：「三哥哥，為什麼你要為我做這麼多？」

陸無硯不答反問：「那妳喜不喜歡我對妳好？」

方瑾枝訥訥點頭。誰不希望有個人能無條件地對自己好呢？她也不例外。但她不是貪得無厭的人，更不愚蠢。她想不通陸無硯為什麼對她好？濃濃的不踏實感梗在胸口。

「這就足夠了。」陸無硯笑笑。他實在無法解釋，總不能告訴她，因為上輩子就愛過她一次啊……

陸無硯望向窗外，天色已經暗下來，中秋晚宴快開始了。

「妳要和我一起赴宴，還是分開走？」陸無硯回過頭問道。

「誰要跟你去，我自己走！」方瑾枝覺得自己的語氣好像不大好，又接一句。「我得回去換衣服，而且和四表姊約好了。」

「好。」陸無硯點點頭，讓她從美人榻上下去。

方瑾枝走到門口時，陸無硯忽然叫住她。

「嗯？」方瑾枝茫然地轉過身。

「初潮來過了嗎？」

方瑾枝被他問懵，呆若木雞地瞪著他，雙頰泛起紅暈，眨眼工夫，整張小臉都紅透了。

「陸無硯！」她抓起一枝桌上琉璃盞裡的木槿砸到陸無硯身上。木槿的花瓣落下，細細碎碎灑了他一身。

「所以，到底有沒有來過？」陸無硯繼續追問。

「沒有！」方瑾枝跺腳，逃也似的衝出去。

陸無硯笑著看她的背影，直到連她的腳步聲都聽不見了，才收起笑意，去了書閣。

第十六章

進了書閣，陸無硯隱隱覺得似乎有哪裡和以前不大一樣。

他對書閣裡的每本書十分熟悉，全部都是他讀過的，還有花了心思搜集來的古籍、孤本。若是變了位置，或多了某一本、少了某一本，一眼就能看出來。

他恍然。架上有些書不是他的，應該是方瑾枝來過這裡，除了方瑾枝，沒人敢隨意進入他的住處，翻他的東西。

陸無硯又往裡面走，走到深處，看見小窗戶旁擺了張簡單的小方桌，並一把藤椅。桌椅後面的書架上擺的書，幾乎都是他陌生的，大概是方瑾枝帶來的。

他又往前走兩步，忽然在書架角落裡看見一本很薄的書，而且似乎比其他書要小，要不是放得有些歪，露出一角，肯定不會被發現。

陸無硯好奇地把那本書抽出來。書很舊，破破爛爛，還散發出一股霉味。他皺著眉，嫌棄地翻開，卻愣在那裡。原以為這是本小雜書，可那些驚人的圖畫，分明是春宮圖……

「我不在的這五年，她到底是怎麼長大的？」陸無硯將書放回去，儘量擺成原本的樣子，好像沒有被別人翻過一樣。

他出了書閣，喊住入烹。「這幾年，瑾枝經常來這裡嗎？」

入烹行禮，回道：「是。府裡學堂沒課時，表姑娘就會過來，看看養著的鯉魚，再去頂樓餵鴿子。若有工夫，便跑到書閣裡翻您的書。」原以為方瑾枝不過是一時興起，沒想到她每日流連書閣的時辰越來越長，怕她累著，才在窗前擺了桌椅給她用。

「知道了。」陸無硯點點頭。「跟在她身邊的丫鬟怎麼換了人？阿星和阿月呢？」

「去年阿星犯了錯，被三奶奶趕出府；阿月則是配人出嫁。」

陸無硯有些驚訝。「阿星是被三嬸趕走的，不是被瑾枝處置的？」

「不是。」入烹搖搖頭。「聽說阿星在背後說府裡姑娘的閒話，被三奶奶逮個正著，一氣之下，杖責一頓，趕她出府，表姑娘還因為沒管教好身邊的丫鬟，去向三奶奶認錯呢。」

陸無硯若有所思地勾起嘴角。「那阿星和阿月走後，瑾枝身邊又添了別的下人嗎？」

「曾經添過，現在都不在了。如今跟在表姑娘身邊的，只有當初從方家帶過來的衛嬤嬤、米寶兒和鹽寶兒。哦，還有個卓嬤嬤，是米寶兒的生母。」

陸無硯忽然來了興趣，繼續問：「曾經添過的丫鬟為何都不在了？」

聽陸無硯詳問，入烹更仔細地回想，一五一十地稟報：「阿星被攆出府不久，三奶奶又送去兩個丫鬟，五奶奶也送了一個大丫鬟。那大丫鬟已在府裡很多年，比起三奶奶送的更有臉面。大概是因為這個，三個丫鬟不合，時常吵鬧，後來還把表姑娘的頭面摔壞了。」

入烹頓了頓，看看陸無硯的臉色，見他沒有不耐煩，便繼續說：「誰也沒想到，一直待下人無比寬厚的表姑娘發了好大脾氣，也沒稟告三奶奶和五奶奶，自己做主重罰了那三個丫鬟。後來才知道，原來那套被摔壞的頭面，是表姑娘母親的遺物。」

陸無硯點頭。「所以，之後三嬸和五嬸沒再往她的院子裡塞人了吧？」

「是，表姑娘重罰三個下人後，親自去找三奶奶和五奶奶告罪，又向老夫人求了恩典，說自己院子裡的下人總是讓她操心，想請她的乳娘進府照料。老夫人不僅讓卓嬤嬤進府，還指責三奶奶和五奶奶送丫鬟時不盡心，自此，三奶奶和五奶奶便沒擅作主張地塞人了。」

陸無硯聽完，不禁失笑。就算當時沒在方瑾枝身邊，也能猜到這又是她設計好的一齣戲，他比誰都清楚，方瑾枝不希望外人靠近她的小院。

只是，聽別人說起她的事，陸無硯好像就能知道，這五年來，她過得是如何小心翼翼。

陸無硯回望書閣間的書架，好像也瞧見了方瑾枝的身影，心中竟生出些微遺憾，因這些年沒能陪在她身邊，看著她長大。

夜宴時，眾人齊聚，因為開心，方瑾枝喝了一小杯酒，孰料她的酒量還是一樣差，立時醉倒。陸無硯不放心，便吩咐入烹與入茶帶她去垂鞘院歇息。

第二日一早，方瑾枝醒來，讓入烹送她回院子。

方瑾枝剛從垂鞘院出來，就遇上結伴而行的四位表哥，他們看著她的目光，有些複雜。

陸無磯陰陽怪氣地說：「喲，在三哥屋裡待了一夜啊？」

陸子域張嘴，想替方瑾枝說話，但看看陸無磯的表情，又生生把話憋回去。

四個人中，只有陸無磯是嫡出，雖說兄弟們平時感情甚好，可嫡庶終究有別。

「是。我回去拿點東西，等會兒還要過來呢。」方瑾枝淺淺地笑，似乎沒聽出陸無磯話語中的不屑和鄙夷。

陸無磯皺眉，忽又笑開，玩味地看著方瑾枝。「表妹，妳是十二歲吧？真厲害。」從頭到腳打量她，目光甚是無禮。

「十一弟，我們走。」陸子境將手搭在陸無磯肩上，語氣隨意，想暗中替方瑾枝解圍。

陸子域上前兩步，用自己的身子擋住方瑾枝，笑著說：「是啊，咱們別在這裡耽擱。」

「讓開。」陸無磯甩開陸子境的手，又推走擋在身前的陸子域。

見陸無磯一步步靠近，方瑾枝不得不後退兩步，皺著眉說：「表哥請自重！」

陸無磯嗤笑。「妳有資格說嗎？十二歲就知道爬床的表姑娘，還跟我說自重？」

方瑾枝藏在袖裡的手緊緊攥成拳。如果她不是投奔而來的孤女，很想把這巴掌打出去。

「無磯！」陸子境出聲制止，覺得陸無磯說得太過分。

陸無磯看他一眼，轉過頭望著方瑾枝。她怎麼就不哭呢？她自小便是這樣，不管怎麼欺負她，從來不哭不鬧；她的眼裡好像總有一汪水，清清的，偶爾泛起漣漪，又歸於平緩。

陸無磯想在她眼裡看見憤怒、羞愧，或者傷心，遂抬手捏住她的下巴，冷笑著說：「十二歲就想當三哥的妾？妳這樣的貨色，也只配當妾，說不定過幾年三哥玩膩，還會送人——」

啪！方瑾枝甩開陸無磯的手，終究忍不住給了他一巴掌。

陸無磯被她打偏了臉，好半天沒有動靜；其他人都驚住了，沒想到方瑾枝會出手傷人。

無論如何，這巴掌打下去，最後吃虧的都是她。

陸無磯舔了下嘴唇，抬起頭盯著方瑾枝，忽然上前一步，抬手掐住她的脖子。

眾人驚呆，嚇白了臉。

「陸無磯，你不敢殺我。」方瑾枝冷笑。

「妳那麼有自信？」陸無磯的目光落在她唇畔的那抹笑上。

入烹上前。「十一少爺，請您鬆手。」

「這裡沒有妳說話的分！」陸無磯冷聲道。

「得罪了。」入烹深吸一口氣，伸手握住陸無磯的手腕，一用力，陸無磯竟吃痛地鬆開掐在方瑾枝脖子上的手。

「妳這刁奴！」陸無磯暴喝一聲，直接拔出腰間佩劍，指向入烹。

入烹擋在方瑾枝身前，不卑不亢地說：「十一少爺，入烹雖是奴僕，但並非溫國公府的下人，就算要罰，也只有三少爺可以罰。奴婢會把今日的事情一五一十告訴三少爺。」

「竟敢威脅我？今天我非殺了妳不可！」陸無磯起了殺心。

入烹只會一點點拳腳功夫，剛剛之所以能拉開陸無磯的手，完全是因為他沒有使力。不久，入烹閃避不及，陸無磯手中的劍劃過她的膝蓋，襦裙裂開，露出白皙的裸腿。

入烹一驚，立即向後退去。

陸無磯再揮劍，方瑾枝立即寒著臉擋在入烹身前。

陸無磯一愣，堪堪收回手中的劍，劍尖離方瑾枝的胸口只不過幾寸而已。

「表姑娘！」入烹一驚，急忙伸手去拉方瑾枝，想把她護在自己身後。

方瑾枝沒動，冷冷地說：「陸無磯，你想拿下人洩憤嗎？虧你讀聖賢書長大，這樣和市井無賴有何區別？我是趨炎附勢的小人，可是你呢？如此不堪，有什麼資格責罵我？」

「妳——」陸無磯的牙齒在打顫，眼中冒火。這麼多年，從沒有人跟他說過這樣難聽的話。「是不是以為我真的不敢殺妳？」

「你不敢。」方瑾枝平靜地看他。「縱使你再討厭我，也不敢擔下殺害表妹的罪名。」

方瑾枝眼中的鄙夷和憐憫，深深刺痛了陸無磯的自尊。他身為最小的嫡子，自幼被家中長輩和兄長們照顧，身邊還有巴結他的庶出兄弟，一直活得很囂張。可是今天方瑾枝竟用這樣鄙夷的目光看著他，又說出字字如刀的話。

「十一弟，不要這樣。瑾枝是自家表妹，何必鬧成這樣？」陸子境站出來，推開陸無磯手中的劍。「倘若這件事情被祖父知道，恐怕要惹他老人家生氣。你最是孝順，怎麼捨得讓祖父動怒。」委婉了措詞，幫陸無磯留足面子。

陸子域則用自己的身子擋在陸無磯和方瑾枝之間，對方瑾枝說：「表妹，妳先回去吧。」

方瑾枝點點頭，孰料陸無磯推開陸子域，又攔住她。

方瑾枝看他一眼，忽然轉身往垂鞘院走。不讓她離開嗎？好，那她就回垂鞘院。

「妳給我站住！」

陸無磯惱怒，好不容易壓下的怒火又爬上來，推開陸子境，在垂鞘院門口攔住方瑾枝。劍拔弩張。

第十七章

「這是做什麼？」陸佳萱和陸佳藝各帶著丫鬟遠遠走來。瞧這場面，立刻明白，實在不理解，都長大了，陸無磯怎麼還總欺負方瑾枝？遂急忙提著裙子趕過去。

「表妹，妳沒事吧？」陸佳萱關切地詢問方瑾枝。

「還好。」方瑾枝友好地笑了笑。

陸佳藝是陸無磯的胞妹，拉住陸無磯的胳膊，甜甜笑著撒嬌。「哥哥，你別發火嘛。」

陸子域、陸子境和始終沒開口的陸子坤鬆了口氣。有她們在，陸無磯總要顧慮一點。

「誰在垂鞘院裡撒野？」

方瑾枝覺得眼前有道人影一閃而過，入酒已經站在她身前，而且落地時竟是半點聲音都沒有，只有高紮的馬尾仍一晃一晃，她手中握著重刀，警告地看著陸無磯。

陸無磯冷笑。「又冒出一個以下犯上的下人？」

入酒瞥他一眼，先是看方瑾枝，又把目光落在入烹腿上。

入烹有些尷尬地笑笑。雖然她是奴婢，可也是個姑娘家，裙子破了，小腿赤裸地被陸家四位少爺看見，也是有損名聲。

入酒眼中閃過一絲戾色，轉過身，緩緩抬起手中的重刀。「我入樓姊妹就算是下人，也不是陸家的下人！」

入烹見狀，哪裡還顧得上自己，急忙衝過去，拉住入酒的手臂，拚命搖頭。

方瑾枝見入酒朝陸無磯拔刀，驚住了。事情怎麼發展成這個樣子？

唯一不吃驚的就數入烹了。入樓女兒本就各有不同的訓練，入烹小時候受過傷，身子不好，不能習武，所以才專精廚藝，後被陸無硯選中，在垂鞘院伺候多年。

而入酒的訓練方向卻是刺客，還是死士，她在刺客堆裡活下來，又在江湖上混了一段時日，最後才被楚映司挑中，成了近身侍衛。入酒身上有著刺客的狠辣和江湖上的灑脫、義氣。在她眼裡，也只認楚映司一個主子。

「入酒，放下刀。這裡是溫國公府，他是府裡的嫡出少爺，妳不能傷了他。」入烹顫聲勸著，握著入酒胳膊的手也在發抖。

方瑾枝見狀，忽然想起，入茶呢？剛剛在垂鞘院梳洗時還遇見她，如今他們在門口吵鬧，她怎麼會聽不見？心裡有了猜測，望著回垂鞘院必經的青磚小路，目光浮現一抹期待。

陸子境一直注意著方瑾枝，她眼中的期待讓他微愣，蹙眉想想便明白，他們在垂鞘院門口鬧出這麼大的動靜，裡面的人不可能聽不見，陸無硯應該不在。所以，她是在盼著陸無硯回來嗎？

陸子境想到了，別人自然也想得到。

陸子域笑笑地說：「十一弟，看來三哥不在，我們晚些再過來吧。」

「是啊，十一哥，咱們走吧。」陸子坤伸手，想去拉陸無磯。

陸無磯心裡憋屈，先是被方瑾枝打了一巴掌，現在臉上還火辣辣的，又被入烹這個下人拉開，如今又冒出一個奴婢握著重刀威脅他，如果就這麼灰溜溜地走了，豈不大沒面子？

然而，現在即便他想走，也走不了了。

陸無磯雖然瞪著入酒，可目光總是無意間落到方瑾枝身上，發現她眼中那汪水忽然蕩起漣漪，歡喜頃刻間漫上她的眼。

他愣了下，順著方瑾枝的目光轉身，看見陸無硯的身影出現在小徑盡頭。

其他人也瞧見了，不知該說什麼，望著陸無硯一步一步走近。

入烹又搖了下入酒的手臂，小聲說：「別在三少爺面前踰矩。」

這次入酒沒有堅持，默默收刀，脫下沉香色對襟長袍繫在入烹腰上，遮住她的腿。

「謝謝……」入烹的聲音裡有一絲哽咽。

陸無硯走來，對一群人笑道：「走吧，進去吃盞茶。這麼多年還沒請幾位弟妹進去坐坐，是兄長的過失。」

這樣笑著說話的陸無硯，反而讓人背脊生寒。在他沒說話前，誰都不知道他會怎麼做；然而他說話以後，大家也猜不透他的心思。

「那個……」陸子域想拒絕，但陸無硯含著笑意的目光掃過來，就把話吞下去了。

陸無硯往垂鞘院走，對跟在身後的入茶說：「點最好的茶。」

「是。」入茶恭敬應下，瞥入烹的腿一眼，匆匆去準備。

「還愣著做什麼？走啊！」入酒抱著胳膊，冷聲催促。

年紀最小的陸佳藝縮了下肩，望著入酒手中的重刀。如果誰不肯進垂鞘院，她大概會用手裡那刀把人逼進去。遂挽住陸佳萱的手，一起鼓起勇氣進了門。

無論是陸佳萱和陸佳藝，還是陸家這幾位少爺，都是第一次進垂鞘院，他們被請到正廳裡，看入茶點茶。

入茶點茶的手藝的確一絕，可是這個時候，誰都沒心情欣賞，心裡惴惴不安。

入酒抱著重刀守在門口，好像怕誰逃跑一樣。

陸無磯年輕氣盛，又被驕縱著長大，如今聞著屋子裡的熏香，逐漸冷靜，對今日的事有些後悔。可是已經發生了，只能冷著臉坐在那裡，一言不發。

方瑾枝不在這裡，被陸無硯安排在另一間屋子裡。

陸無硯站在檐下，聽入烹回稟今日發生的事，點點頭。「做得很好。早點回去歇著，不用再來伺候了。」

「是。」入烹有些受寵若驚。陸無硯從不誇人，因此覺得今日受的委屈不算什麼了。

陸無硯在原地立了一會兒，才推門進屋。

方瑾枝坐在牆邊的玫瑰小椅裡，正將高腳架上的插花捧到身前的梨木方桌上，把雕吉祥雲紋青瓷瓶裡的花枝全抽出來，再一枝枝插進去，擺出不同的樣子。

陸無硯拖著另一把玫瑰小椅坐在她對面，仔細凝視她。

方瑾枝的目光從花枝間移開，開口道：「其實陸無磯說得很對，我的確趨炎附勢。」

陸無硯平靜地看著她，並不否認。

「這也沒什麼不好，至少三哥哥是護著我的。而且……我已經被三哥哥養出了依賴。」

方瑾枝抬起頭，望著陸無硯的眼睛。「你知道嗎，我剛剛多盼著你回來救我。不僅是剛剛，你離開的五年裡，每次遇到苦難，我總盼著你從天而降。我……我是不是很沒用？不能自救，反倒把希望寄託在別人身上。」

「妳已經很好很好了。」陸無硯皺眉，心疼地望著她。他懂她的不容易，易地而處，別人不會做得比她更好。

方瑾枝緊緊抿唇，神色複雜地看他，眼眶微有濕意。

陸無硯嘆氣。「是三哥哥不好。我的瑾枝長大了，心思越來越多。不要再想這些事情了，一切有我在，別慌，別怕。」

「三哥哥，那現在該怎麼辦？」

陸無硯最是受不了她用這樣濕漉漉的眼睛望著他，如小時候那般點點她的鼻尖，笑著道：「安心，交給我就好。」

「嗯。」方瑾枝重新依偎在陸無硯懷裡，不再去想正廳裡的那些人，不再去想接下來的日子，府裡其他人會對她有別的看法，心裡安安靜靜的。

「瑾枝，妳很久沒陪我下棋了。」陸無硯望著桌子上的插花，緩緩開口。

「三哥哥想下棋，瑾枝就陪你。」

「好。」

天色已經全黑，陸無硯領方瑾枝去閣樓頂，搬來矮桌和杌子，又掛上兩只燈籠，再點上燭火，暖光盈盈。

陸無硯和方瑾枝開始下棋，白鴿圍繞在他們身邊。

方瑾枝幾次想問陸無硯打算怎麼處理這件事，可瞧見他淡笑的臉色，又把話嚥下去。

直到深夜，方瑾枝才被送回自己的小院。

方瑾枝知陸無硯脾氣，隔日才來求情，帶著鹽寶兒去垂鞘院。這件事牽扯了無辜的人，只有陸無磯過分，其他幾位表哥和五表姊陸佳萱、七表妹陸佳藝都幫了她，哪能恩將仇報。

方瑾枝過去時，一眼就看見入酒抱著刀，在垂鞘院門口走來走去。

方瑾枝上前。「我能進去嗎？」

入酒看她一眼。「不能。」

方瑾枝愣住，這還是第一回被擋在垂鞘院外。恰巧入烹走過，便急忙喊她，想問清楚。

入烹走過來，抱歉地笑笑。「表姑娘，三少爺交代過，您也不能進來。」

方瑾枝無奈，不想有丫鬟來請，說榮國公府來人接她。

林今歌不耐煩地在外頭等著，看見方瑾枝，吐出叼在嘴裡的稻草，道：「還磨蹭什麼，趕緊收拾東西跟我走。」

「去哪兒啊？」方瑾枝有些茫然。

「裝什麼糊塗！不是妳說想我母親了，要來我家小住嗎？」林今歌越發不耐煩了。

方瑾枝愣了好一會兒，才反應過來，望望垂鞘院的方向，道：「二哥稍等我一會兒，我回去拿點東西就來。」

林今歌本想再埋怨她幾句，可是瞧著她的神色不對勁，便把話嚥了下去。

方瑾枝在榮國公府小住九日，第十日時，卓嬤嬤來接她回陸家。

「嬤嬤，幾位表哥的事情怎麼樣了？」回程的馬車上，方瑾枝忙向卓嬤嬤打聽。

卓嬤嬤說：「姑娘走後，垂鞘院還是安安靜靜，沒人出來，也沒有人能進去。直到昨天，幾位少爺在垂鞘院裡已經沒消息足足十日，大少爺、二少爺和四少爺便硬闖進去。」

方瑾枝有些驚訝。那三位表哥都習武，這幾年打仗時也參軍磨礪，若垂鞘院只有入酒守著，他們硬闖進去也不是不可能，忙問：「那三哥哥是不是好生氣？」

「姑娘想岔了。」卓嬤嬤搖搖頭。「三位少爺沒動手。之前那個抱著刀的姑娘坐在牆頭上，沒阻止他們進去。闖進門後，看見其他少爺正吃茶、下棋呢，而三少爺根本不在。」

「啊？」方瑾枝有點懵。

卓嬤嬤嘖了聲。「三少爺究竟在不在，誰也不清楚，可是這幾日，四位表少爺的確沒見過他，不過入烹和入茶可是好吃好茶地伺候著他們。」說著又皺眉。「這事兒，三少爺做得古怪，就是把人扣著，不讓他們離開，也不見他們。」

「然後呢？四位表哥被大表哥他們領回去了嗎？」

「是啊，就這麼領回去了，那個抱著大刀的姑娘也沒攔著。直到表少爺們回了各自的院子，也沒見著三少爺的人影。」卓嬤嬤也想不通。

方瑾枝又問：「那嬤嬤為何今日來接我？」

卓嬤嬤驚訝地看著方瑾枝。「姑娘，不是您讓老奴來的嗎？」

方瑾枝聞言，低著頭不說話了。她自認聰明，可是那點聰明到陸無硯面前，竟全成了小聰明。她好像總能被陸無硯看透，卻要費勁才能猜透他一星半點的心思。

回到溫國公府，不知怎的，方瑾枝總覺得哪裡不對勁。

她沿著青磚小路往自己的小院走，穿過垂花門，忽然停下腳步，緩緩轉身，望著小花園裡掃灑的下人。

鹽寶兒問：「姑娘，您怎麼不走了？」

方瑾枝收回目光，問旁邊的卓嬤嬤。「那兩個下人倒是眼生，是新來的嗎？」

卓嬤嬤皺眉。「是。這幾日府裡新進一批下人，遣了很多舊人呢。」

「從什麼時候開始的？」方瑾枝追問。

「五、六天了……不，應當是從七天前開始的。老奴記得，進第一批下人時，您已經去榮國公府。」

方瑾枝繼續往前走，路上再遇見的下人竟全是生面孔。

她回到自己的小院，稍微休息，讓米寶兒和鹽寶兒伺候著換好衣服，去了垂鞘院。

垂鞘院的院門空空的，入酒不在。方瑾枝讓跟著她來的鹽寶兒先回去，自己進門。

院子裡的樹下，入茶和入酒正圍在石桌邊說話。

「今日我可以進來嗎？」方瑾枝笑著問入酒。

入酒嘿嘿一笑，大大咧咧地說：「上回是上頭死令，入酒不得不遵，表姑娘別記恨。」

入茶迎上來。「三少爺在書閣裡。」

「好，我去找他。」

方瑾枝剛舉步，就看見入烹抱著一兜桂花往廚房去。那天入烹站出來護著她，她還沒好好道謝呢。

「入烹！」方瑾枝急忙喊她，可入烹沒聽見，竟是有些魂不守舍，不得不又喊她一次。

入烹硬扯出笑容。「表姑娘過來了。今晚正好要做桂花釀，留下來吃。」

方瑾枝笑著點頭。「妳做的桂花釀可甜、可美味了，我最喜歡啦！」

「那奴婢去忙了。」入烹對她彎膝，走進廚房。

方瑾枝望著入烹的背影，收起臉上的笑，心裡有一絲愧疚。雖然入烹是奴僕，但姑娘家的身子最是珍貴，哪能輕易被別人瞧去？

她想補償，卻不知如何是好，有些悶悶不樂地走進書閣。

陸無硯正在看書，見方瑾枝進來，便一目十行將該頁讀完才合上書，抬起眼望向她。

方瑾枝有些不高興地看他，道：「三哥哥嫌棄我礙事，竟然把我支開。」

陸無硯輕笑一聲。「不是。只是最近府裡換奴僕，怕吵了妳，讓妳去林家躲個清靜。」

方瑾枝暗驚，忙問：「換了誰？為什麼換？」

陸無硯說：「只留了在府裡伺候三十年以上的人；另外，各房各留一個一等丫鬟。」

「三哥哥的意思是，除了他們以外，其他下人都被遣散了嗎？」方瑾枝不由向前邁出兩步，更靠近陸無硯。

「不是遣散，是發配到各處莊子。」

這並沒有什麼區別。

「是三哥哥的主意嗎？為、為什麼？」方瑾枝被驚住，心裡隱隱有了猜測。

「那天的事，再也不會有人提起，沒有人可以議論妳。」陸無硯抬手想牽方瑾枝，但手懸在半空，又收回去，默默放在膝上。

「就為了不讓下人背地裡議論我？」方瑾枝說不出心裡是什麼滋味。是苦，還是甜？

「不僅是下人，陸家人從今往後不會再提那日的事。妳沒有留宿在我這裡，也沒有和陸無磯發生爭執。」陸無硯凝望方瑾枝。「不要再心煩，什麼都沒有發生過，和以前一樣。」

方瑾枝張了張嘴，一時失聲，緩緩搖頭。「不是這樣的，不需要這樣。」想說她沒那麼脆弱。這些年她在溫國公府裡如履薄冰，本來就吃了很多苦，遭到很多輕視和鄙夷，所以，她可以很勇敢地面對別人的議論，卻說不出口。

她低下頭，不得不承認，感動在心裡一波一波翻滾，快將她的心淹沒。縱使陸無硯再如何無情決斷，縱使再多人敢怒不敢言地討厭他，她也永遠不能指責他。

那句「我可以」在她喉間滾了滾，最後從口中吐出時，變成了「我很……高興」。

方瑾枝抬起頭，望著陸無硯，慢慢扯出一抹笑容。「三哥哥，謝謝你……」

陸無硯有點意外。本來以為她會生氣，還想了哄她的法子，此時竟是用不上。

「回去歇著吧。明天……應該還有事情。」

聞言，方瑾枝有些驚訝地望著他。陸無硯把整個溫國公府的下人換掉，又扣了陸子境、陸子域和陸無磯、陸子坤足足十日，這種明顯的震懾還不夠嗎？他還想做什麼？

第二日，方瑾枝才明白陸無硯說的話是什麼意思。

陸無硯要陸子域、陸子境、陸無磯和陸子坤的其中一個明媒正娶娶了入烹。

這件事在溫國公府引起軒然大波。陸子域已訂親，陸子坤才十二歲，肯定不成。可入烹是下人，身分縱使配庶出少爺都不夠，更別說是陸無磯。

最後，只剩陸子境是適合的人選了。

陸子境苦笑，立在簷下，看著方瑾枝走進學堂，目光帶著貪婪的不捨，挪不開眼。

「九弟。」陸子域拍拍他的肩。「忘了她吧，難道你還不明白娶入烹的真正原因嗎？」

「我明白。」陸子境點頭。

陸子域嘆氣。「九弟，我和你不同，是真把瑾枝當妹子。我是局外人，看得很清楚，你望著瑾枝的目光太明顯，被三哥發現了。」

過了好一會兒，陸子境才說：「只因為身分，他就可以讓我娶下人為妻？」

陸子域問：「九弟，瑾枝才十二歲，難道你真的喜歡她至此？」

陸子境轉過頭，打量陸子域。「八哥這話是什麼意思？」

陸子域嘆氣。「九弟，你曾和我一樣，是從什麼時候變得不一樣了呢？」眼中泛出涼意。「是從五嬸笑著提醒，誰娶瑾枝，可就平白撿了方家家產之時。」

陸子境的臉色瞬間慘白，艱難地開口。「這只是你的猜測。」

陸子域笑笑。「我想過，你和瑾枝挺配，只要真心實意地疼她，縱使對她的好裡摻雜別的東西，也沒什麼。但直到現在，我才明白，一個男人對女人的寵愛，可以到這種程度。

「九弟，你對瑾枝示好是情理之中，誰不為自己的未來考慮？可是……」陸子域的語氣變得嚴肅。「三哥是不能得罪的。不要再打瑾枝的主意，因為她將來會是我們的三嫂。」

「三嫂？」陸子境有些狼狽地重複這個稱呼。

陸子域忽然笑開。「九弟，咱們要不要打個賭？咱們的三哥定會不擇手段地娶了她。」

陸子境沒吱聲，望向學堂簷下，方瑾枝已經不在那裡了，心裡跟著空落落的。

起初，陸子境的確在陳氏的暗示下，懷著不純的目的接近方瑾枝。

正如陸子域所說，他是府中庶子，要為自己的未來考慮。以他的身分迎娶方瑾枝，是適合的，這些年他替父親打理鋪子，頗有建樹，相信憑藉他的手段，日子會過得越來越好。

但這些年的關注和示好下，他真只是圖謀她身上的嫁妝嗎？唯有他心裡明白。

如今……只餘悵然。

第十八章

這日，楚映司踏進垂鞘院時，陸無硯正在教方瑾枝核雕。

入烹的事實在鬧得太大，許氏求到孫氏面前，孫氏稱病沒見，避開這渾水。但孫氏怎麼可能不管後宅的事？明白陸無硯是鐵了心幫方瑾枝出頭，她出面也沒什麼用。

陸家沒人管得了陸無硯，可總有人管得了他。

所以，孫氏親自寫信給楚映司，把陸無硯做的事情全寫在信裡，處處體現出一位老人家對曾孫子未來的擔憂，字字血淚。

陸無硯來攙楚映司。「母親一定累了，我扶您進屋休息。」

楚映司沒看他，而是打量方瑾枝。

方瑾枝急忙規規矩矩地行禮，垂頭靜立在一旁，心裡直打鼓，讓陸無硯看得皺了眉。

楚映司開口了。「你不就是想娶她嗎？本宮讓懷川下道聖旨就成，折騰個什麼勁！」

陸無硯扶額，有些無力地說：「母親，這不是逼婚的事……」

「逼婚？」楚映司審視方瑾枝，質問道：「妳不願意？」

方瑾枝那句「我願意」還沒說出來，楚映司便打斷她。「算了，太小了。」隨即轉身指責陸無硯：「不管你想震懾人還是打鬼主意，幹麼讓入樓的人犧牲？本宮把入樓交給你，就沒幹幾件正事！」又對入烹說：「不用聽妳主子的渾話，等會兒回入樓去。」

入熹急忙跪下，顫聲道：「不，入熹沒有犧牲。能留在垂鞘院伺候三少爺，是入熹的福分；指給府上少爺，是給奴婢的體面。奴婢只擔心以後的新人不能好好伺候三少爺……」深深伏地。「奴婢全聽三少爺的。」

楚映司愣住，審視入熹的眼裡多了抹異色，收回目光，瞪著方瑾枝。「妳跟本宮出來。」

「是。」方瑾枝跟在楚映司身後，走到門口時，有些擔憂地回頭望陸無硯。

陸無硯對她點點頭，讓她不要擔心。

方瑾枝這才放心，跟楚映司出門。

待兩人走遠，陸無硯將手中雕了一半的核雕放下，看著跪在地上的入熹。

「知道為什麼把妳嫁給陸子境嗎？」

「奴婢不知，也不需要知道。只要是三少爺的命令，入熹都會去做。」

陸無硯起身，走到她面前，有些惋惜地說：「妳是留在我身邊最久的人。」

「那是入熹的福氣。」

「可惜……」陸無硯輕嘆。「入熹，妳踰矩了，而且，不應該把主意打在瑾枝身上。」

入熹雙肩一顫，臉色慘白。

「既是從垂鞘院嫁出去，我不會虧待妳，嫁妝自己挑。日後有困難去找入茶，她會幫忙。」

話落，陸無硯從入烹身邊走過，純白衣角拂過她淚漣漣的臉頰，帶走她最後的依戀。從五歲到二十歲，她在他身邊伺候了十五年，十五年的人生裡，陸無硯是她的一切。她一直都記得，五歲那年，她被帶到垂鞘院，朝著陸無硯伏地跪拜。教導師父耳提面命——「能跟著小主子是妳的福氣，以後妳的一切都是小主子的！」

她偷偷看冷漠的陸無硯一眼，又匆匆低下頭。

從那日起，他是主，她是僕。她揣摩他的喜好，摸清他的脾性，喜歡他喜歡的，討厭他討厭的，小心翼翼地伺候，因自己是留在他身邊最久的人而沾沾自喜。因為了解陸無硯，因為知道他厭惡什麼，知道唯有恪守本分，才能一直留在他身邊。

喜歡陸無硯所喜歡的，早已成了她的本能。陸無硯喜歡方瑾枝，她便喜歡方瑾枝、對方瑾枝好。

那日，她本不必站出來，陸無磯再發火，也不會真殺了方瑾枝。可是她為了得到方瑾枝的感謝，為了得到陸無硯的一句誇獎，選擇站出來。

踰矩了嗎？他說是，那就是吧。若說踰矩，踰矩的也只是她的心，可是，他不准。

入烹望著陸無硯逐漸走遠，熱淚將他的身影變得模糊，再怎麼睜大眼睛，也看不清了。

入茶蹲在入烹身邊，把她攬在懷裡，想了很多勸慰說詞，卻說不出口，只勉強扯出一絲笑。「我們是入樓女兒，能以卑賤身分嫁給陸家少爺已是恩賜。爺……是心疼妳的。」

入烹悽然一笑，望著入茶。「以後要多辛苦妳了。」

入茶別開眼，輕輕應了一聲。

陸無硯走出去，立在迴廊裡，望著遠處的楚映司和方瑾枝。她們正在假山旁的涼亭裡說話，楚映司似將什麼東西給了方瑾枝。

楚映司抬頭，瞥了陸無硯一眼，轉身離開涼亭，沿著小路往垂鞘院外走。

剛才，她把方瑾枝叫到假山旁的涼亭裡，說了很多話。

第一句：「來過初潮嗎？」

第二句：「知道夫妻歡好嗎？」

方瑾枝被楚映司頗有氣勢的追問問得傻在原地。

楚映司不理她，繼續說：「本宮這兒子臭毛病一堆，可他是本宮親生的，本宮今天把話放在這裡，妳要是有什麼顧慮，只管說出來，無硯做不了主的，本宮幫妳解決。如果不打算嫁，就別再招惹無硯！」說罷，放緩語氣。「孩子，問問妳自己的心，妳喜歡無硯嗎？」

「我……」

楚映司又打斷她。「不用急著回答。本宮先告訴妳，倘若今日拒絕，妳不可能再見到他，餘生歲月裡都沒有他的身影，只能靠著回憶過活，而他會和妳一樣可憐。妳會因為他的痛苦而難受嗎？妳希望他痛苦地回憶妳，還是和別的女人耳鬢廝磨忘記妳？」

方瑾枝使勁搖頭。

楚映司拉過方瑾枝的手。「本宮曾有個女兒，名字和妳同音，如果妳真心對無硯，本宮會把妳當成小女兒來疼。同樣的，倘若妳傷害無硯，妳會知道什麼是生不如死。」

「現在，本宮不需要妳回答，是無硯在等妳的答案。」楚映司看看立在遠處的陸無硯，將手中匕首遞到方瑾枝眼前。「如果妳要做本宮的兒媳，就好好保護自己，男人發起瘋來是一頭牛，才不管妳禁不禁得住。妳太小，如果初潮來前，無硯對妳不軌，拿刀嚇唬他。」

方瑾枝猶豫一會兒，才伸出手，把鑲嵌寶石的匕首握在掌心。

見方瑾枝收下匕首，楚映司的臉上露出笑意。「匕首不是讓妳拿來傷無硯的，刀刃指向自己，落一滴淚，他再昏頭也能清醒。」

方瑾枝訥訥點頭，把匕首藏進袖子裡。

楚映司見狀，心裡嘆口氣，才往外走。

陸無硯走進涼亭，發現方瑾枝臉上一片緋紅，驚訝地問：「母親跟妳說了什麼？」

「沒什麼。」方瑾枝有些慌張地轉身，不讓陸無硯看她的臉。

「她凶妳了？」陸無硯把她拉過來，彎腰看她的臉，不由分說地去拉她的袖子，扯出藏在裡面的東西。

「匕首？」陸無硯怔住，隨即正色追問。「她到底說什麼？」該不會讓方瑾枝自盡吧？

見陸無硯誤會，方瑾枝連連擺手。「不是你想的那樣。」

「那到底是怎樣？」

方瑾枝跺腳。「和你一樣！哪有你們這樣無禮的，劈頭就問有沒有來過初潮！」

陸無硯聞言，鬆了口氣，放開方瑾枝。「那她給匕首幹麼？」

方瑾枝低頭，臉色更紅。「長公主說我太小，如果你胡來，用這把匕首自殺嚇唬你。」

陸無硯沈默。真是親娘！

隔日，吳嬷嬷來溫國公府見方瑾枝。

「找到適合的地方了嗎？」方瑾枝急切地問。

吳嬷嬷笑著說：「老奴看了幾處莊子，一處是咱們方家的田莊，位置偏僻，莊上農戶也不多；還有一處是茶莊，農戶更少。兩個地方都挺不錯的。」

方瑾枝點頭。「我要在莊子深處建座小別院。雖然地方要偏僻些，但占地不能太小。」

「若是這樣，第一座莊子貼著山，就怕雷雨天時，雨水灌進別院裡；茶莊則大一些，但要建別院，得除了原本的茶田。」吳嬷嬷笑笑。「姑娘別急，老奴一直挑著呢，因為要偷偷選，平時得偷空去看，才只報了這兩處。」

方瑾枝搖頭。「吳嬷嬷，年前一定得把地方定下來，來年秋天前，就要把別院建好。」

吳嬷嬷應是，也知道拖不得。溫國公府畢竟不是自己的家，方瑾枝一直藏著兩個妹妹也不是辦法，能藏多久呢？如今小姑娘們日益長大，吃穿用度怎麼瞞都辛苦。

方瑾枝從妝檯下的矮櫃裡翻出長方形的妝奩盒，打開盒蓋，移走放在上面的珠釵，抽出暗格，取了裝滿銀票的盒子交給吳嬷嬷。

「不必只挑著咱們家裡現有的莊子，可以打著挑茶田的名義去各處瞧瞧，若有適合的莊子，就買下來。錢不是問題，這些不夠，再來跟我要。」

「是。」吳嬷嬷看著那疊千兩銀票，暗暗心驚。她知道陸芷蓉去時給方瑾枝留了現銀，但絕對沒有這麼多，想來這幾年方瑾枝又攢下不少。

方瑾枝又問：「酒莊的事安排得怎麼樣？都半年了。」

吳嬤嬤立刻收起思緒，回道：「姑娘放心，都按您的意思辦了，藉『心各公子』的名義建酒莊，搶酣香酒莊的生意。如今酣香酒莊的訂單已比去年少兩成，還把它們賣出的酒偷換成劣酒，要不了多久，便能讓酣香酒莊賠一大筆錢。」說到這兒，有些猶豫。「酣香酒莊怎麼說都是老爺的心血，這麼破壞聲譽……」陷害本屬於方家的酒莊，這事……幹得不光明啊。

「酣香酒莊現在不在我們手裡，破壞的不是父親的聲譽。聲譽……等搶回酒莊再說。」

吳嬤嬤想了想，也有道理，遂默唸一句。「希望能早點搶回來。」

「年前定會回到我手裡。」方瑾枝笑笑，讓米寶兒把早備好的小書箱取來，交給她。

吳嬤嬤打開箱子，裡面是一些書畫，邊角署名是「心各」。這兩年，賣字畫的文寶閣忽然出現這麼個人物，書畫一絕，甚至有富商高價求買。

其實，這全出自方瑾枝之手。姑娘家的書畫豈能傳出外宅？但方瑾枝除外，因為她是用左手寫的。小時候，她因意外傷了右手，因此苦練左手字。只是這些年她再沒於人前用過左手握筆，表姊妹問起時，推託寫得不順手，時日久了便不會寫，才順利隱藏。

方瑾枝對自己的書畫有信心，但也明白作品遠遠達不到千金難求的地步，所以使計安排五、六個富商爭相求買，價值便高，達到她的目的。

吩咐完吳嬤嬤，方瑾枝就回閣樓去了。

方瑾枝緩步走進寢屋，鎖上門。

方瑾平和方瑾安正坐在衣櫥的小床裡下棋，看見她，立刻露出笑容。

方瑾枝忽然覺得心裡一酸，忍下眼睛裡的氤氳之氣，開口道：「平平、安安，如果以後姊姊離開妳們，不和妳們住在一起……可以嗎？」

兩個小姑娘聽見方瑾枝的話，立即呆住，紅了眼眶跳下床，害怕地抱住她。

「不怕、不怕！」方瑾枝彎下腰，把她們摟進懷裡。「姊姊不離開，只是幫妳們換地方住。姊姊會選漂亮的莊子，讓妳們不用天天困在房裡，能看見藍天白雲。衛嬤嬤、卓嬤嬤、米寶兒和鹽寶兒都跟在妳們身邊，姊姊每隔幾日就去探望，好不好？」話未完，先落淚。

方瑾平與方瑾安哭著說：「不要莊子、不要床、不要藍天……要姊姊！」

方瑾枝聽了，什麼都捨不得說了，只能更加用力地抱緊兩個妹妹。

隔日，方瑾平和方瑾安病了，發著高燒，什麼都吃不下。

方瑾枝讓衛嬤嬤偷偷買了兩回藥，卻被府裡的人注意到，直接幫她請了大夫。

方瑾枝站在床邊，望著沒退燒的妹妹，心急如焚，索性走進淨室，深吸一口氣，將衣服脫下，走進浴桶，泡在涼水裡，讓冰冷一寸一寸鑽進她的身體。

第二日，方瑾枝如願地病了，本想應付府裡幫她請的大夫，不想病得嚴重，一臥床就是大半個月，兩個妹妹都康復後，她才漸漸好轉。

第十九章

病來如山倒，病去如抽絲，方瑾枝完全大好，已是入冬，細雪紛飛時。

這日，她剛走出小院，衛嬤嬤便抱著一件珊瑚紅薄斗篷追上來，替她披好，絮絮嘮叨。「姑娘的病剛好，天還冷著呢，可不許再著涼。」

「曉得了。」方瑾枝彎起眉眼，理理胸口的綢帶，這才帶著鹽寶兒去許氏的院子請安。但請安是次要的，主要是給陸佳蒲作伴。

今天，秦家太太要領幾個孩子來溫國公府做客，實是為了陸佳蒲和秦錦峰的婚事，兩方相看。

秦家和陸家有交情，更是知根知柢。陸家的門第雖高些，但秦家也不差，上數三輩不知出了多少個狀元、探花，乃真正的書香門第。

大人們在堂屋裡說話，陸家幾個姑娘便拉著秦家六姑娘秦雨楠去偏廳裡玩。秦雨楠不過七歲，正是惹人疼的年紀，模樣水靈，又乖巧懂事，瞧著就招人喜歡。

此時，堂屋裡忽然響起少年的清脆嗓音，正吃著椰餅的秦雨楠甜甜地說：「是四哥！」

陸佳蒲聞言，臉頰上不由浮起一抹紅暈。

「走，我們去屏風後面瞧瞧。」陸佳茵牽住陸佳蒲的手，拉她起來。

陸佳蒲慌忙搖頭。「別這樣，不合規矩。」

「我們又不跑到前頭去。母親讓咱們在偏廳裡待著，不就是為了讓妳看看——」

「別胡說！」陸佳蒲匆忙去摀陸佳茵的嘴。

陸佳藝莞爾一笑。「四姊姊害羞啦！」

陸佳萱也站起身。「偷偷瞧一眼也不打緊。我聽說秦錦峰功課甚好，來年科舉定能取得名次，說不定就是下一個狀元郎呢。四姊姊不肯去瞧，妹妹倒是好奇未來狀元郎長得什麼模樣？」又來牽方瑾枝的手。「走，表妹和我一起去看看。」

「好。」方瑾枝笑著同陸佳萱悄聲走到圍屏後，透過鏤空的縫隙朝正廳望去。

秦錦鋒正立在廳中，向許氏回話。秦錦峰正是十五的如玉年華，劍眉朗目，好個俊俏少年。一身青松色華服錦帶，將他襯托得更加英氣逼人。

陸佳蒲也被陸佳茵和陸佳藝拉來，偷偷看一眼，臉更紅了，可又忍不住再次抬頭望去。

這時，偏廳忽然傳出砰的一響！

方瑾枝忙回頭，發現秦雨楠從椅子上摔下來，碰著八仙桌上的糕點，碗碟落在地上，摔個粉碎，而她紅著眼睛，小手上全是血跡。

「天哪！」陸佳蒲嚇白了臉，匆忙提起裙子趕去，方瑾枝、陸佳萱、陸佳茵和陸佳藝與伺候的丫鬟也追上。

偏廳的巨響驚動正廳裡的人，第一個衝進來的便是秦錦峰，還不小心撞了下站在門口的陸佳茵，直接跑到秦雨楠面前。

「四哥……」秦雨楠吸吸鼻子，委屈地伸出自己的手給秦錦峰瞧。

「雨楠不哭，哥哥吹吹就不疼了。」秦錦峰把秦雨楠抱到旁邊的小羅漢床上。丫鬟們打清水來，將外傷藥和紗布都備好。秦雨楠的丫鬟要幫她包紮，卻被秦錦峰攔住，親自捧起妹妹的小手，替她塗藥。

「怎麼回事？」許氏冷了臉，看著屋裡的姑娘們。

大家低頭，不敢吭聲，還是陸佳蒲鼓起勇氣說：「是我不好，沒照顧好秦妹妹。」

秦太太忙笑著說：「不要緊，定是我們家楠楠又調皮了。」

「是我不小心摔了，不關陸家姊姊的事。」秦雨楠抬頭，急忙辯解，眼裡還含著淚珠。

秦錦鋒揉揉她的頭髮，心疼地說：「咱們雨楠最勇敢了。」

秦雨楠聽了，對秦錦峰擺出一個大大的笑臉。

「真是個懂事孩子，都傷成這樣，還替幾個姊姊說話。」姚氏笑著走過去，把秦雨楠誇了又誇。

其實，姚氏是擔心這個小小意外影響秦錦峰和陸佳蒲的婚事。只不過短短相處一會兒，她對秦錦峰的印象便好得不得了，已經認準這個女婿。如今見到秦太太並不介意，心裡鬆口氣的同時，不由瞪了兩個女兒一眼。

陸家對秦錦峰滿意，秦家也萬分喜歡陸佳蒲，婚事就算訂下了。之後，秦家要請媒人上門提親，按禮操辦。

方瑾枝聽說後，打算親手繡一幅披錦送給陸佳蒲，畢竟在陸家眾多表姊妹中，陸佳蒲是第一個對她好的人。

沒幾日，日暮西沈時，陸無硯牽著方瑾枝去逛集市。

前世，陸無硯稱帝後，總是孤寂一人，年節時，他走在熱鬧的街市，看著平民的生活，心裡是無盡的羨慕。他愛的人早就不在了，多少次抬手間，掌心總是空落落的。

此時，方瑾枝軟若無骨的柔荑被他握在掌中，溫暖了整顆心，讓他不禁默默地想——

今生，無論人潮湧動，無論千軍萬馬，無論登帝成皇，都與妳同行。

兩人走至飄著水燈的河邊，陸無硯牽著方瑾枝坐上小船，順流而下。

「瑾枝很快就要滿十三歲了。」陸無硯把她抱到膝上，取出藏在袖中的錦盒遞給她。

方瑾枝有些驚訝。「這是禮物嗎？」

陸無硯微笑。「這不是我送的，是母親送給妳的，打開看看喜不喜歡？」

方瑾枝開了錦盒，兩份繡著龍紋的卷軸靜靜躺在盒裡，不用打開就知道是聖旨。

方瑾枝懵住，有些不自在地問：「這個……是要接旨嗎？要跪著嗎？」

「不用，看看就好，如果妳不喜歡，就把它們扔到河水裡。」陸無硯特別喜歡方瑾枝此時略顯無措的樣子。

「三哥哥就愛糊弄我，聖旨哪裡能扔。」方瑾枝轉過頭，不再理陸無硯。

她打開第一道聖旨，細細地看。

「……方家有女瑾枝，德才兼備、端莊秀麗。錦熙王膝下無女，特收其為義女，封瑾碩郡主……」

方瑾枝的手輕輕一顫，險些拿不住聖旨，低著頭，又將上面的內容讀了兩遍，才勉強壓下心裡的震驚。

陸無硯笑著說：「不看看另一道聖旨嗎？」

「對，還有一道……說不定是駁回第一道聖旨呢。」方瑾枝喃喃地道，打開第二道聖旨，讀完後，完全呆了。

第二道，是賜婚的聖旨。

陸無硯故意逗她。「如果不喜歡的話，可以全扔了。」

「我喜歡！我喜歡！」方瑾枝把兩道聖旨捧在心口，歡喜得不得了。

陸無硯看著他的小姑娘，淺淺地笑。

「三哥哥……」方瑾枝忽然吞吞吐吐起來。

陸無硯心裡一頓。難不成她又要反悔了？

「我……好像把你的衣服弄髒了……」方瑾枝紅著臉，萬分羞窘。

陸無硯愣了下，微微推開方瑾枝，見他的雲紋錦衣上染了點點血跡，宛若落梅。

「三哥哥，你把我扔到河裡去吧！」方瑾枝捣著臉，不敢去看陸無硯。

「呵……」陸無硯低低地笑，笑得直不起腰。

「不許笑，不許笑了！」方瑾枝生氣地推他。

陸無硯擒住她的手，捧到唇邊輕輕地吻。

方瑾枝安靜下來，重新偎進陸無硯的懷裡。「三哥哥，你從來都沒說過你喜歡我。」

「需要說嗎？」

「那是從什麼時候開始喜歡我的呢？」

「大概……從上輩子就開始喜歡了吧。」

方瑾枝格格地笑，彎起眉眼。「如果我們上輩子就認識，那三哥哥一定對我很不好，這輩子才來還債。」

「嗯。」陸無硯點頭。「恐怕這輩子都還不夠。」

「那就下輩子繼續還。」方瑾枝說完，連連打起哈欠。她習慣早睡早起，現在已過子時，若不是太開心，說不定早就睡著了。

「睏了就睡一會兒，等船停下，我抱妳回去就好。」

方瑾枝搖頭，強打起精神，吞吞吐吐地說：「三哥哥，我要回去洗澡、換衣服……」

「嗯，無妨。妳先睡一會兒，到岸後，我喊妳起來。」

「好。」方瑾枝又打個哈欠，依偎在陸無硯懷裡，心滿意足地合上眼。睡夢中，她緊緊攥著他的手，不肯鬆開。

然而，等到方瑾枝再次睜開眼睛時，已經是第二日的清晨了。

她揉揉眼睛，在陌生的床榻上坐起來，驚訝地發現身上的衣服已經換過了，連忙摸摸屁股，滑軟的月事帶也已繫上，十分服貼。

方瑾枝扭扭身子，總覺得不舒服，茫然地打量四周，確定這裡是她從未來過的地方。

寬敞的木屋裡布置簡單，門上斜掛一枝竹笛，架子床上是竹青色被褥和水色輕紗幔帳，枕邊是疊好的乾淨衣服。床邊是很高的竹製衣櫥，窗前放了臥榻，榻前擺張小几，几上的博山爐裡正燃著熏香，好聞的清香絲絲縷縷飄出來。

耳邊傳來婉轉琴聲，方瑾枝掀開被子下床，探腳去踩繡花鞋，發現鞋子也是新的。她換好衣服，才推開門，疑惑地走出去，細細打量四周。

這是一座七層的圓形閣樓，中間是廣闊空地。此時，方瑾枝站在樓頂，扶著圍欄朝下望，看見一名墨衣男子端坐在廳裡彈琴，剛剛的琴聲正是出自他手，而陸無硯坐在他對面。

剛才方瑾枝在房內，聽得並不真切，此時站在圍欄邊，琴音中的縷縷情深飄入耳中，竟讓她聽得入了迷。

方瑾枝自小跟陸無硯學彈琴，又為了教兩個妹妹，學得分外認真，是以，她對音律懂得頗多，能聽出樓下彈琴的人正在懷念某個人。

一曲終了，陸無硯抬起頭，抬頭望方瑾枝，跟對面的人說了幾句話，便緩步上樓。

那人抬首，打量方瑾枝一眼，又低下頭，隨意撥動琴弦，曲不成曲、調不成調，卻自有獨特的悠揚韻味。

見著陸無硯，方瑾枝說：「那人彈得真好。就像三哥哥曾說過的，琴音中包含深情。」

陸無硯側過臉凝視她，方瑾枝挽著他的胳膊，道：「我聽出他在想念一個人。感覺有懷念、遺憾，還有……猶豫不決。三哥哥，他是不是很喜歡她？」

陸無硯沈默一下，才開口：「是，可是她嫁給了別人。」

「唔，真遺憾。」方瑾枝搖搖頭。「那他的琴音中為什麼會有猶豫不決的情愫呢？是不是他喜歡的人過得不好，他在猶豫要不要去爭取？」

陸無硯有些驚訝。「妳怎麼聽出來的？」

「真是這樣？」方瑾枝眨眨眼。「我不知道呀，話本裡的故事都是這麼說的。」

陸無硯頓時哭笑不得。

方瑾枝又說：「我覺得……如果他喜歡的人真過不好，那他應該去爭取。」

「爭取？還是不要吧。」陸無硯苦笑。

「為什麼？」方瑾枝詫異地問。

陸無硯望著她。「因為他心裡喜歡了二十多年的人，是我母親。」

方瑾枝立刻摀住嘴，不敢亂說話了。

陸無硯見狀，笑著說：「他叫葉蕭，和我算是亦師亦友，日後妳見到我父親時，切不可提起他。」

方瑾枝忙不迭點頭，又問：「那他教三哥哥什麼？彈琴嗎？」

陸無硯搖頭。「射箭。」

這些年，陸申機自認箭術高超，卻只敗給一個人，就是葉蕭。

第二十章

長公主別院裡，楚映司正蹙眉批閱奏摺，將最後一份奏摺合上，擱在一旁，才放下筆，看向坐在遠處的葉蕭。

葉蕭已經等她很久了。

「對不起，讓你等了這麼久。」

「不久。」葉蕭苦笑搖頭。他已經等她二十三年，哪會在意這一時半刻？收起心神，問道：「這次找我來，是有事吧？」這個女人最是勞碌，不會平白無故找他。

「嗯。」楚映司起身，帶葉蕭走到一旁的長桌前，扯開幔布，露出裡面的地圖。

「這是大遼的國土。」葉蕭道。

楚映司點頭，指指地圖上邊角的地方。「你可知道這裡？」

「明蛟州，前陣子去過。」

「哦？」楚映司來了興趣。「那你覺得那裡如何？」

「明蛟州地廣人稀，又因遠離朝廷，並不富裕，但這次我經過時，卻發現那裡發生了很大的改變。若所料不錯，長公主應該暗中扶植了那一帶。」

「不錯，那是本宮留給無硯的。」

葉蕭有些驚訝，楚映司又指著地圖上另一處地方，道：「這裡是霞遠州，本宮在此藏了三十萬精兵。」

葉蕭心中震驚更甚，不由萬分疑惑楚映司究竟想做什麼？

「現在本宮將藏在霞遠州的三十萬精兵交給你。」楚映司直起身子，正視葉蕭。「陛下駕崩後，本宮定會輔佐新帝。但未來之事變化莫測，本宮不能確定他是否會對無硯下殺手？本宮在時，無硯尚可安然；若本宮不在了……」楚映司頓了下，道：「煩請你將那三十萬精兵交予無硯，本宮還會再留幾封密信。」

「如今好好的，長公主為何要這麼說？」葉蕭心中大震，這分明是在交代後事。

楚映司爽朗笑笑，拍葉蕭的肩。「不要多心，本宮不過防患於未然。」

葉蕭勉強壓下震驚，問道：「那為何不將三十萬精兵直接交給無硯？」一問出口，他就想明白了。

如今楚懷川仍在，楚映司卻已籌謀好新帝登基以後的事，甚至是她死後的安排。她不信任新帝，甚至不信任無硯。她擔心，現在就將三十萬精兵交給陸無硯，他會起兵謀反！

葉蕭心中喟然長嘆，隱隱猜到自己不過是楚映司謀劃中的一顆棋子。這個女人不會把所有賭注放在同一人手中，必然已經計畫很多。他從來沒把她看透。

想到這裡，葉蕭深吸一口氣，彎腰正色道：「必不辱使命。」

楚映司點頭。「多謝。」

葉蕭告退，走到門前，忍不住停下腳步問：「長公主為何把如此重大的差事交給我？」猶豫一下，道：「託給陸申機，應該更適合。」

楚映司古怪地笑了。「你真想知道理由？」

葉蕭嚴肅地點頭。正如二十三年前，他十分想知道，她為何會選擇陸申機？「因為啊，如果本宮有朝一日遭遇不測，那個活了半輩子仍舊傻不愣登的人，說不定就跟著去了。即便沒跟著走，也會喝酒賭博，像個廢物一樣，渾渾噩噩地度過餘生。」

葉蕭怎麼也想不到會聽到這種答覆，呆了半晌，啞然失笑。「還有件事，我一直想不明白。妳為何非跟他和離不可？我曾想過，這是否又是妳的計畫？」

楚映司大笑。「是。本宮處處算計，喜歡掌握一切。可陸申機不在本宮任何計畫裡，以前沒有，以後也不會有。這個人淨會添麻煩，只會打亂計畫，本宮才不稀罕拿他當棋子。」

楚映司提到陸申機時，眼中的那抹嫌棄是葉蕭真正嫉妒的，多希望楚映司也會用這種語氣談及他。

葉蕭望著坐在藤椅裡的楚映司，苦笑道：「妳還是沒講出與他和離的理由。」

楚映司嘆氣，微微靠在椅子裡。「夫妻間的感情需要經營，然而一個人的精力總是有限。倘若在自己與朝堂之間做選擇，本宮只能離開他。」

葉蕭心中溢滿苦澀，掙扎了二十多年，終於說出口。「映司，妳和陸申機的性格都十分強勢，在一起總是有很多爭執。妳有沒有想過，或許是因為你們不適合。」

楚映司又笑，坐直身子，把手壓在身前的長桌上。「葉蕭，你還是不明白。這與本宮和他之間的感情無關，是本宮不允許感情變成軟肋。」站起來，緩步走到窗前，推開窗戶，讓落日暖融融的光輝灑進屋裡，語氣裡帶了絲疲憊。「本宮並非一個優秀的掌權者。」

葉蕭立刻反駁：「長公主理政之功無人可輕視，何必妄自菲薄？如今朝堂與鄉野間，多少人欽佩長公主之能？」

「不！」楚映司猛地轉身。「如果本宮是優秀的掌權者，當年就該殺了一手養大的懷川，自封女帝，以雷霆手段剷除異己，自可免除這些年朝中的黨派紛爭；當年無硯被劫走後，就該當作沒這個兒子，更不能用無數金銀和多座城池換他回來，大遼也不會因此國庫空虛，在與敵國交戰中位於下風！」說著，眼睛生出一團火，那是屬於帝王的尊者之威。

葉蕭震驚地後退兩步，一時不能接受。難道當年楚映司真的存了那樣的心思？

「有時候，本宮甚至想，大遼國弱，正是因為本宮不夠心狠。無硯和懷川已是本宮的軟肋，多餘的情感，就斬斷吧……」

最後，葉蕭離開時，竟感覺自己是落荒而逃。

他忽然覺得，對喜歡了二十多年的女人很陌生，自以為十分了解她，知道她所有喜好、所有小動作代表的情緒，可今日發現他所看見的不過是表面，他並不了解她。

走到院子時，葉蕭忍不住回頭，楚映司的書房門扉緊閉，小軒窗半開，露出坐在長桌邊的背影。

她又在處理政務吧？這個女人永遠那麼忙，永遠都有忙不完的事情。

葉蕭一邊走，一邊回憶著年輕時的楚映司。記憶中的她並不是這樣的，那時的她是所有公子心中的耀陽，總是高紮著馬尾，坐在馬背上颯爽地笑，也會如尋常小姑娘那樣，為了死去的小兔子哭，或者撒嬌討一串甜甜的糖葫蘆。

後來，她嫁給了陸申機。

再見她時，她還是坐在馬背上，可馬背上多了陸申機，高紮的馬尾改成半偏雲鬟。她轉過頭望著身後的陸申機，眼睛裡是新婚的甜蜜。

因此，他只能苦澀離開，遠走他鄉，離開處處有著楚映司身影的皇城。直到幾年後宮變，他匆匆趕回，再見到楚映司時，她一身繁複宮裝，手執寶劍，威嚴而立。

這些年，他腦海中總浮現楚映司輕晃馬尾的模樣，偏頭笑問：「葉蕭，你教我射箭好不好？」

她的笑，在他的每個午夜夢迴間流轉，永遠揮之不去。

可惜，最後教她射箭的人，並不是他。

大概是太過專注的緣故，當危險來臨時，葉蕭的反應竟比往常遲鈍許多，只來得及停住腳步，人卻被繩索倒吊起來。

葉蕭吐了口氣，道：「陸大將軍，你該不會因為我在長公主的書房裡待得久了點，就使出這樣下三濫的手段吧？」

陸申機咧嘴，在葉蕭面前蹲下。「是。」

「你真是誠實！」葉蕭氣得笑了。

陸申機坐在地上，將抱著的一罈酒遞過去。「喝不喝？」

「哼，我可沒有倒著喝酒的本事。」葉蕭沒好氣地說。

「喔，那我自己喝。」陸申機應了聲，大大咧咧地喝起酒來。

葉蕭倒掛著看他喝了半天的酒，無奈地說：「陸申機，怎麼說你都曾是大遼的一品上將軍，如今就這樣有家不歸，像個地痞無賴一樣守在長公主的別院外？」

陸申機舉著酒罈的手一頓，復又當作沒聽見一樣，繼續喝酒。

接下來，無論葉蕭說什麼，陸申機全當沒聽見，把酒喝光，罈子一扔，拍拍屁股走人。

葉蕭大喊：「陸申機！」

陸申機頭也沒回地擺擺手，笑道：「不用送啦！」

直到陸申機走遠，葉蕭才從袖中甩出匕首，將繩索射斷，落下地來，憤憤然理了理袖子，望著陸申機離開的方向，不得不贊同楚映司的話。這個人真是……傻不愣登！

另一邊，陸無硯帶著方瑾枝回到溫國公府後，立刻引起軒然大波。誰承想，一個投奔而來的表姑娘頃刻間被封為郡主，又指婚給陸無硯。

年關將近，各處院子都在忙，唯獨方瑾枝閒著無事，因今年過年她會跟陸無硯一起進宮，不會留在溫國公府。

宮裡也傳來消息，開春時要選秀女。聽孫氏的意思，府裡要挑出一個姑娘送去。

臘月二十七，方瑾枝起個大早，洗漱穿戴好，又對衛嬤嬤、卓嬤嬤等人吩咐一番，在她不在的這段日子裡，定要好好照顧方瑾平和方瑾安。

叮囑完，方瑾枝同陸無硯去了長公主別院，準備進宮的事。

陸申機走到別院門口時，陸無硯的馬車剛到，他先下車，再把方瑾枝扶下來。

「三哥哥，這裡就是長公主住的地方？」方瑾枝有些詫異地望著眼前院落。此處比溫國公府寒酸許多，不過有侍衛守護，帶著一絲森嚴的氣息。

陸無硯知道方瑾枝的疑惑，牽著她的手往前走，解釋道：「並非母親窘困，只是她要做出表率。其實母親並不在意住處大小，更在意的是安全。」

「喔。」方瑾枝懵懂地點點頭，沒再繼續追問。

遠處，入酒握著重刀大步跨進門見楚映司，對她指指院前的樹。楚映司看一眼，對侍衛吩咐兩句，便有人立刻遞上弓箭。

嗖！楚映司準確無誤地將樹上那隻凍僵的鴿子射下來。

入酒跑過去，拆下綁在鴿子腿上的密信，呈給楚映司。

方瑾枝這才收回目光，垂首認真想了一會兒，然後轉頭凝視陸無硯。「三哥哥，如果我不像以前那樣乖巧了，你還會喜歡我嗎？」

陸無硯嘆氣。「有話直說，別繞彎子。」

「我想學射箭！我想學騎馬，我想學武，我還想學……」方瑾枝沒再說下去，望著楚映司越來越遠的身影，眼裡充盈熱切的企盼。

陸無硯見狀，緩聲道：「妳想學什麼都可以，我會教妳。但是要記住，妳就是妳，有妳獨一無二的優點，沒必要羨慕別人，因為妳已經夠好。」

他說到做到，隨即命人取來弓箭，親自教方瑾枝。

結果，方瑾枝使出所有力氣，也不能拉動弓弦。

陸無硯見狀，笑著說：「好了，想學這些，以後再練不遲。現在得先讓妳學學宮中的禮儀。」他已替方瑾枝請了位德高望重的嬤嬤來教她。至於宮裝，更是早就準備好。

聽陸無硯說到正事，方瑾枝忙不迭地點頭。這幾日她還犯愁，她從沒去過皇宮，對那些規矩知道得不多。

方瑾枝學東西向來很快，一下午就學得差不多，讓向來嚴厲的教導嬤嬤連連點頭。

幾日後，方瑾枝隨著陸無硯進宮，她穿上繁複宮裝，學著楚映司的樣子挺胸抬頭，將步子邁得輕緩，厚重裙襬垂曳在身後。

陸無硯看著她一本正經的樣子，移開眼，可嘴角那抹笑意卻未散去。

御花園裡擺滿筵席，群臣圍坐，見到楚映司到了，起身行禮。

「今日宮宴，不必多禮。」楚映司抬手虛虛一扶，雖然說著話，但腳步並沒有停歇，直接穿過群臣，走到龍椅旁的座位，轉身端坐。

陸無硯則帶方瑾枝朝右側座位走去。那邊有個中年男人，瞧著有些瘦弱，可狹長雙目中含著犀利冷冽之風，一看就給人過分嚴苛的感覺。

陸無硯停步，微微頷首。「錦熙王。」

「給父王請安。」方瑾枝立刻按宮中禮儀向錦熙王行禮，端莊得體。這次進宮，也是為了見見這位義父。

錦熙王賀可為看了方瑾枝一眼，生疏冷漠地點點頭。「今日王妃身體不適，未能進宮。

明日本王會派人接妳去王府，王妃有薄禮相贈。」

方瑾枝明白。她與賀可為不過是因為聖旨而牽扯到一起，所以心裡並沒有多少波瀾，規規矩矩地欠身答謝。「多謝父王厚愛。」

「那我們先入座了。」陸無硯抬手，領方瑾枝坐在旁邊的華椅裡。

兩人剛坐好，宮女端著醇香的桑落酒走上前。方瑾枝的目光輕掃一圈，才發現只有陸無硯的酒樽是不同的，遂抬手從小宮女手中接過酒壺，親自替陸無硯斟滿。

賀可為詫異地看她一眼，微微皺眉，便收回目光。

陸無硯勾唇，端起酒樽淺淺抿了一口，對方瑾枝說：「這酒，妳喝不得。」

方瑾枝淺淺地笑，一雙明眸靜靜望著陸無硯。在別人眼裡，只覺她端莊溫婉，可陸無硯從她的眼神裡看出那抹特屬於她的調皮。倘若不是這樣的場合，她定會狠狠瞪他一眼，嬌嗔道：「三哥哥又笑話我醉酒以後的樣子！」

在這樣熱鬧的場合裡，他們不需要說話，只是一個眼神，便足以明白對方的意思。這種獨一無二的默契，讓陸無硯感到滿足。

於是，他收起嘴角那抹笑意，恢復往昔淡淡的神情，才望向方瑾枝。她已經轉過頭，微笑著端坐在他身邊，樣子宛若天邊皓月般美好。

這時，在宦官尖細的通報聲裡，楚懷川在人群簇擁中走來。

方瑾枝如同其他人一般跪地行禮，目不斜視。

「都平身吧。今日是宮宴，那些繁文縟節，能免則免。」楚懷川帶著妃嬪入座。

方瑾枝隨著其他人起身，這才抬頭去看楚懷川。在方瑾枝的記憶裡，楚懷川就是個又愛哭、又愛鬧的小孩子，還總纏著陸無硯，可是見到如今的他，卻著實吃了一驚。

楚懷川的個子拔高許多，不過仍舊消瘦，臉色帶著孱弱的蒼白。因身穿明黃龍袍，讓蒼白瘦弱的感覺更加明顯。

小時候，楚懷川的五官十分酷似陸無硯，可如今看來已大不相同。

方瑾枝覺得陸無硯是極好看的，尤其喜歡他的眼睛，喜歡他笑意堆滿眼角的溫柔，喜歡他逗弄她時，眼角那抹風情。楚懷川的眼睛雖然也是狹長的，但裡面好像摻雜了一抹化不開的愁緒。

楚懷川側過頭，跟楚映司說了兩句話，而後轉頭望向不遠處的陸無硯。

陸無硯剛巧偏頭問方瑾枝要不要吃桌上的糕點？那瞬間錯開後，楚懷川便移開了目光。

方瑾枝看陸無硯一眼，心裡隱隱猜到陸無硯是故意避開楚懷川的。

待楚懷川坐定，群臣就開始議論派誰去邊疆鎮守的事。

「……順平山遠離皇城，末將對其地形並不熟悉，還是陸將軍最清楚！」

陸將軍不是陸申機，而是陸無硯。當初陸申機卸了一品上將軍之職，後來大遼與荊國交戰五年，陸無硯雖然未被封為武官，可是手握兵符，掌管兵馬，所以軍中也稱他為將軍。

「我？」陸無硯微微挑眉。「不記得了。」

「你……」開口的朝臣頓了下。「此事事關重大，陸將軍還是再回想一下比較好。」

「這聲『陸將軍』叫得也蹊蹺。我什麼時候被封為將軍了？還是你找我父親啊？若想找他，可以去各酒肆碰碰運氣。」陸無硯蹺著雙腿，懶洋洋地倚靠在椅背上，神情傲慢。

楚懷川抬手阻止那人追問。「朕以為，上將軍之職空缺，但無硯領兵之能不可忽視，不如封為一品上將軍，將大遼兵馬交給他，朕也心安，皇姊看如何？」偏過頭望向楚映司。

筵席間竊竊私語，群臣只等楚映司發話後再堅決反對。

楚映司撥弄拇指上的扳指，沒有直接回話，而是說：「陛下，本宮聽聞前段時日祭天時，天降大雪，險些將天燭熄滅。」涼涼的目光掃過群臣，緩緩道：「連年戰火，去年老天爺也不作美，使得農田收成不佳。大遼……實在不夠安穩。」

「皇姊說得是。」楚懷川垂眸，虛心道。

「陛下剛剛說要給無硯封個軍職？也罷了，他正好有事啟奏。」楚映司似隨意道。

楚懷川再次把目光投向陸無硯，這回，席間群臣都將目光移向他。

陸無硯在諸多目光的注視下，緩緩起身，懶散神態帶著一種天生的桀驁。

「如今內憂外患不斷，臣以為，陛下應該靜心禮佛，誠心祈禱佛祖保佑大遼風調雨順……」

「荒唐！陛下乃一國之君，怎可遁入空門！」

一名文官立時站起來阻止。他年近花甲，兩鬢斑白，被陸無硯的話氣得吹鬍子瞪眼。

陸無硯臉上的散漫淡了些，有些不悅地瞟打斷他說話的人一眼，語氣有些懨懨。「所以啊，臣願意代替陛下遁入空門，吃齋唸佛，日日夜夜祈禱大遼國泰民安。」

筵席靜了一瞬。

「這、這怎麼可以?!」楚懷川有些驚訝。

「又不是第一次了。」陸無硯這才看向楚懷川。

立刻有大臣站出來贊同陸無硯的主張。如今朝中忌憚楚映司的權勢，之前陸無硯帶兵打仗時，更是風光無限，讓群臣對這對母子的忌憚更深。可是誰都沒想到，陸無硯會突然來這麼一招。

剛剛提起陸無硯的那位朝臣，本意只是找陸無硯的麻煩，聽他放棄兵權去當和尚，真是巴不得。接下來，老臣們在筵席裡開懷大笑，一個比一個心情好。

方瑾枝掛著端莊得體的微笑，壓低聲音說：「三哥哥，他們都希望你去當和尚呢。」

陸無硯認真思索，道：「一個人當和尚太孤單了，要不然妳陪我一起吧？在旁邊的尼姑庵裡當個小尼姑，如何？」

「我要吃香的、喝辣的，才不肯陪你。」方瑾枝笑著端起桑落酒。

陸無硯有些驚訝。「妳確定要喝？這桑落酒可比桂花酒烈多了。」

方瑾枝的目光在酒樽上停留一會兒，又把酒樽放下。「我不能一直都不會喝。是不是喝多了就會有酒量，之後便不會那麼輕易醉？」

陸無硯聞言，腦海中不由浮現方瑾枝醉酒後的樣子，勾起嘴角。「說不定真是這樣。回去後，我找各種不同濃烈的酒讓妳試試。」

「好。」方瑾枝微微點頭。「那三哥哥可得看著我，別讓我醉後闖禍。」

「一定。」陸無硯的眉梢眼角全是笑意，似乎又想起了方瑾枝的醉態。

宮宴結束後，楚映司帶陸無硯和方瑾枝出宮，路上遇見賀可為，像是等候多時。

「長公主，可否借一步說話？」賀可為含笑立在一旁，但他臉上天生帶著戾色，就算嘴角堆笑，瞧上去也不真切。

「你們先去馬車裡等著。」楚映司吩咐完陸無硯和方瑾枝，連個婢女都沒帶，跟著賀可為往前走進被蠟梅圍繞的涼亭裡。

賀可為知道楚映司的性子，沒有繞彎，直接開口。「長公主很想除掉那些老臣吧？」

楚映司並不否認。「錦熙王有何高見？或者願意助本宮一臂之力？」

「本王當然願意幫助長公主。」

「本宮為何要信你？」楚映司眯起眼睛，用狹長的眼盯著賀可為。

賀可為笑了一聲。「長公主和離多年，可有再嫁的打算？覺得本王如何？」

楚映司聞言，不得不重新打量站在她面前的賀可為。因為家族龐大的關係，賀可為手中權勢並不小，她對於他的印象一直都是狡猾且不容易對付。幸好，這些年，賀可為雖然握著極大權勢，卻沒有和她作對，不然又會多個強勁的敵人。

「錦熙王一表人才，更是我大遼的棟樑。」楚映司緩緩回答，揣測賀可為的用意。

賀可為直接道：「長公主事忙，我便長話短說。若是願意，本王的王妃之位留給妳。」

「理由呢？」楚映司冷聲問。

「長公主需要本王手中的權勢，而本王與公主聯手，可以擴大手中的利益。如此兩全其美的結合，為何不促成？」賀可為嘴角的笑又深了幾分，其中算計毫無掩飾。「當然了，此事並非小事，長公主可多考慮一番，再回覆本王。」說完，微微頷首離開。

楚映司立在原地思索一陣，才走出涼亭，跟陸無硯和方瑾枝一同回別院。

第二十一章

第二日，錦熙王府派來接方瑾枝的人，早上就到了。

方瑾枝要單獨去拜見錦熙王妃，心裡有一絲不安。

「沒事的，只是去給王妃見禮，下午時，王府便會派人送妳回來，不要擔心。」這次陸無硯不能陪她去，遂柔聲安慰著，又囑咐幾句，才送她上車。

到了錦熙王府，府邸算不上奢華，但十分寬敞。方瑾枝知道錦熙王的封地離皇城不近，一年之中，只會回來住上兩、三次罷了。

「郡主到了！」守在門口的小丫鬟高高掀起簾子，讓方瑾枝進屋。

「快來讓我瞧瞧，究竟是個怎樣的妙人兒。」美人榻上傳來一道溫柔的聲音。

「給母妃請安。」方瑾枝不敢亂看，規規矩矩地行禮。

「無須多禮，過來坐。」錦熙王妃笑著朝方瑾枝招手。

「是。」方瑾枝這才走過去，抬頭看錦熙王妃。錦熙王妃雖然已經是做祖母的人，但瞧著依然十分年輕，一顰一笑間，風韻猶存，年輕時定是傾城傾國。

方瑾枝在打量錦熙王妃，錦熙王妃也在打量著方瑾枝，點點頭，道：「這幾日不大舒服，便沒有去宮宴，還讓妳跑一趟。」

「過來看望母妃是瑾枝應該做的事情，母妃多注意身體才好。」頭一遭相見，方瑾枝摸不準錦熙王妃的性子，只規規矩矩地行事。但心裡明白，錦熙王妃在說謊。

「我會的。」錦熙王妃笑笑，又和方瑾枝說了許久的客套話。

她沒有為難方瑾枝，客客氣氣，見面禮也是大手筆。純金頭面有六套，至於那些寶石、翡翠和玉器的首飾，足足有二十件，還送了珍貴的貢錦。

錦熙王妃望著方瑾枝的雙頰，有些羨慕。她曾是大名鼎鼎的美人，可惜已然遲暮。「沒瞧見妳之前，不曉得哪種適合，就多選了些。如今一看，全用得上，都很襯妳。」

錦熙王妃送的禮物，的確是方瑾枝喜歡的，不僅是因為漂亮到任何姑娘瞧見了都移不開眼，還因為這些東西值錢。她喜歡錢呀！

接著，錦熙王妃讓丫鬟拿來錦盒，笑著說：「不僅給妳準備首飾，還有幾幅畫卷，不知妳喜不喜歡？這位心各先生雖然算不上大師，更不是先人，但畫作十分清淡素雅。今日瞧妳也是個雅靜性子，許是會喜歡他的畫作，便送妳了。」

「謝謝母妃。」方瑾枝低著頭，默默收下自己的畫作。

錦熙王妃問：「妳和陸家三郎的婚期已經訂下來了嗎？」

「沒有呢。」方瑾枝有些不好意思。「我年紀小，還要再等兩年。」

「也是，妳年紀太小了。」錦熙王妃想了想，欲言又止。

方瑾枝靜靜等著。倘若錦熙王妃想說終究會說，既然猶豫，也不必追問。

錦熙王妃又望方瑾枝一眼。「聽說妳幼時父母雙亡，後來投奔陸家，自那時起，陸家三郎就格外喜歡妳。妳是個有福的，他為妳籌謀，最後能走到一起，是天賜良緣。雖然妳年紀尚小，但可以提前訂下婚期。誰知道……兩年之間會發生什麼事呢？」

方瑾枝有點懵，她從沒想過這個問題，但曉得錦熙王妃是真的為她好。畢竟指婚的聖旨已下，倘若發生變故就糟了。

「我都明白，謝謝母妃。」方瑾枝眉眼彎彎，真心誠意地向錦熙王妃道謝。

婚事不能大大咧咧地談論，如此幾句過後便不再多提，兩人繼續閒話。方瑾枝清楚，她與錦熙王府的關係堪稱是沒有關係，不過是聖旨把他們牽到一起罷了。今日拜會後，下次再見，不知要到什麼時候？

看看時辰差不多，方瑾枝施施然起身，微笑道：「天快黑了，瑾枝先告辭，過幾日再來看望母妃。」

錦熙王妃也起身。「好，路上小心。」

方瑾枝猶豫一下，試探地問：「不曉得父王在不在府裡？若在，那瑾枝去拜別才好。」

錦熙王妃笑著說：「真是有心的孩子。這幾日妳父王比較忙，不知是不是回來了？」吩咐旁邊伺候的嬤嬤。「去看看王爺回來沒有？」

嬤嬤匆忙出去，一會兒後，笑吟吟地掀簾進來。「王爺剛回府，正在書房裡呢。」

方瑾枝笑著接話：「那真是太好啦。」其實她隱約猜到，賀可為根本就在府裡，只是不願搭理她罷了。從昨日賀可為對她的態度觀察，並不難看出來，而錦熙王妃與嬤嬤的一唱一和，更坐實她的猜測。

「走吧，母妃陪妳過去。」錦熙王妃抬手，讓小丫鬟整理她身上的衣服。

方瑾枝甜甜地道謝：「有勞母妃。」

此時，賀可為正在書房裡和幼子賀悠然議事。

賀悠然說：「父王，瑾碩郡主如今正在府裡，不如……」

賀可為擺手打斷他。「不過是個毫無血緣關係的孩子罷了，拿她能有什麼用處？」

賀悠然皺眉。「據兒子所知，陸無硯十分喜歡那個小姑娘。陸無硯是楚映司唯一的兒子，楚映司應該會在意吧？」

賀可為嗤笑一聲。「悠然，你太小瞧楚映司了。若時勢所逼，她連親生兒子都可以犧牲，更別說只是她兒子喜歡的姑娘。」

賀可為說著，語氣裡有了一絲不耐。「楚映司軟硬不吃，唯有利益才能吸引她的目光。想要脅她、利用她，簡直癡人說夢。本王已拋出兩方得利之法，她接不接受，看天意。」

賀悠然皺眉思索，沒有接話。

「楚映司是個聰明女人，定會選擇對雙方都好的結局。」賀可為瞇起小眼睛。

賀悠然想了想，問道：「父王，倘若長公主拒絕，那她會成為我們的敵人嗎？」

「你擔心我們原本與她不好不壞的交情被打破，變成仇敵？」賀可為冷笑。「想殺死楚映司的人太多了，縱使交惡，她也沒精力對咱們出手。」

賀悠然點點頭。「父王所言甚是。」

不久，下人稟報方瑾枝來了。父子倆對視一眼，不再多說。

方瑾枝仍舊如昨日那般對賀可為行禮，規矩卻疏離。既然已看出賀可為對她的態度，便清楚該用怎樣的態度對待他。

賀可為隨口敷衍幾句，就讓賀悠然送方瑾枝回去。

回去的路上，方瑾枝細細回想剛才的事。錦熙王妃帶她進賀可為的書房後，賀可為不僅對她的態度很冷淡，對王妃更是冷漠。他好歹還和她講了兩句話，卻沒有對錦熙王妃說一句，甚至連眼神都沒給。

「真是奇怪的一家人。」方瑾枝喃喃地說。想到回去後便能見到陸無硯，立刻歡喜起來，不願再去想錦熙王一家的事了。

另一邊，陸申機大步跨進楚映司的別院。

入酒正在院子裡舞劍，收了劍勢，跳到陸申機面前，十分驚訝地說：「陸大將軍，您終於肯跨進來，而不是只在外面轉了？」

陸申機臉色陰沈，推開入酒，往楚映司的書房走。

書房外的侍衛看陸申機衝過來，有些猶豫，不知要不要攔下來？

入酒笑嘻嘻地對兩個侍衛點點頭，他們才鬆口氣，退到一旁。若攔著陸申機，可要擔心自己會不會小命不保。

「不是說過了，不要進來吵我嗎？」楚映司斜躺在臥榻上，闔眼小憩。

陸申機在臥榻前站定。「是我。」

楚映司驚訝地睜開眼，對陸申機闖進來的行為十分詫異。

「妳現在需要一個人鎮守邊疆，最適合的人選是我，讓我去。」陸申機沈聲道。

這幾日，楚映司正為守邊的人選犯愁。戰亂五年，國中四處調兵，將領也時常更換。如今戰事剛歇，得重新找人長久鎮守，之前的守將是陸申機，現在再選都不滿意。

楚映司點頭。「沒錯，你是最適合的人選。那你為何願意回到軍中？」

陸申機沒回答楚映司的問題，只冷漠地點頭。「好。其他事情交給妳，什麼時候出發，再告訴我就成。」說完，轉身朝外走。

「陸申機！」楚映司從臥榻上起身，攔在他面前。「給我回到軍中的理由，否則，我不會把兵權交給你。」

陸申機看著她。「妳是不是以為，我看重兵權超過一切？」

楚映司微怔。她曾經是這麼認為的，所以當初才會用兵權要脅他和離。可是後來他不僅願意與她和離，甚至將兵權雙手奉上。

「正如妳所言，我只會打仗，把兵權交給我，妳可放心。」陸申機貪戀地望著楚映司。

「我知道妳要改嫁了。」

楚映司了然。「本宮……」

陸申機打斷她。「我沒有要阻止妳的意思，因為我一無所有。改嫁賀可為，對妳大有好處，至少可以早三年除掉朝中老臣。」說罷，緩緩搖頭，越過楚映司，大步往外走。

楚映司忽然握住他的手，堅定地說：「錦熙王與你相比，不過螻蟻。」

「可是這不重要。」陸申機轉過頭，望著楚映司的眼睛。「映司，妳把妳的一切都給了這片江山，又豈會在意一場政治聯姻？」

楚映司沒有鬆手。

陸申機望著兩人相握的手，忽然咧嘴，痞氣地笑了。「我沒認識妳之前，整日胡作非為，是皇城出名的浪蕩子，有人指著馬背上的妳，告訴我，妳是最豔的那枝花，是枝頭上唯一的鳳凰。我和他們一樣向妳獻好，可是妳看不上，甚至連我們的名字都記不住，只有一個例外——葉蕭。」

陸申機說著，嫌惡地皺眉。「葉蕭出身將門，年紀輕輕便從軍，更有一手高超的箭法。我不服氣，所以加倍練習，非要贏過他，非要做個箭法高超的大將軍。」

楚映司輕笑一聲，有些無奈地說：「你已經把葉蕭逼得遠離軍中，只能躲在江湖，甚至很多年沒再拿過弓箭了。」

陸申機搖搖頭。「我們剛成親那兩年，妳吃了很多苦。一年裡，我大部分的日子都在外打仗，而我母親不是很好相處的人，沒少給妳難堪，甚至讓妳失去我們的第一個孩子。」

楚映司收了笑，只要想到失去的第一個孩子，還是會難受。當時胎兒已經七、八個月，是個五官更像陸申機的男孩。當時她不過剛剛十六歲，抱著鮮血淋淋的死嬰，整整一夜。當時陸申機打仗未歸，而那個被她稱作「母親」的陌生女人，叫了戲班子在後院聽戲。

楚映司的冷血絕情並非天生，年少時只是個天真的小姑娘，初嫁為人妻、為人媳時，也曾茫然無助，那些不堪的苦楚和掙扎，是她一步步熬過來的。

她別開眼，有些疲憊地說：「都過去了，何必再提。」

他們經歷太多事，可大部分的記憶都不愉快，成為一道又一道的溝渠，橫在兩人之間。

陸申機眷戀而痛苦地凝視楚映司。「多年前，無硯曾問我為何從軍，我以為是為了兵權在手、所向披靡的威風，後來覺得，是為國泰民安的大志。直到如今，我才明白，只是為妳。妳愛這片江山，我就替妳守護它，只要我活著，敵軍就不能踏入大遼半步！」

楚映司聞言，心中被巨大震撼充盈，失神的剎那，陸申機抽出自己的手，一步又一步地艱難離開。

門開了，又關上了。

下一瞬，門忽然被人撞開，楚映司僵硬地抬頭望著出現在門口的陸申機。

陸申機大步衝進來，將楚映司擁入懷中，雙臂逐漸收緊，恨不得把她揉進自己的身體。

「映司……」千言萬語不敵她的名字，只是這樣在她耳畔喊一句，他彷彿已用盡全力。

陸申機痛苦地閉上眼，已有淚水落在楚映司髮間。

過了好一會兒，楚映司才艱難抬手，攬住他的腰，臉貼在他的胸口，去聽熟悉而陌生的心跳。

「我等你回來。」

第二十二章

第二日一早，賀可為同媒人一起來長公主別院下聘。

方瑾枝聽到消息，驚訝地張大嘴巴，呆愣片刻，立即提起裙角跑進陸無硯的寢屋。

「三哥哥，出事啦！」她蹲在床邊使勁搖陸無硯的胳膊，水色裙襬如荷葉般鋪展。

陸無硯勉強睜眼看她，嘴角揚起一抹笑，又閉上眼。「乖，出去玩，我再睡會兒。」

方瑾枝見狀，越發用力搖著陸無硯的胳膊。「錦熙王來下聘了，他要娶長公主！怪不得昨天大舅舅會闖進來，而且臉色那麼差，肯定提前知道這件事了。這下怎麼辦？長公主真要嫁給那個好醜的錦熙王嗎？大舅舅一定會好難過……」

陸無硯睜開眼睛，把蹲在床邊的方瑾枝拉到身邊坐下。「錦熙王怎麼說也是妳名義上的父王，就這麼說他醜？」

「三哥哥，都什麼時候了，怎麼還笑話我？難道你不希望長公主與大舅舅和好嗎？難道你希望長公主嫁給錦熙王？」

陸無硯不由笑出聲，在方瑾枝絮絮的訴說中，知道了大概。

「不對，錦熙王還有王妃，怎麼可以迎娶長公主？」錦熙王妃的眉眼在方瑾枝腦海中晃過，讓她心裡更加疑惑。

陸無硯收起臉上的笑，沈聲道：「錦熙王妃應該已經不在了。」

「什麼?!」方瑾枝驚訝地站起來。「怎麼會不在了?我昨天還見過她!」

「大概……病故了吧。」陸無硯狀似隨意地說。

方瑾枝連連搖頭。「昨天我見到錦熙王妃時，她身體很好，根本不像生病的樣子。」

陸無硯但笑不語。

方瑾枝不由沈默，好像明白是怎麼回事了。這樣端莊美麗，又周到細心的女人，就這樣死了，還是死於自己丈夫之手。憶起錦熙王妃帶著她去書房見錦熙王時，夫妻倆自始至終沒說過話，她是不是早就知道錦熙王想害她?

方瑾枝不寒而慄，訥訥地說：「三哥哥，你的意思是說，錦熙王為迎娶長公主，害死了錦熙王妃嗎?可王妃是他的結髮妻子，他怎麼可以下手……」

「啊——」楚映司的院子忽然傳來一聲淒厲的尖叫。

陸無硯和方瑾枝對視一眼，立刻出門趕過去。

入酒皺眉徘徊在門外，見到陸無硯和方瑾枝，給侍衛們使眼色，要他們讓出路。

賀可為的屍體倒在地上，而楚映司斜倚美人榻，垂目凝神。

陸無硯問：「母親，發生了什麼事?」

「錦熙王意圖對本宮不軌，本宮失手把他殺了。」

楚映司坐直身子，吩咐道：「來人，把錦熙王的屍體送回錦熙王府。」

侍衛很快過來，把賀可為的屍體抬出去，地上絨毯被換成新的，房間又變得如往常一樣，根本看不出來剛剛死過人，動作之快，令人瞠目結舌。

陸無硯笑著說：「瑾枝很擔心您，非要來看看。既然母親沒有大礙，那我們先走了。」

楚映司點頭。

方瑾枝跟著陸無硯走到門口，又回過身，問道：「長公主，您用過早膳了沒？我去廚房吩咐廚子們幫您準備好不好？」

她不曉得陸無硯是不是知道內情，可再怎麼說，楚映司都是女人，肯定也害怕了吧。

楚映司難得露出一絲柔意的笑。「不用了，妳看著無硯用早膳就好。」

「好！」方瑾枝答應下來，好像得了聖旨一般。今天可得看著陸無硯多吃一些！

等到陸無硯帶著方瑾枝離開，楚映司才揮揮手，讓侍衛們退下。

屋子裡安靜了，陸申機從屏風後走出來，眉宇之間還帶著幾分陰沈。

楚映司笑道：「昨日不知是誰口口聲聲說，不會阻止本宮改嫁。」

「我阻止了嗎？什麼時候阻止了？」陸申機豎著眉反問。

「把人都殺了還不算？」楚映司笑意更甚。剛剛她對陸無硯說的話真假參半，賀可為不是她殺的，是被陸申機一刀捅死。不，大概捅了十幾刀。

陸申機氣沖沖地走過來。「他當著我的面耍狠，我沒把他剁成肉泥已經夠寬容了。」

楚映司強忍了笑，略嚴肅地說：「這話不對。首先，你躲在屏風後，他不知道你在，所以不算當著你的面，如果他知道，應當什麼都不敢說；其次，他只是唸了句情詩而已。」

陸申機聽了，更是生氣，幾乎吼出聲。「就是耍狠！」

「如果唸兩句情詩就算耍狠，那以後本宮改嫁……」

「楚映司，妳不氣我行不行？」陸申機怒不可遏地打斷她，完全不想聽接下來的話。

楚映司果真不再說了，起身走到窗邊櫥櫃，翻出藥酒，走到陸申機身前。「抬手。」

陸申機低頭看，原來是他的手背上劃出一道傷口，但不長也不深，甚至沒感覺到疼。

楚映司抓住他的手，將藥酒灑在傷處，笑著說：「反正你皮厚，不用包紮了。」

「楚映司，我怎麼皮厚？怎麼不用包紮了？妳在說我臉皮厚嗎？」陸申機繼續吼。

「好，幫你包紮。」楚映司無奈地去取紗布，將陸申機手上並不嚴重的小傷口包紮好，有些失笑。「有時候，你真像個孩子。」

陸申機沒好氣。「我怎麼像孩子了？我可比妳大三歲！」

楚映司收起臉上的笑，將餘下的紗布隨手一放。「陸申機，別蹬鼻子上臉。」

陸申機憋了半天，然後望著楚映司，一字一頓地說：「不上臉。」

楚映司似笑非笑地回望他，沒有接話。

陸申機氣急敗壞。「楚映司，妳怎麼能這樣啊？妳應該接話，問我想上哪兒啊！」

楚映司輕笑一聲。「你不就是想上本宮嘛。」

「妳！」陸申機上前一步。

楚映司抬手，抵住陸申機，笑問：「陸將軍打算在本宮這裡賴到什麼時候？」

陸申機嘆口氣，尋思一會兒，突然抓起楚映司的手指，一根一根地數起來。

「你這是做什麼？」楚映司抽回自己的手。

陸申機紅著眼睛望楚映司。「楚映司，我已經十四年五個月零七天沒嚐過女人味了。」

楚映司愣了一下，隨即哈哈大笑，笑得流出眼淚，笑得直不起腰。

「很好笑嗎？」陸申機訴苦。「我馬上要去邊疆那鬼地方，難道妳希望我下半輩子都吃不到葷？那當年還不如把我閹了，放在身邊當太監呢！」

「哈哈哈……」楚映司仍舊在笑，笑不可遏。

「別笑了！」陸申機脹紅臉，握住楚映司的雙肩，讓她站直看著他。

「好，本宮不笑了。」楚映司輕咳一聲，強壓下滿腔笑意。「准了，去床上等著。」

陸申機咬牙切齒。「屬下遵命！」

夜裡，方瑾枝收拾行李，準備回溫國公府。在此每待一日，就要多掛心兩個妹妹一日。其實她也明白，留在小院裡的人都是心腹，絕對可靠。她不在時，其他人不會去尋她，妹妹們應當是安全的。

可她還是不放心，只要方瑾平與方瑾安還留在溫國公府，就不能真正過上安穩日子。暗暗決定，這次回去，就把安置兩人的莊子定下來，不能再拖了。

她想完，黏到在桌前畫畫的陸無硯身邊，甜甜地問：「三哥哥，我們什麼時候回去？」

陸無硯的筆尖頓了下。「如果明天天氣不壞，我們就回府，所以，妳要早點去睡。」順勢收了紙筆，將窗戶關上，準備回房。

「好，那三哥哥也要早點睡。」方瑾枝笑咪咪地說，送他出去。「不許熬夜，明早瑾枝去喊你起來！」

是夜，方瑾枝睡得正香，陸無硯卻悄悄離開自己的寢屋，見了入毒。

入毒回稟：「找到了。」壓低聲音說：「是一對十歲的小男孩，名叫顧希與顧望，被母親藏在家中十年，還是被發現，族人決定燒死他們，母親便自盡阻止。屬下趕去時，只來得及救下那對孩子。」她也是入樓女兒，擅長醫術與用毒，這幾年一直暗中替陸無硯辦事。

「哪裡連在一起？」

「胳膊。從肩膀往下，共用一條手臂。」

這八年，陸無硯傾全力尋找生來有部分身體相連的雙生子，暗中延請名醫，想找出分開他們的方法，經常因此徹夜不歸。這還是頭一遭尋到和方瑾平、方瑾安情況一模一樣的人。

「帶回入樓。」陸無硯道。

「是！」入毒應下。

第二日，方瑾枝隨陸無硯回了溫國公府。

方瑾枝趕回小院，開心地把兩個妹妹摟在懷裡，又把錦熙王妃送的一對精緻祥雲長命鎖用親手編的紅繩穿起來，戴在她們的胸口上。

因為時辰晚了，方瑾枝和妹妹們說了一會兒話，就帶著她們去睡。她離開十多日裡發生的事，以後再慢慢講給她們聽也不遲。

隔日，吳嬤嬤來找方瑾枝，帶來天大的好消息——找到適合的莊子了。

「不過，那莊子並非咱們方家的，是某位富商的花莊，莊子上甚至有他的別院，價錢可不菲。」吳嬤嬤蹙著眉道。

「花莊？」方瑾枝有些驚訝。愛花之人不少，名門望族中，更有為了名卉一擲千金者。若是經營得好，也是暴利。

這下，方瑾枝更滿意了，點點頭。「好，不要在意價錢，買下來就是。」又問：「會影響我們現在手中的生意嗎？還有，酣香酒莊的事辦得如何？」

「影響總是有的，恐怕得拮据一段時日。」吳嬤嬤道：「姑娘放心，酒莊的事，已經籌備得差不多，再給老奴三、五天，定能做到萬無一失。」

方瑾枝鬆口氣。她等這天，已經等好久了。不僅是酒莊，還有其他被姚氏、陳氏握在手中的家產，終要一樣樣奪回。

兩件事都有了眉目，方瑾枝的心情不由變得很好。下午時，她將繡了一半的披錦攤開，繼續繡起來，打算在陸佳蒲成親之前繡好。

孰料，一束芍藥還沒繡完，府裡就鬧出大事——陸佳蒲服毒自盡了。

方瑾枝聽到消息時，手一抖，針尖扎在指肚，泌出一滴血，顫聲問：「救回來沒有？」

鹽寶兒回答：「姑娘別急，四姑娘已經醒過來了。」

難道是婚事出了差錯？方瑾枝不敢多耽擱，匆匆趕去三房的院子。

此時，陸佳蒲的小院裡傳出呼天搶地的哭聲，竟是陸佳茵的。方瑾枝原以為陸佳茵是心疼姊姊，或者受驚，但等到她進屋，才發現陸佳茵跪在地上。

「姊姊，我知道錯了，妳不要怪我……」陸佳茵哭喊著，泣不成聲。

陸佳蒲虛弱地躺在床上，眼睛直直望著屋頂，目光一片空洞，恍若沒聽見陸佳茵的聲音，也不理會坐在床邊抹眼淚的姚氏。

陸佳蒲是個好姊姊，待方瑾枝這個表妹盡心盡力，對親妹妹更是關懷備至，有好東西都恨不得留給她。如今陸佳茵哭得這般可憐，陸佳蒲卻全然不顧，方瑾枝不得不猜，這次真是陸佳茵犯了天大的錯，惹陸佳蒲傷心。剛剛還以為是與秦錦峰的親事，看來她想岔了。

「四表姊如何了？」方瑾枝立在床邊，心疼地望著陸佳蒲，她的樣子實在憔悴可憐。

縱使姚氏不喜歡方瑾枝，但方瑾枝和陸佳蒲的感情還算不錯，這時顧不得別的，拉著她坐在床邊，哽咽道：「瑾枝，來勸勸妳四表姊，讓她寬心，不要再怪佳茵，佳茵還小……」

方瑾枝有些茫然地坐下，問姚氏：「四表姊究竟發生了什麼事？」

姚氏欲言又止，說不出口。

這時，姚氏身邊的嬤嬤掀簾進來，看看床上的陸佳蒲，道：「秦公子想見四姑娘……」

陸佳蒲倏地坐起來，抓起身邊的枕頭砸下，憤怒地說：「讓他滾！」

枕頭從地上彈起，恰巧打在陸佳茵身上，讓她驚呼一聲。

陸佳蒲聽見聲音，冰寒眸光落在陸佳茵臉上，冷冷道：「妳也滾，我不想再看見妳！」

方瑾枝暗驚。陸佳蒲向來溫柔和氣，這麼多年從未見過她發火，甚至連她生氣皺眉的樣子都沒瞧過。

「姊姊！」陸佳茵撲到床邊，握住陸佳蒲的手。「我知道錯了，可是我真的喜歡他，他心裡也有我……」

陸佳蒲的眼眶噙著淚，卻生生逼回去，把自己的手抽出來，望著一直疼愛的親妹妹。

「妳知道他的身分嗎？他是我的未婚夫，離婚期不到三個月！」每說一字便心如刀絞。

「我知道。」陸佳茵跌坐在地。「可是我喜歡他呀……我知道姊姊對我好，那些衣服、首飾都還給妳，妳再疼我一次……」

「妳設計讓兩家長輩撞見你們私會，已經用妳的方式搶走他了，何必再問我？」陸佳蒲閉上眼，淚水終究沒忍住，滑落下來。

陸佳茵見狀，又去求姚氏。「母親，您勸勸姊姊，讓她原諒我。」

姚氏擦去眼角的淚，望著陸佳蒲，心疼地說：「孩子，母親知道妳委屈。這件事，妳妹妹辦得不對，可若傳出去，她以後別想嫁人了。母親知道妳心善，難道忍心看著妹妹受人欺負、被人指指點點？不如……」咬咬牙，說下去：「母親再給妳挑一門更好的親事？」

方瑾枝一聽，大為震驚，好半天才反應過來。天底下怎麼會有這麼噁心的人？遂冷冷地開口。「既然六表姊口口聲聲說知道錯了，那打算如何彌補呢？」

姚氏和陸佳茵沒想到方瑾枝會出聲。陸佳茵止住哭泣，望著方瑾枝，不知如何回答？

「六表姊要吃齋唸佛懺悔，還是一邊認錯，一邊心安理得嫁去秦家？」

姚氏看陸佳茵一眼，打斷她的話，愁眉苦臉地說：「這也是沒辦法的事。手心手背都是肉，只能尋找誰都不傷害的法子。」

方瑾枝冷笑。「就算六表姊嫁去秦家，這輩子也抹不掉搶走親姊夫的罪名！」

陸佳蒲聞言，握住方瑾枝的手，對她搖搖頭。

方瑾枝見狀，把肚子裡的話忍下去。再怎麼說，她都是個外人。

接著，陸佳蒲望向姚氏。「佳茵不是個會算計的。這次，是有人指點她吧？」

姚氏急道：「妳這是什麼意思？難不成還是母親偏心幫她不成？」

陸佳蒲輕聲道：「我聽說，當初瑾枝搬來咱們家時，她家的商鋪由您和五嬸代為打點。可是前幾日，五嬸把她手中所有的方家商鋪都給了您。」

方瑾枝一愣。怎麼還牽扯到她家了？之前離開十多日，竟是一點都不知情。

陸佳蒲盯著姚氏，眼睛一眨不眨，不想錯過她臉上任何一個表情。「女兒聽說，這次選秀，咱們陸家得出一個女兒，適齡的姑娘，只有我、佳萱和佳茵。曾祖母暗地裡說過，佳茵性子莽撞，若是入宮，說不定會惹禍，連累陸家。」

「妳、妳說這些做什麼？」姚氏望著陸佳蒲，表情驚懼，捏著帕子的手忍不住顫抖。

陸佳蒲緩緩搖頭，目光中溢滿懷疑，問道：「我真是您的親生女兒嗎？」

「不是這樣的，是誰在妳耳邊挑撥?!」姚氏尖聲辯解，但完全掩蓋不了嗓音裡的慌亂。

大抵眼淚哭盡，陸佳蒲反而輕笑了下。「母親，是不是我不爭不搶，您就認為我傻、我笨？」又轉頭看陸佳茵。「宮中凶險，陛下命不久矣，入宮後極可能得殉葬。我訂了親，家裡許會在妳和佳萱中選一個。我怕曾祖母選中妳，便打算好，若是如此，就代替妳去。」

陸佳茵震驚地望著陸佳蒲，立時呆住。

陸佳蒲緩緩搖頭。「在姊姊全心全意想護著妳時，妳在做什麼？和我的未婚夫私會！」

陸佳蒲摀住臉，大哭出聲，肝腸寸斷，只是淚水已乾，一滴眼淚也沒能流出來。她縱然滿意和秦家的婚事，縱然中意秦錦峰，可遠不到非他不嫁的地步。若秦錦峰喜歡別人，她心裡會不舒服，但絕對不至於痛苦，讓她生無可戀的，是自己的母親和妹妹。

「四表姊……」方瑾枝心疼地把陸佳蒲抱在懷裡，一下又一下拍著她的後背，忍不住落淚。她曾覺得，雖然陸佳蒲對她很好，卻不大喜歡其和軟的性子，總覺得她不夠精明。孰料，其實陸佳蒲什麼都明白，只是對待自己的至親心存善念。

「佳蒲……」姚氏望著大女兒，心裡似被針扎一樣難受。但她有什麼辦法？陸申松官途不順，需要銀子打點；長子陸無砌的前程也要早做準備；不爭氣的弟弟也欠下許多賭債……

她曉得陸佳茵看上秦錦峰，又知道陳氏想盡法子不讓陸佳萱入宮，所以暗示陳氏。陳氏十分痛快，將當初接手的方家商鋪、莊子全給她。後來，孫氏看不上陸佳茵，擔心她入宮闖禍，連累陸家，姚氏這才把主意打到陸佳蒲身上。雖然都是女兒，可她更喜歡小女兒……

這時，丫鬟進來稟道：「稟夫人、姑娘，秦公子跪在外面求見，有話要對四姑娘說。」

陸佳蒲聽了，起身下床，但身體十分虛弱，需要方瑾枝攙扶，才艱難地走出去。

院子裡，秦錦峰跪在臺階下，他的妹妹秦雨楠守在一旁，十分焦急。

他沒聽見屋裡幾人說的話，卻能聽見哭聲，看見陸佳蒲出來，仰頭望著她。「我和妳妹妹之間什麼都沒有，我沒做對不起妳的事。別哭，我不會負妳！」

方瑾枝聞言，捏捏陸佳蒲的手，替她高興，卻發現她臉上並無歡喜表情，心裡一沈。

「秦公子不必如此，我當不起這一跪。」陸佳蒲側首，吩咐丫鬟扶起秦錦峰。

「佳蒲，妳要相信我！」秦錦峰向前一步，卻見陸佳蒲後退，不得不停下來。

「這與相信無關。事已至此，你能如何？」陸佳蒲緩緩搖頭。「你不可能不娶她。」

「為什麼不可能？我與她清清白白！」秦錦峰十分焦急，心裡慌張。

「你我緣分已盡，日後不必再相見。」陸佳蒲釋然，嫣然一笑，對扶著她的方瑾枝說：「我想回房了。」

方瑾枝想勸，想了想，把話嚥回去，冷冷看姚氏和陸佳茵一眼，攙扶陸佳蒲離開。

秦錦峰呆愣望著陸佳蒲的背影。原本對她不過是未來妻子的責任，這一刻，心潮為這個總是溫柔如水的姑娘起了漣漪。

但他知道，一切都遲了。

第二十三章

陸家和秦家的聯姻沒有取消，婚期也沒變，只是新娘由陸佳蒲換成陸佳茵。

聽說秦錦峰曾反對過，卻被家中長輩動用家法教訓。

方瑾枝把這事告訴陸佳蒲時，陸佳蒲只是淺淺地笑了笑，未再多言。

正月十五，陸佳蒲入宮。因之前和秦錦峰訂親，陸家早已為她備好嫁妝，但她離府時卻什麼都不肯帶。姚氏苦勸，哭得像淚人兒一樣，陸佳蒲只是搖頭，嘴角帶著疏離淺笑。

姚氏這才知道，長女是要跟她斷了母女情分，哭到昏厥。

最後，孫氏將陸佳蒲喊去，好好寬慰，硬是塞了一疊厚厚銀票。她是真的心疼陸佳蒲，誰捨得把花一樣的姑娘送進宮裡？如今皇帝此番情景，等於直接將陸佳蒲送進皇陵。但她也有算計，日後情景誰知如何？這回三房做得太過分，怕向來溫婉的孩子對陸家心存恨意。

「孩子，這苦差事最後竟落到妳身上，妳懂事通透，祖母實在捨不得。放心，他日宮中生變……」孫氏壓低聲音。「說句大不敬的話，若陛下駕崩，祖母拚命也要把妳救回來！」

陸佳蒲起身，在孫氏面前跪下三拜，哽咽地說：「有祖母這番話，孫女死而無怨。」

她是真的不怨恨孫氏，若當初被選中的是她，縱使心裡難受，她也會頂著陸家孫女的身分，認命入宮。

只是此番蹉跎，心已涼。

陸佳蒲入宮前，方瑾枝去看她。

她繡完披錦，陸佳蒲卻沒有帶走，只摩挲上面的花紋，眼中帶著隱忍的嚮往，有些悵然地說：「表妹，四姊要辜負妳的一片心意了。宮中妃嬪，不可用正紅。」

方瑾枝聞言，狠狠咬了下嘴唇。「是我顧慮不周……」轉身將準備好的錦盒塞給陸佳蒲，裡面也是銀票。

陸佳蒲沈默一下，才道：「瑾枝，我要離開了，有些話想和妳說。我知道妳在姚氏手裡的酒莊做了手腳。」

方瑾枝愣住。

「妳別急，她不知道。」陸佳蒲語氣淡然。「表姊只是想提醒妳，如果妳要做什麼，動作要快。她最近缺銀子，要不了多久，就會去查帳。」

方瑾枝默默記下，回到自己的院子才想起，陸佳蒲竟沒再稱呼姚氏為母親。原來最是溫婉柔弱的人，絕情起來最是不可挽回。

她望著身前的正紅披錦，上面的百花圖爭奇鬥豔，美好瑰麗，不由嘆氣，讓衛嬤嬤尋了梨花木方箱，將這曾代表了憧憬未來的披錦摺好放進去。

正月十五夜晚，朱公公悄聲走進宮殿，稟道：「陛下，時辰不早，該歇著了。」

楚懷川嗯了聲，目光未離開手中的書卷，動也不動。

朱公公見狀，遞上牌子，硬著頭皮說：「陛下要宿在何處？今日新進了一批秀女。」

楚懷川抬眼，隨意地掃過那些牌子，不由皺眉。「陸佳蒲？怎麼會有陸家的女兒？」

「回稟陛下，這次入宮的秀女皆是朝中侯府、重臣之女。」

楚懷川不耐煩地說：「那就她吧。」

「是，奴才馬上去辦。」朱公公欣喜地一路疾走，前往暫且安置秀女的鸞秀宮。

今日是陸佳蒲第一天入宮，和其他秀女們剛剛安頓下來，朱公公就過來喊人，著實讓她意外，強壓下心裡的不安，跟著他去楚懷川的寢殿。

「參見陛下。」陸佳蒲按照宮中禮節，規矩跪拜。

「起來吧。」楚懷川抬頭看她，咦了聲，起身走到她面前，問道：「妳冷？」

陸佳蒲垂眼，規矩地回答：「妾身不冷。」

楚懷川聞言，順勢在她的臉上摸了下。「這麼涼，還說不冷？」又抓住她的手腕，直接把人拉到長案邊。「這兒暖和。」

陸佳蒲繃著身子，跪坐在一旁，低聲說：「謝陛下恩典。」

朱公公見狀，混濁的眼珠轉了圈，急忙捧來暖手爐遞給陸佳蒲。

陸佳蒲謝過收下，暖意一點一點襲來，驅散了寒冷。

楚懷川偏頭，表情稀奇地望著陸佳蒲。

陸佳蒲知道他在打量自己，不敢抬頭，只是跪坐得更端正，任由他瞧。

「陸佳蒲，妳不記得朕了嗎？」楚懷川抬手在她眼前晃晃。「真不記得了？小時候，朕還掐過妳啊。哈，就這樣！」伸手掐掐她的臉頰。

陸佳蒲的頭垂得越發低了。「妾身記得……」

楚懷川咧嘴笑出聲。「當時妳才一歲，怎麼可能記得？小心朕治妳欺君之罪！」

陸佳蒲身子一顫，急忙跪拜。「請陛下降罪。」咬了咬唇，終究還是小聲說：「可是妾身四歲時，陛下也掐過……」

「有嗎？」楚懷川皺著眉，細細回憶。

幼時，楚懷川時常住在溫國公府，那時候陸佳蒲剛出生，他才五歲，第一次見到那麼小的孩子，覺得新鮮，時常去看她。等到陸佳蒲一歲多、堪堪會走路的時候，覺得更是好玩，還掐過她的臉。

後來，他離開溫國公府，回宮當起小皇帝，偶爾才去溫國公府。就是在那個時候欺負陸佳蒲的嗎？他不記得了。反正整個溫國公府裡的少爺、姑娘們，除了陸無硯與方瑾枝，都被他欺負過。

「陛下，該喝藥了。」小宮女走進殿裡，帶來一陣濃濃的湯藥味。

楚懷川立刻皺眉，臉色微沈。

朱公公急忙在一旁勸：「陛下，這湯藥不能等涼了再喝……」

楚懷川煩躁地將手中茶盞用力一放，朱公公和小宮女立刻跪下。

楚懷川忽然起身，湊到陸佳蒲的臉前，問道：「妳在溫國公府不受歡迎，還是得罪了誰？他們為什麼要把妳送給一個將死之人？」

陸佳蒲心裡一顫，急忙說：「陛下會長命百歲！」

楚懷川嗤笑出聲。

陸佳蒲見狀，猶豫一會兒，試探著說：「陛下，妾身曾經聽過一個故事。從前有位史官，總覺得自己得病，整日鬱鬱寡歡。他的妻子為他焦慮不安，延請很多位名醫來瞧，那些名醫都說他沒有生病，可史官總是不信。後來，他竟真的染病，早早地去了。」

楚懷川打量她的眉眼，沒有說話。

陸佳蒲有些忐忑，繼續說：「還有，某位老者染上惡疾，所有大夫都說他活不過三個月，但是那位老者十分樂觀，鄰里之人總是能聽見他的暢懷大笑聲。最後這位老者不僅沒在三個月內故去，反而活過百歲……」

楚懷川還是沒有說話，朱公公和小宮女仍跪在地上，殿內一時死寂。

陸佳蒲忽然後悔了，她不該多話的。

「陸佳蒲，妳會照顧孩子嗎？」楚懷川忽然開口問道。

陸佳蒲茫然，不大懂楚懷川的意思，只點點頭。「在家中照顧過弟妹，這樣算嗎？」

「那妳願不願意幫朕照顧雅和公主？」楚懷川又問。

陸佳蒲心裡一跳，不由怔住。雅和公主是已故去的皇后所出，也是楚懷川如今唯一的子嗣，至今不過三個月大。楚懷川身子不好，所以早早立后，但皇后卻因難產過世了。

朱公公也十分震驚，急忙道：「陛下，這不合規矩！」

「你怎麼還在這兒杵著啊？礙不礙眼？」楚懷川煩躁地瞪他一眼。

朱公公硬著頭皮繼續勸：「陛下，沒有將公主交給剛入宮的秀女照顧的先例……」

楚懷川聞言，想了想，笑著望向陸佳蒲。「今晚，妳一口一個長命百歲，朕就封妳為『長妃』如何？『歲』妃也成。」說完，自己先哈哈大笑起來。

陸佳蒲低下頭，小聲說：「妾身謝陛下恩典。」

「朕逗妳玩的。」楚懷川輕輕敲了下陸佳蒲的額頭。「封……煦妃。」

接著，他端起長案上的湯藥一飲而盡。他早就不知道什麼是苦了，喝一輩子的藥，已經喝煩了。扔下藥碗，朝龍床走去。

陸佳蒲抿唇，急忙起身跟上。

楚懷川突然轉身，陸佳蒲一驚，生生頓住腳步，差點撞上他。可即便如此，兩個人也靠近了許多，陸佳蒲不由後退一步。

楚懷川一本正經地說：「要不然，妳當朕的皇后吧？」

陸佳蒲呆住，不可思議地望著楚懷川。

楚懷川卻皺了眉，搖搖頭。「現在還不行。因為妳姓陸，朝中那些閒著沒事幹的老頭肯定反對。」

陸佳蒲聽了，這才在心裡舒了口氣。

「妳給朕生個皇子吧？不然，就算妳當上皇后，朕駕崩後，妳也活不成，多可惜。」

陸佳蒲垂著眉眼，又重複一遍。「陛下會長命百歲。」

楚懷川搖搖頭，把她牽上龍床，垂下厚重繁複的床幔。

陸佳蒲安安靜靜地躺在床外側，楚懷川半支起身子看她。「陸佳蒲，妳在害怕嗎？」

陸佳蒲咬唇，小聲說：「有一點。」

楚懷川笑了，伸手去解她的衣服，解到抹胸的繫帶時，動作頓住，忽然不忍心，彈了下陸佳蒲的額頭，笑嘻嘻地問：「蠢丫頭，朕送妳出宮如何？」

陸佳蒲呆呆望著楚懷川，不明白他的意思。

「笨死了。」楚懷川躺在她身側，捏她的臉。「朕送妳回家，讓妳父母再給妳尋一門好親事。欸，妳怎麼哭了?!」見她半裸的模樣，慌慌張張地把外衫胡亂蓋在她身上。「朕什麼都沒看見，也會命令那些太監閉嘴，不壞妳的名聲。妳放心，後宮裡沒侍寢的秀女多了去，不會影響妳再嫁。」

他抬頭，看陸佳蒲還在哭，眼淚無聲地從眼角流出來，一點點滲進耳邊墨色的長髮裡，乾脆起來，盤腿坐在她身邊，板著臉說：「再哭，打妳屁股。」

陸佳蒲偏頭看他，從被子裡伸出手拭淚，直到把眼淚都擦乾，才小聲說：「聖前無容，請陛下降罪。」

楚懷川嘆氣。「妳不想回家？氣陸家人把妳送進宮？」

陸佳蒲猶豫一下，道：「臣妾沒有家人了……」別的，不肯多說了。

楚懷川聞言，目光落在陸佳蒲鬢邊被淚水浸濕、黏在一起的黑髮，想伸手理順，卻忍住了。他收起嬉皮笑臉的樣子，認真地說：「朕可以幫妳指婚，不靠妳父母。」

陸佳蒲也坐起來，垂著頭，失落地說：「若臣妾惹陛下厭惡，請陛下准許臣妾回安置秀女的鸞秀宮……」眼淚又落下來，她慌忙抬手，抹去被子上的淚漬。

楚懷川聽了，恨鐵不成鋼地瞪著她。怎麼能這麼笨？侍寢半途被趕回鸞秀宮，日後還想在宮裡待下去嗎？那些見風使舵的宮女、太監都能欺負死她。遂栽倒在枕頭上，沒好氣地說：「伺候朕歇著！」

「是。」陸佳蒲轉過身，猶豫一瞬，才生澀地去解他的衣服。

楚懷川見狀，輕輕一拉，把陸佳蒲扯到懷裡，嬉皮笑臉地說：「閉眼。」

陸佳蒲的眼睫顫了下，聽話地閉上眼睛。

楚懷川俯身，低頭吻走她睫上未乾的淚珠，猶豫一瞬，又去吻她柔軟的唇，抱緊她，徹底占有……

事畢，楚懷川躺在床上，尋個更舒服的姿勢，抱住陸佳蒲纖細的腰身，把她摟在懷裡。

「陛下？」陸佳蒲轉過頭看他，小聲說：「陛下，妾身不回去了嗎？」按規矩，她是不能留在這裡的。

「嗯。」

聽見楚懷川的回答後，陸佳蒲體力不支，沒多久就睡著了。

等到陸佳蒲睡沈，楚懷川悄聲走出寢殿，吩咐小太監去調查陸佳蒲進宮的緣由。小太監領命去了，沒多久便趕回來，細細稟報。

楚懷川聽著，瞇起眼睛，望著剛剛升起的旭日，輕聲說了句。「真巧。」

小太監彎著腰，不敢揣摩聖意。

楚懷川走回寢殿，陸佳蒲已經醒了，正慌張地穿衣服，見楚懷川進來，急忙下床行禮。

「給陛下請安。臣妾起遲了，請陛下降罪……」

楚懷川走到床邊，把她擁在懷裡，像哄小孩子那樣，輕輕拍她的後背，下巴抵在她的肩上，靠著她。

「以後，朕做妳的家人。」他聲音漸低。「我們做彼此的家人。」

正月十六，陸佳蒲被封煦妃，還奉命照顧雅和公主的消息傳回陸家，眾人驚訝。

孫氏心中寬慰。幸好之前對陸佳蒲還不錯，若讓陸佳蒲記恨陸家，後果真是不堪設想。

姚氏為錢財賣了大女兒，愧疚難忍，如今聽聞她在宮中得了恩寵，也感到歡喜。可歡喜持續不到一刻鐘，便開始心慌。這個已和她斷絕情分的長女，會不會利用身分來報復她？

陸佳茵向來不聰明，沒想到姚氏擔心的事，聽說陸佳蒲被封妃，鬆了口氣，之前那些愧疚也消失了。或許陸佳蒲還要謝謝她呢，若不是她，哪能有這般造化？

方瑾枝則喜憂參半。因為今天不僅陸佳蒲封妃，也是陸無硯啟程去國召寺的日子。之前的宮宴上，陸無硯說要替楚懷川出家，縱使日後不過是初一、十五去寺裡，但為表示誠心，年後他得在國召寺住一個月。

方瑾枝幫著陸無硯收拾東西，滿臉不高興。

「三哥哥……」她疊衣服的手頓住，走到坐在藤椅裡的陸無硯身邊，認真地說：「一個月見不到你，我捨不得。」彎下腰摟住他的脖子，臉貼在他耳畔，嗓音裡帶著濃濃的不捨。

陸無硯把她抱到膝上，嘆口氣。「三哥哥沒辦法安慰妳，因為我也捨不得。」

方瑾枝鑽進陸無硯懷裡，任性地說：「我不管。你啟程前，我都不要起來了！」隨即雙手掩著臉，悶聲說：「怎麼辦呀……三哥哥，我知道我這樣太不矜持、太不像話……」

「可是……」她放下手，用含著真摯情意的明眸望著陸無硯。「三哥哥，我就是想跟你說實話，告訴你，我捨不得。」又撒嬌去搖他的胳膊。「三哥哥不能嫌棄這樣的我。」

陸無硯笑著摟緊她。「怎麼可能嫌棄。怎麼樣的妳，三哥哥都喜歡。如此說實話的妳，格外喜歡。」心中不無感慨，今生的她與前世的她在對待別人時完全一樣，但在他面前竟是判若兩人，腦海中不由浮現前世那個明明喜歡他，卻偏偏躲著、裝作毫不在意的方瑾枝。

「等我回來，咱們就成親，到時候，再也不會分離。」陸無硯的指腹劃過方瑾枝的臉頰，目光漸柔。若說起來，他更喜歡如今的方瑾枝，這樣真實的她，讓他喜歡得不得了。當她用一雙純真的眼睛望著他，一口一個喜歡時，心裡是兩世不曾有過的歡喜。

方瑾枝重重點頭。「好，瑾枝等三哥哥回來！」

陸無硯拖到很晚才啟程。方瑾枝站在院口揮手送他，直到馬車離開。

第二十四章

陸無硯上國召寺後，方瑾枝利用到茶莊查帳的藉口，去了先前吳嬤嬤看中的花莊，對那裡簡直是萬分滿意。

她踏進花莊，濃郁的花香味便飄過來。這處花莊不僅有很多花田、花圃、花室，甚至隨處可見肆意生長的鮮花，便不再考慮吳嬤嬤說的其他地方。雖然這花莊要價不菲，還是毫不猶豫地買下來。

另外，她查看了這處花莊原本就有的別院，雖然談不上精緻奢華，但十分寬敞，便吩咐吳嬤嬤找人按她的意思改建。畢竟要給方瑾平、方瑾安住，很多設置都與尋常院落不同。

吳嬤嬤一一記下，又高興地說：「姑娘，酒莊的事情辦妥了。」

方瑾枝聽了，更是歡喜，隨手採下一枝路邊的小野菊，聞著輕淡香氣，好像看見美好的未來。

幾日後，三房的嬤嬤匆匆走進姚氏房中，焦急地說：「酣香酒莊出事了！」

姚氏本來倚著小几休息，聞言立刻坐直身子。酣香酒莊是如今手中商鋪最為賺錢的，她最近正需要從那兒取銀子，忙問：「怎麼了？」

「前幾日，酣香酒莊的酒窖失火，雖然有損失，可仗著其他酒窖的存貨，倒還足夠。但不知為何，最近酣香酒莊裡出的椒漿酒品接二連三被退，薏苡仁酒更被說是假酒，兌了一大半的水。」

姚氏氣得拍桌。「那就換酒或賠錢給他們！一時賠錢不要緊，不能斷了後路！」

嬤嬤面露難色。「可是老奴讓管事查了其他的酒，有問題的竟占五成。再加上之前酒窖失火，咱們現在沒有酒可以換，而且賠償的錢是好大一筆銀子啊！」

「佳蒲……」姚氏心亂如麻，想問大女兒的意見，可站在身邊的，只有為了婚事而心不在焉的陸佳茵。

當日，姚氏匆匆出府，前往酣香酒莊查看，情況比她想的還要差。她仔細查帳，才發現今年進項出奇地少，加上最近出的事，竟是入不敷出。

姚氏咬牙，拿出其他鋪子的錢去補償那些購買劣酒的酒樓，希望可以解決這次波折，千萬不能影響酣香酒莊以後的生意。

她投入大筆銀子，整日焦灼不堪地等消息，可是掌櫃的卻告訴她，那些老主顧不願意繼續跟酣香酒莊訂酒了。原以為他們想藉機壓價，但去查才知道，他們早在別處訂酒，那處酒莊的主人正是先前因書畫而聲名大噪的心各先生，才意識到有人要搞垮她的酒莊。

姚氏愁眉不展，但四、五日後是陸文岩的壽辰，不得不硬扯出笑容，忙裡忙外。

陳氏見狀，挑眉笑道：「這幾日，三嫂的臉色不大好看啊。」

姚氏訕笑著說：「可能是變天了，有些著涼。」

如今正值萬物復甦的春季，天氣一天比一天暖和，哪裡又來變天一說？

陳氏也是八面玲瓏的人，加上消息靈通，當然知道酣香酒莊出事，低著頭，但笑不語。

筵席上，方瑾枝聞聞酒樽，甜甜地對陸文岩說：「外祖父，這梨花酒真香。」

陸文岩笑了兩聲。「妳可別喝，小心再醉了。」

方瑾枝不好意思地抿唇。「外祖父笑話我。我現在已經能喝一點點啦，不會醉的。」說著，淺嚐一口酒樽裡的梨花酒。

美人小酌，帶著一點醉人的美。

陸無磯不由多看她兩眼，隨即別開目光，將手中的酒一飲而盡。

「咱們瑾枝竟然會喝酒了！」陸文岩大笑。

方瑾枝放下酒樽，酒還剩一半，卻是眉心輕蹙，表情帶著困惑。

「怎麼了，莫不是醉了？」陳氏在一旁關切地問。

「沒有。」方瑾枝甜甜地笑。「只是覺得這梨花酒的味道，和小時候的不大一樣。」

姚氏暗驚，皺著眉說：「妳小時候又沒喝過酒，怎麼會知道味道不一樣？」

「我的確沒喝過，可是爹爹喜歡喝，每日晚膳時都要喝上淺淺一杯。我靠近爹爹時，爹爹身上都是梨花酒的味道。」

方瑾枝垂眸，望著酒樽裡的梨花酒，緩緩搖頭。「這酒的味道不對勁。唔，我不是說這酒不好，而是不像爹爹酒莊裡的酒。府裡用的酒，不都是從那裡拿的嗎？」話落，側過頭望著姚氏，眼睛裡有深深的疑惑，還有一絲淺淺的笑。

在方瑾枝這般看似尋常的目光裡，姚氏的心竟是撲通快跳了兩下。

陸文岩皺眉，端起面前酒樽嚐一口。「的確不是酣香酒莊的味道。」

陳氏在一旁幫腔：「三嫂，妳怎麼不用咱們自家酒莊的酒啊？」隨即哎呀一聲，急忙對方瑾枝說：「舅母失言了，是方家的酒莊。瑾枝不要怪舅母說錯話，舅母沒那個意思。」

方瑾枝笑著說：「瑾枝怎麼會怪五舅母呢？都是一家人呀。再說，三舅母是因為我年紀小，不懂得管酒莊，才會含辛茹苦地代為打理，瑾枝感謝都來不及呢。」說到「代為」兩個字時，特別加重了語氣。

姚氏聞言，臉色有些難看，勉強扯出一抹笑容。「舅母聽說瑾枝把茶莊管理得很好，如今妳也長大了，不如把酒莊拿回去一併打理。方家的鋪子、莊子，早晚都要還給妳，早點接手也好。若妳能將酒莊打理得更好，那舅母便可放心交還其他商鋪與田莊了。」

將酒莊打理得更好？如今的酣香酒莊是什麼樣子，方瑾枝清楚得很，它的頹敗，正是她一手設計的。姚氏是因酣香酒莊已不能賺錢，才會歸還，而且言外之意是要她把酣香酒莊打理得比以前更好，才願意交出其他商鋪與田莊。

方瑾枝在心裡冷笑，但面上卻露出驚喜神情。「真的嗎？三舅母真的願意把酒莊交給我打理了？」感動地得紅了眼睛。

這表現像她強占了她的東西似的！姚氏心裡憋氣，偷偷看陸文岩和許氏的神色，笑著道：「妳這孩子說的是什麼話？那些商鋪、田莊都是方家的，舅母不過替妳打理罷了。」

「瑾枝知道。」方瑾枝重重點頭。「我……我是高興。想到可以親手管理父親留下的莊子，就高興得不得了。」

陸文岩看著方瑾枝這般開心的模樣，不由皺眉。如今方瑾枝長大，也該把方家的產業還給她，不然還讓人以為陸家霸占出嫁女兒的家產，只是，他心裡也有顧慮。方家的商鋪、田莊數量實在太多，一下全給方瑾枝打理，擔心她照顧不來。不如就像姚氏說的那樣，先看看她能不能把酣香酒莊打理好再說。

筵席散後，姚氏回自己的院子，越想越不對勁。雖然酣香酒莊如今只是個欠債的空殼子，即使還給方瑾枝，她也不心疼。可是以後呢？方瑾枝長大了，如今還被指婚，要不了多久便會出嫁，等她出嫁時，方家家產就必須歸還。

姚氏在花園裡走來走去，心中煩躁不堪。怎樣才能不用把那些商鋪、田莊還回去？

忽然，她的腳步一頓，眼中浮現一抹戾色——如果方瑾枝死了，就不用還給她！

姚氏被這個想法驚住。她雖不是良善之人，可也沒要過人命。一想到要殺了方瑾枝，心裡不由撲通撲通地跳快幾拍。

但她有什麼辦法？她不僅要為陸申松的官路、長子陸無砌的仕途打點，更重要的是，她那個不成器的弟弟嗜賭成性，欠了一大筆債。

於是，姚氏捏著袖口的手暗暗握拳，心中的驚懼和慌張盡數消失不見，只剩狠辣。

與此同時，陸無硯並不在國召寺，而是去了入樓的密室。

密室裡很黑，一點光都沒有。陸無硯蹙眉，順手點燈。

「誰？誰在那裡?!」質問的聲音裡帶著一絲顫抖。

「是我。」陸無硯轉過身。

顧希和顧望鬆了口氣，急忙爬下床，幫陸無硯拉椅子、倒茶水。

「不必。」陸無硯立在原地。「身體好些了嗎？」

兄弟倆連連點頭，齊聲說：「好多了。」

陸無硯上下打量他們，還是瘦骨嶙峋，不由蹙眉。

片刻後，入毒踩著樓梯，噔噔噔地趕過來。

「人怎麼還是這樣瘦弱？補藥都有喝嗎？」陸無硯質問。

入毒急忙解釋：「他們的底子太差，要調理一段時日才成，不能急於一時。」

陸無硯明白這個道理，又看顧希和顧望一眼，道：「若缺什麼，就跟入毒說。這段日子好好休養。」言罷，即往外走。

顧希上前一步，想叫住陸無硯，又咬著嘴唇，不敢說話。

陸無硯感覺到了，停下腳步，回過身。「有事？」

「什、什麼時候醫治我們？」顧希有些畏懼地望著陸無硯。顧望陪著他，沒有說話。

「你們很盼著那一日？」陸無硯勾起嘴角。「難道你們忘了，成功很難？」

顧希鼓起勇氣道：「我們知道，你要拿我們試試，好找出方法治另外一對小女孩。這段日子，不用躲起來，這裡的人也不會想燒死我們，我們已經很滿足、很感激。」

顧望在一旁小聲地說：「我們沒什麼能報答你的，唯有性命。」

陸無硯挑眉，有些驚訝地看他們，沈默一下，道：「任何時候，都不能放棄生機。」

顧希和顧望與陸無硯對視，重重點頭。

陸無硯又吩咐入毒兩句，才離開密室。

陸無硯走出密室後，轉身去了角落裡的房間。

他剛想叩門，木門從裡面打開，開門的正是雲希林。

陸無硯進去後，先上下打量雲希林一番，笑道：「雲先生居然躲過入酒這麼多年的追殺，而且四肢依然健全，實屬不易。」

「無硯，你越來越不懂得尊師重道了。」雲希林走到八仙桌旁，逕自倒杯酒，一飲而盡。「知道你嫌髒，就不請你坐、不請你喝酒了。」

陸無硯思索，道：「雲先生打算一直東躲西藏？不若趁著閒餘工夫，多出去走走。」

雲希林笑笑。「然後順便幫你找個人？」

「哦？先生倒是說說看，我想讓您找的人是誰？」

雲希林又喝了口酒。「雖然我不知你最近在忙什麼，但知道你尋找很多名醫，是要診治陛下，還是救別的人？如果我猜得不錯，你是要我去別國抓個名醫回來？」

「不錯。」陸無硯點頭。

雲希林奇怪地咦了聲。「整座入樓能人薈萃，抓人這種事，她們可比我擅長，何必讓我這個老人家去抓？」

「並非抓人，而是請人。」陸無硯道：「那人曾是一國帝王之徒，卻是個瞎子，醫術高超，但生性怪癖。」頓了頓。「不瞞先生說，這人雖是瞎子，但武藝卓群，即使是入酒，也不能動他分毫。」

雲希林喝酒的動作一頓。「我知道。劉明恕，戚國人，其母為戚國太后的姊姊，自小父母雙亡，因眼疾被戚國上位君主挑中，成為帝王之徒，學習醫術、武藝、謀略。」說著，皺起眉。「可是很多年前，他就離開戚國了，現在在哪裡？」

陸無硯攤手。「所以才請雲先生幫忙找。」笑著將袖中的信札放在雲希林面前的桌上。「這裡記載了他最近三年曾去過的地方，也許有用。」

雲希林隨意翻了翻，眉頭越皺越緊。「這人的行蹤也太飄忽不定了。」

「無硯相信雲先生的能力。」陸無硯輕笑。「倘若雲先生能請到他，無硯一定去母親那裡，為雲先生多說幾句好話。」

雲希林聞言，用古井無波的目光瞪陸無硯一眼，終究還是將桌子上的信札收入懷中，也不管陸無硯還在這裡，匆匆離開入樓。

陸無硯看著他走遠，時辰也差不多，便不再耽擱，立刻回國召寺。

第二十五章

隔日，方瑾枝走到火盆前，仔細打量燒盡的銀絲炭，又彎下腰聞，總覺得有股香氣。

「姑娘，您起來啦。」米寶兒和鹽寶兒端著洗臉水進屋。

方瑾枝打量米寶兒一眼。「昨兒燒的炭火是以前用的嗎？我怎麼覺得不大一樣。」

「哦，不是。」米寶兒放下水盆。「昨兒三奶奶說，府裡進了一批新的銀絲炭，讓奴婢過去取。」說完抬頭看方瑾枝，有些疑惑地問：「怎麼了？那炭不好嗎？」

方瑾枝收回目光，抿唇道：「去請個大夫回來吧。」目光落在牆角的火盆上，帶著一抹鬱色。

米寶兒猛地睜大眼睛，驚呼出聲：「姑娘，您是說三奶奶給的這批銀絲炭有問題？」

「還不曉得，得請大夫過來瞧瞧才知道。」方瑾枝挽起袖子，把手浸在溫水裡。

「奴婢這就去請大夫！」米寶兒轉身往外跑，踩得樓梯一陣響。

方瑾枝輕笑一聲，對鹽寶兒說：「妳數到十，米寶兒肯定跑回來。」

鹽寶兒愣了下，果真開始數數，才數到七，就聽見樓梯又響起腳步聲。

米寶兒衝到方瑾枝面前，大口喘氣，氣喘吁吁地說：「姑娘，我什麼都不知道啊！我沒有被收買！」

方瑾枝噗哧一聲笑出來，無奈地搖搖頭。

鹽寶兒也跟著笑，扯扯米寶兒的袖子，道：「妳傻吶！如果姑娘懷疑，怎麼會讓妳去請大夫？」

「哦！」米寶兒恍然大悟。「奴婢這就去，請最好最有名的大夫！」立刻跑出去了。

不一會兒，大夫上門，查看許久，才確定這些銀絲炭中有毒，一次、兩次燃燒並不能致死，但天長日久地用下去，等到傷了內臟，便是神仙難救。

鹽寶兒聽了，上樓回稟方瑾枝，米寶兒則硬撐著一抹笑，送大夫出府。

米寶兒把大夫送走後，一溜煙跑回來，氣憤地說：「太可惡了！三奶奶居然想殺人，還利用我！」

「小聲點，別吵。」卓嬤嬤輕聲斥責自己的女兒。

米寶兒偷偷看了靜坐在一旁的方瑾枝一眼，安靜下來，不再吵鬧。

衛嬤嬤急得團團轉，嘴裡不停念叨：「這可怎麼辦？三奶奶竟然想殺人啊！」

見她自亂陣腳，方瑾枝嘆口氣，不得不出聲安慰。「這不是被咱們發現了嗎？我好好的，嬤嬤不要擔心。」

衛嬤嬤卻一拍大腿，焦急地說：「誰知道除了銀絲炭，還有沒有別的東西有問題？就算沒問題，現在三奶奶想殺人，一定會再出損招！造孽喲，三奶奶瞧著那麼光鮮亮麗，心腸怎麼那麼狠？」

衛嬤嬤說的話，方瑾枝都想過，姚氏這麼做，就是希望獨吞方家家產，嘴角不由噙了一抹嘲諷的笑，有點看不上姚氏那點手段。她都長這麼大了，現在才想著殺掉她？太遲了！

「行了，不要擔心，我有分寸。咱們請大夫的事，想必三奶奶已經知道，說不定日後又要使什麼手段。接下來的日子，妳們幾個當心些，若有不尋常的事，都跟我說。」

方瑾枝吩咐完，望著靜靜坐在一旁的兩個妹妹。「其他的都好說，切不可讓三奶奶知道平平與安安的存在。忍一忍，撐到把她們送出去，到時一口氣將咱們方家的東西全搶回來，她便不能再奈我何。」

這段日子，儘管內心不捨，她仍繼續相勸，好不容易才說服妹妹們，讓她們願意搬到花莊去住。為了兩人的安全著想，遷居的事只許成功，不許失敗。

「欸！」衛嬤嬤重重應了一聲。

方瑾枝請大夫的事，的確傳到姚氏耳中。

姚氏不安地等待幾日，並未等到方瑾枝去向陸文岩告狀，猜著應當是方瑾枝沒有十足把握，才不敢去，不由鬆了口氣。

事以至此，斷然沒有收手的道理！

姚氏明白，方瑾枝身邊的人都是她從方家帶來，還是她父母留給她的，想要收買著實不容易，不禁後悔，幾年前應該想方設法在她房裡放自己的人。

她想了想，吩咐手下去查方瑾枝身邊那幾個奴僕的底細，打定主意，定不會把那些吞下去的財產還回去！

又過了十日，方瑾枝去靜寧庵看望靜憶。

每回上山，她總覺得靜憶穿得很少。雖然如今天氣轉暖，可早晚也是有些冷，擔心靜憶早起唸經時再著涼，所以親自挑布，做了雙厚厚的軟底素色鞋給她，穿著暖和些。

方瑾枝沒見幾年前已搬回庵裡的靜心師太，沿著小道走，直接去靜憶的院子。

見到靜憶，方瑾枝甜甜地道：「師太，瑾枝特地來看您啦！」搖搖手裡的小包裹，將它遞給靜憶。「師太，我的繡功平平，這雙鞋子雖不算好看，可是很暖和的。」

靜憶打開小包裹，有些受寵若驚地看著那雙素淨的軟底鞋子，在方瑾枝充滿期待的目光裡，脫下腳上的單鞋換上，大小正適合。

「我很喜歡，妳有心了。」靜憶連說兩遍，心中竟起了一絲波動。她在靜寧庵中青燈古佛十多年，早已心靜如水，可是每當看見方瑾枝時，總是會激起幾許歡喜的漣漪。

「對待喜歡的人，自然要有心呀。」方瑾枝笑著道。她一直是這樣，對待喜歡的人向來用心，恨不得將一切好的東西都送給對方。

此時，一串細碎腳步聲傳來，門被推開，來人喊了聲師妹，有些驚訝地看著方瑾枝。

聲音有點耳熟，方瑾枝疑惑地轉身，望向站在門口的人，呆愣許久，才驚愕地喊：「母妃……」

立在門口的人，竟是早已去世的錦熙王妃。

方瑾枝的印象裡，錦熙王妃美豔而雍容，帶著通體的高貴氣派，哪裡是此時素衣無華、不施粉黛的樣子？

錦熙王妃收起訝異表情，淺淺地笑了笑，走到方瑾枝身邊的小杌子坐下。「竟是不知妳認識我妹妹。」

方瑾枝更加驚訝，看看錦熙王妃，又看看坐在對面的靜憶。之前錦熙王妃珠光寶氣，如今卸妝，和靜憶穿著一樣的素袍，才發現兩人眉宇之間，的確有三、四分相似。

「妳喊我姊姊母妃？」靜憶有些驚訝。

錦熙王妃對靜憶解釋了之前的事，而後看向方瑾枝，柔聲道：「以後這裡沒有王妃了，錦熙王妃已經病故。我是靜思，再擔不起小郡主的一聲『母妃』。」

「靜思師太……」方瑾枝皺著眉，覺得有些彆扭。

靜憶看著她們，笑著說：「不過一個稱呼而已。如今姊姊棲身於此，實在不宜暴露先前的身分。」拍拍方瑾枝的手。「瑾枝，不要讓別人知道我姊姊在這裡，好嗎？」

「瑾枝曉得。」方瑾枝急忙答應。

靜憶點點頭。「也是有緣。沒想到妳們之間還有這麼特殊的緣分。」

靜思失笑，目光落在靜憶握著方瑾枝的手上，隨口道：「妹妹，我瞧著妳們倒是更像母女。」

靜憶聞言，嘴角笑意一凝，蹙起眉，指尖撥動手腕上的佛珠。

靜思知道自己失言了，看了靜憶腳上的新鞋子一眼，岔開話題。「瑾枝，難道新鞋光我妹妹有，我沒有不成？」

方瑾枝忙笑著說：「有的有的，知道您還活著，瑾枝好開心，回去就做。到時候，您可別嫌棄我做得不好。」

「好，無論妳做成什麼樣子，我都穿。」靜思柔聲應下。

另一邊，方瑾枝出門時，姚氏沒閒著，細細聽下人回稟，決定把主意打在卓嬤嬤的長子李清河身上。

姚氏無法收買方瑾枝身邊的人，但打聽到卓嬤嬤的長子這些年一直在莊子裡幹活，應該完全沒見過方瑾枝，也不怎麼常見他母親，而且……他好賭。

姚氏的嘴角輕輕勾起，露出一抹不懷好意的笑。陸無硯快回來了，她的動作一定要快，要趕在他回府前把事情辦妥，免得夜長夢多！

想掌控嗜賭成性的人並不難，姚氏只略施手段就收買了李清河，還直接升他當管事。

李清河按姚氏的吩咐，來溫國公府看望卓嬤嬤，還帶來莊子裡出的第一批新鮮果子，但裡面是下了毒的。

陸無硯回來前一天，陸文岩休沐，三房的人聚在一起用午膳。

姚氏有些坐立不安，目光時不時落在方瑾枝身上。已經三天了，難道方瑾枝沒有吃那些果子，被她識破了？一想到此，姚氏不由驚慌。若是如此，她當著陸文岩的面把事情捅出來怎麼辦？

不，不能自亂陣腳！姚氏在心裡安慰自己。即使方瑾枝識破她的算計，把事情鬧開，她也可以不認。反正李清河是卓嬤嬤的兒子，是方瑾枝從方家帶來的人，她就反咬一口，說方瑾枝誣陷她。

「三嫂今天的臉色有些不好啊。」陳氏笑著說。

「什麼？」姚氏回過神，勉強笑了下。「沒什麼事，就是昨天沒睡好。」

「三舅母為什麼沒睡好呢？」方瑾枝目光灼灼地望著姚氏。

姚氏望著方瑾枝那雙明媚眼眸，心裡忽然撲通撲通跳了兩聲，隱隱生出不祥的預感。

陸佳茵這才發現自己的母親臉色不好，忙問：「母親怎麼了？您最近怎麼總是睡不好？我聽嬤嬤說，昨晚您翻來覆去，好晚才睡著，是不是有什麼心事？」

姚氏聞言，恨不得撕了陸佳茵那張成事不足、敗事有餘的笨嘴，只得找話搪塞過去。「沒什麼。前幾日午睡時，忘了關窗戶，略染風寒而已。」

「真的是這樣嗎？」方瑾枝含笑望著姚氏，笑裡帶著一抹高深莫測的寒意。

「妳陰陽怪氣的，什麼意思?!」陸佳茵提高聲音，惡狠狠瞪了方瑾枝一眼。她本來就不喜歡方瑾枝，加上最近被秦錦峰的事情攪得心煩，這才藉著由頭發火。

席上的人見狀，放下筷子。

「佳茵！」姚氏恨鐵不成鋼地看著小女兒。在陸佳茵小時候，姚氏就一次次教過，不管她內心怎麼想，面上一定得和和氣氣，像陸佳蒲一樣。

想到陸佳蒲，姚氏心尖一顫。

許氏的目光掃過整桌人，最後落在方瑾枝身上，開口道：「規矩都被妳們拋到腦後了嗎？」明明指責的是方瑾枝和陸佳茵，卻只看著方瑾枝。畢竟是外孫女，還是姨娘所出庶女之女。

方瑾枝早不在意他們對她的態度了，起身走到陸文岩身邊，緩慢跪下，朗聲道：「外祖父，瑾枝有事要說。」

原來她發現了，這是要告狀嗎？姚氏冷笑，她才不會承認，方瑾枝能奈她何！

第二十六章

「瑾枝，妳這是做什麼？有話好好說，是不是在府裡住得不舒適？外祖父早跟妳說過，若是缺什麼，或誰欺負妳，就來告訴我。別跪了，起來。」

陸文岩皺眉，抬手虛扶，要方瑾枝起身說話。

方瑾枝搖搖頭，仰望陸文岩，情真意切地說：「外祖父，瑾枝有事想求您，還是讓我跪著說吧。」

陸文岩便緩緩收回手，點頭示意她說下去。

方瑾枝眸如燦星，道：「瑾枝想要回方家所有田莊、商鋪、府邸，自己打理。」

姚氏一愣，原以為方瑾枝要把她下毒的事抖出來，完全沒想到方瑾枝會這麼直接地討家產，遂頗有底氣地說：「瑾枝，舅母是因為妳年紀小才幫襯著打理，等妳長大，有能力掌管，自然歸還。今天妳鬧了這麼一齣，讓外人怎麼想我？」說著，眉眼間流露出傷心神色。

許氏也皺眉，不豫地說：「我們溫國公府還不至於吞下女兒夫家的家產。瑾枝，妳不要太不懂事，辜負了妳舅母的一片苦心。」

陸佳茵乾脆摔了手裡的筷子，怒道：「方瑾枝，可憐我母親幫妳操心，妳倒好，現在欺負她嗎？趕快給我母親賠不是！」

在座其他人沒說話，只注視著跪在地上的方瑾枝。

方瑾枝忽然笑了。「你們口口聲聲說溫國公府不會吞下女兒夫家的家產，但我不過是要回原本屬於我的東西，便這般阻撓，還不算侵吞嗎？」

「妳這是不識好人心！」許氏猛地拍桌。「妳舅母為了幫妳，付出了多少，妳不感激她，還誣衊她?!」

姚氏聞言，作勢掏出錦帕按在眼角，抽泣幾聲，萬分委屈。

「妳這個沒良心的東西，快向我母親道歉！」陸佳茵衝到方瑾枝面前，抓住她的小臂。

方瑾枝立即反手扣住陸佳茵，力道有些大，讓陸佳茵的手腕微微發疼。

陸佳茵怔怔看著方瑾枝。這些年，不管她怎麼找麻煩，方瑾枝總是避開，或許暗地裡使了手段坑害她，但明面上卻沒有起過衝突。

「良心？」方瑾枝又笑了。「陸佳茵，妳是最沒資格說這句話的人。若是妳有良心，就不會搶自己的姊夫！」

「妳！」陸佳茵臉上紅一片、白一片，又是氣惱、又是尷尬，激動得身子發抖。

方瑾枝甩開陸佳茵的手，陸佳茵踉蹌兩步，差點跌倒，羞惱地望著她，眼中迸射出見到死仇般的怒火。

「方瑾枝，我要撕爛妳的嘴！」作勢就要衝上去。

「夠了！成何體統！」陸文岩暴喝一聲，唬得陸佳茵生生頓住腳步。

姚氏急忙起身，把衝動的小女兒拉回身邊，訕笑著對陸文岩說：「我們佳茵是個孝順孩子，看見我受委屈，這才衝動了，父親別責怪她。」又狠狠捏了陸佳茵的手。

陸佳茵紅著眼睛對陸文岩說：「祖父，是佳茵衝動了。」

陸文岩狠狠訓斥了陸佳茵，把她莽撞的性子批得十惡不赦。陸佳茵被訓得委屈落淚，又不敢在這種場合哭出聲，只好死死低頭，努力憋著。

「好了，老爺消消氣。」許氏遞茶水給陸文岩。

陸文岩喝下涼茶，舒了口氣，臉色才好看些。

等到陸文岩的情緒平復，方瑾枝才望著他，問道：「外祖父，有件事，瑾枝很不明白。這些年，三舅母因管理方家的田莊、商鋪而操勞，如今我想親自接手，也是為三舅母解憂，那三舅母為何不答應呢？」說到最後，目光落在姚氏身上。

在方瑾枝那雙瀲灩明眸裡，姚氏看出了一抹成竹在胸的謀劃。

「更何況……」方瑾枝頓住，轉頭去喊立在角落的鹽寶兒。

鹽寶兒上前，把收在琵琶袖裡的厚厚一疊信札、帳本遞給方瑾枝。

「三舅母打理得並不好！」方瑾枝朗聲說：「身為方家遺女，瑾枝最大的心願就是可以守好父母生前辛苦經營的鋪子，不求將生意做大，但求不壞了方家的名聲。

「外祖父，酣香酒莊是我使小聰明要回來的，因為瑾枝實在看不下去了！三舅母竟然賣摻水的假酒，那些和父親合作十幾年的酒樓、酒肆全拒絕和酣香酒莊繼續合作。自從瑾枝接手酣香酒莊後，只做了一件事——讓管事挨家挨戶道歉，賠掉了近萬兩白銀！」

「有這等事？」陸文岩聽方瑾枝這般說，大為震驚。

連許氏也驚了，看向姚氏的目光帶著疑惑。她的確不喜歡方瑾枝，是因為她不喜方瑾枝的母親，與方家家產無關。

「不是這樣的！酣香酒莊只是個意外，其他生意都打理得很好。」姚氏心裡很慌，隱約意識到方瑾枝的下一步謀劃，但那想法很快就飄走，根本沒讓她抓住。

「倘若只有酒莊，可以說是巧合，要是其他生意也出了問題呢？」方瑾枝緩緩道：「方家的生意有茶、酒、絲綢、玉石、胭脂、米糧、兵器等等，這些生意全出了問題。」

「妳胡說！」姚氏氣急敗壞地指著方瑾枝。

方瑾枝沒理她，只是打開面前帳本中的第一冊，遞給陸文岩。「這是玉石的帳本。父親在時，宮中妃嬪所戴的玉石首飾有近三成出自方家，然而近兩年，已不足一成。」

接著，她送上第二冊帳本。「方家的絲綢生意不大，但總是有進項的。自從三舅母接手後，盈利一年不如一年，這兩年已經開始蝕本。」

方瑾枝又遞上第三冊帳本。「胭脂生意和絲綢生意差不多，所幸還沒有開始虧錢。如今宮中幾乎不見方家的胭脂，賣給民間的胭脂，其利也逐漸減少。」

「至於米糧和兵器……」方瑾枝長嘆一聲。「父親說國家興亡，匹夫有責，縱使是商賈之流，也要盡力。父親在世，每年青黃不接時都會搭糧棚施粥贈米，可是如今呢？」望著姚氏，怒道：「三舅母，瑾枝不求您如父親一樣施粥贈米，可您為何要在災荒時故意囤糧，再利用方家的錢財低買高賣，提高糧價，使糧價翻了三倍！」

「我……」姚氏嘴唇動了動，不知是心虛，還是被方瑾枝言語中的斥責唬到了。

方瑾枝眼中流露出痛苦和失望的神色。「還有，先帝在時，命父親鑄造兵器供大遼軍隊之用。三舅母，您怎麼可以在箭弩中以劣充好，拿將士的性命賺錢！按照大遼國律，這是多大的罪行！縱使不被發現，您良心能安嗎？數著錢銀時，可想過疆場上的白骨？」

「不！我沒有！」姚氏這才反應過來。「妳胡說！我從沒有在兵器中作假！」

方瑾枝已經收回目光，不再看姚氏，將其他書信、帳本遞給陸文岩。

陸文岩聽方瑾枝說這麼多，便翻看帳本，越翻越心驚。

別說陸文岩，堂裡其他人都被方瑾枝的話嚇到，望著翻帳本的陸文岩，不敢出聲。

一片寂靜裡，陸文岩翻頁的沙沙響竟成了唯一的聲音。

陸文岩看完帳本，放下後，長嘆一聲，望著方瑾枝，有些心酸地說：「是外祖父不好，沒有留心這些事。外祖父做主，方家的生意，以後全由妳自己打點！」

陳氏向來與姚氏面合心不合，見狀忙道：「瑾枝啊，妳三舅母只是一時糊塗，把方家家產還給妳後，別跟她嘔氣。」

陳氏這分明是落井下石！姚氏恨得牙根癢癢，但完全拿她沒辦法！

是，她是在鬧災荒時收購糧食再高價賣出，可在兵器裡做手腳的事，她真沒幹過，是方瑾枝冤枉她。偏如今陸文岩已經發話，她還能怎麼辦？

姚氏咬碎一口銀牙，勉強說：「是三舅母無能，以後，妳自己打理吧。」

許氏皺著眉，對方瑾枝說：「別跪著了，起來。」

「不。」方瑾枝緩緩搖頭。「瑾枝的話還沒說完。」

陸文岩審視方瑾枝，這才發現她面前還放了帳本和幾封書信，沒有遞給他。瞇起眼，看看臉色蒼白的姚氏，道：「好，外祖父聽著，只要妳說的是真的，外祖父幫妳做主。」

「多謝外祖父。」方瑾枝淺淺地笑。「瑾枝實在不明白，三舅母打理方家的生意，為何會弄得如此一塌糊塗呢？瑾枝一直覺得三舅母是個很聰明的人，後來卻……」

她頓了頓，嘆口氣。「瑾枝知道三舅母不容易，不應該懷疑她，但想到故去的父母，只好悄悄調查，才發現，玉石、絲綢、胭脂、酒莊等生意之所以越來越差，是因三舅母悄悄轉移了貨源。三舅母用自己的名義開商鋪，再把方家出的貨物運過去，方家的鋪子缺貨，才不得不以假充好。如此就能解釋三舅母為何將方家生意打理成這樣，以及囤糧高價賣出，卻不見收益的原因。」

「妳胡說！」姚氏發顫。方瑾枝冤枉她！

是，她的確偷偷以自己的名義開了鋪子，而籌辦的錢財幾乎出自方家生意的盈利，偶爾貨源不足時，才會從方家鋪子拿貨，根本沒有方瑾枝說得這麼誇張。她是打算將方家的東西一點一點轉到自己的鋪子裡，但根本沒來得及去做。方家家產龐大得可怕，想轉移並非一朝一夕的事。況且她根本打算直接殺了方瑾枝，一了百了。

方瑾枝把帳本和書信遞給陸文岩，淡淡地說：「這裡記載了三舅母這幾年以自己名義辦莊子、商鋪的時日、位置，還有三舅母親筆寫給娘家人的書信。」

這次，陸文岩沒發怒，只是看向陸申松。怎麼說姚氏都是他的兒媳婦，他只要表個態度便足夠，其他事情交給兒子就行。

陸申松早已冷了臉。這些事，他完全不知情，或許知道姚氏惦記方家的家產，卻不曉得她到底做了些什麼？

「妳簡直是毒婦！我應該休了妳！」陸申松震怒道。

「不！」姚氏臉色煞白。

陸申松猛地起身，指著姚氏。「跟我回院子！」說罷，氣沖沖地往外走。

「三舅舅。」方瑾枝叫住陸申松。

陸申松勉強自己平靜下來，望著方瑾枝，安撫道：「放心，舅舅會給妳一個交代。」

方瑾枝欲言又止。「這次瑾枝調查三舅母時，發現一件事，不知要不要告訴三舅舅？」

陸申松瞪身後的姚氏一眼，道：「妳說。」

「瑾枝打聽到，三舅母花八萬兩買了翰林院裡的官職給她的胞弟。」方瑾枝看著坐在遠處的陸無砌。「若瑾枝記得不錯，只要四表哥再熬兩年，那個位置就是四表哥的。」

陸無砌猛地抬頭，震驚地看著姚氏，卻不好指責她，只得將酒樽裡的酒一飲而盡。

陸申松怒不可遏地對姚氏怒吼：「回妳娘家去吧！」

方瑾枝見狀，緩緩道：「三舅舅不要生氣，瑾枝知道四表哥一心從武，對如今的官職並不滿意，就算升官，也未必歡喜。」

陸無砌有些意外，方瑾枝竟然知道這件事。沒錯，他的確更想做個武將。

方瑾枝淺淺地笑。「我義兄正想提拔一員副將，不知道四表哥願不願意去？對了，我義兄是封陽鴻。」

在封陽鴻手下做副將？陸無砌驚愕地望著方瑾枝，感覺自己的心猛地跳動。如今封陽鴻是正二品武將，又是楚映司一手調教的人，現在除了陸申機，就數他軍權最大。

望著眉眼含笑的方瑾枝，姚氏渾身顫慄。原以為最壞的結果不過是歸還方家財產，她是陸申松的嫡妻，為陸家生兒育女，這次的事雖會讓她狠狠摔個大跟頭，可是只要挺過去，她還是溫國公府裡的三奶奶，來日方長，不愁不能報復方瑾枝。

但方瑾枝居然對陸申松抖出她拿陸家家財幫襯娘家，又斷了陸無硯前程的事。方瑾枝這是想要她的命，想借陸申松的手弄死她！

姚氏猶如置身冰窟，不敢想像。她活了大半輩子，竟然栽在一個小姑娘手上！

第二十七章

這時，丫鬟進來稟報：「榮國公夫人和大奶奶過來了。」

陳氏看方瑾枝一眼，以為榮國公府派人過來，也是方瑾枝的計畫。

這倒是冤枉了，方瑾枝不知榮國公府的人會在這時上門，忙讓鹽寶兒扶起她。

榮國公夫人和喬氏進來時，桌上的午膳還沒有盡數撤去，喬氏便道：「哎喲，是我們不好，沒挑好時辰來。」

許氏笑著拉她們。「沒有。我們早用完午膳，因為談論些事情，才沒離席。」

榮國公夫人和喬氏目光一掃，察覺眾人的神色有些不對勁，遂假裝什麼都沒看出來，朝方瑾枝招招手。

方瑾枝走上前，甜甜地喊了聲：「祖母、母親。」

喬氏把方瑾枝拉到身邊，握住她的手，才對許氏說：「是這樣的，貴府三郎到我們家提親了。我們想把瑾枝接回去，到時讓瑾枝在榮國公府出嫁。」

聽她這麼說，舉座皆驚。

陸無磯目光一凝，望著方瑾枝的眼神裡有一團無名火。

方瑾枝也驚訝，沒想到陸無硯的動作這麼快。

許氏看方瑾枝一眼，笑著說：「這可是大喜事。走，咱們進裡屋說。」畢竟是姑娘家的婚事，得避一避，這裡還有很多未婚娶的晚輩呢。

於是，許氏拉著榮國公夫人和喬氏進裡屋，其他人也散了。陸文岩又寬慰方瑾枝幾句，才讓她離開。

方瑾枝走出堂屋，望著遠處，見陸申松指著姚氏斥責，又憤怒地甩袖離開，便笑了笑，走到姚氏身邊，喊道：「三舅母。」

姚氏瞪著方瑾枝，恨不得將她碎屍萬段。

「三舅母可知父母留給我的最大財富是什麼嗎？」方瑾枝的笑越發明媚。「是人。」

姚氏瞇起眼睛，顯然沒聽懂她話中的意思。

方瑾枝又向前走一步，低聲說：「卓嬤嬤的長子李清河原本不好賭，三年前，是我給了他錢財，讓他盡情賭博。」

姚氏看著方瑾枝嘴角綻放的笑，心生恐懼。

「妳怎麼可能在三年前便料到有今天？」姚氏不可思議地質問。

方瑾枝不答反問：「三舅母可還記得阿雲和阿霧？」

姚氏正疑惑方瑾枝為何會突然提起那兩個小丫鬟，就聽她說：「不瞞三舅母，她們並沒有偷我的鐲子。」

「當時妳才六歲！」姚氏震驚地望著方瑾枝。「那後來阿星的事……」

阿星背地裡談論府裡主子，還是她發現的，一氣之下將阿星趕走，自始至終，方瑾枝根本沒參與。可如今看來……

氏。

「她的確喜歡亂說話，瑾枝只是順水推舟，讓三舅母發現而已。」方瑾枝無辜地看著姚氏。

姚氏怔了半天，才細細思索。阿月是到了年紀，嫁人出府，而阿雲、阿霧、阿星，竟然都被她親手趕走。後來姚氏和陳氏塞過去的人，也是自己鬧起來，和方瑾枝毫無關係。

方瑾枝從沒有趕過人，但別人給她的奴僕，最後都被各種非她故意的原因攆走。

方瑾枝笑嘻嘻地說：「當初把三舅母的眼線趕走後，三舅母沒人可用，定會從瑾枝的人下手。可惜他們都是母親生前挑出來的，像個牢固的圈護著主子，那瑾枝只好自己打破一個缺口，安排李清河做賭徒。什麼人比賭徒更好收買呢？」

這時，姚氏滿腦子都是方瑾枝三年前就安排了李清河的事，一時之間無法接受。不，方瑾枝的籌謀何止是從三年前開始的？她越想越覺得可怕。

「三舅母。」方瑾枝甜甜地說：「您可讓瑾枝等了三年才下手呢。」

「妳……」姚氏發顫地指著方瑾枝，竟是說不出別的話來。

方瑾枝淺淺地笑，恍若聊天般，輕聲說：「三舅母，別氣壞了身子。」

姚氏深吸一口氣，惱恨望著方瑾枝，咬牙切齒地說：「妳陷害我！我根本沒在軍隊的兵器裡動手腳，沒將劣質箭弩混進去。」

方瑾枝搖頭。「有過一次。不過那次是瑾枝要吳嬤嬤放進去，再故意讓三舅母發現的。雖然劣質箭弩並未送入軍中，但的確存在過；另外，三舅母耳熟『心各』這個名字嗎？」

姚氏愣了下。她對這個名字當然不陌生，酣香酒莊的大部分生意都是被這人開的酒莊搶走的。望著方瑾枝，不由後退兩步。「是妳……酣香酒莊的事，都是妳做的！」

「而絲綢、玉石生意的進項減少，一是您私下偷運貨物到自己名下的商鋪，而更重要的是……」方瑾枝揚眉。「三舅母是不是忘了，多年前長公主將公主府捐入國庫，陛下更是以身作則，減少宮中花銷，這才是方家的玉石和絲綢進貢不足一成的真正原因。」

姚氏胸口起伏。她應該想到的，剛剛應該反駁的！

「不過，鬧災荒時提高糧價，還有挪用方家財產私辦商鋪的事，瑾枝可沒有冤枉您。」方瑾枝向前走一步。「真真假假、虛虛實實摻著來，瑾枝只是把您做的事說得誇大點罷了。」

姚氏發顫。「我這就去找父親與母親解釋，還有三爺……」

她踉踉蹌蹌地越過方瑾枝，耳邊飄來方瑾枝涼薄的聲音。「三舅母，好像已經遲了。您覺得還會有人相信嗎？」

姚氏僵在那裡，艱難地轉身，怨恨地望著方瑾枝，咬牙啟齒道：「方瑾枝，妳這個惡毒的人，妳會遭到報應的！」

「報應？瑾枝不過拿回屬於我的東西而已，若是這樣都會遭到報應，那三舅母為錢財賣了親生女兒、侵占外甥女的家產，還對我下毒，就不用遭報應了？」方瑾枝轉過身，臉上仍舊掛著淡淡的笑。「您一定以為，我會把下毒的事說出來吧？」

這也是姚氏想不通的地方。既然李清河是方瑾枝的人，那麼方瑾枝手中定有她下毒的證據，為什麼沒捅破這件事？

方瑾枝望著姚氏，親切地說：「因為瑾枝有把柄在您手上呀。」

姚氏疑惑了。方瑾枝有什麼把柄落在她手裡？

「因為瑾枝剛剛在廳裡說的話有真有假呀，您要是揭穿我的假話，可怎麼辦？雖然現在沒人相信您，但再過幾年，就說不準了。」方瑾枝睜大了眼睛，故作驚慌，轉瞬間又嫣然笑開。「瑾枝只好拿兩次下毒的事跟您交換秘密，瑾枝不說下毒的事，您也不拆穿我撒謊好不好？好不好嘛？」尾音上揚，甚至帶點撒嬌語氣。

看著眼前這張仍舊稚嫩的少女臉龐，姚氏渾身上下抖得厲害。她在後院鬥了大半輩子，竟然在一個十三歲的孩子面前膽寒。

姚氏勉強自己冷靜下來，僵硬地說：「妳多慮了，陸申松會把我休回娘家。」

「三舅母才不會被休棄。」方瑾枝搖頭。「瑾枝這麼懂事，當然會原諒三舅母的一時糊塗，會為您向三舅舅求情呀。」

方瑾枝不能確定姚氏會被休棄，像溫國公府這樣的家世，每樁親事裡，都有錯綜複雜的利益關係。既然她決定嫁給陸無硯，以後便得留在溫國公府，這也是她站在這裡震懾姚氏的原因——她要姚氏的畏懼。

「方瑾枝，妳可真是名利雙收！」姚氏已經徹底冷靜，眼中的仇恨雖未盡數消散，卻已被大片頹敗替代。

方瑾枝笑著說：「瑾枝去跟三舅舅求情，三舅母再向三舅舅好好認錯，主動抬兩房姨娘，瑾枝保證您不會被休回娘家的。」即使不能讓她被休，也要讓姚氏的日子不好過。

姚氏閉眼，渾身上下再無半點戾氣。

方瑾枝不再看瞬間蒼老許多的姚氏，拖著籠煙罩紗的水色長襦裙緩步離開，嘴角始終揚著一抹淺淺的笑，掩藏在梨渦裡，讓人驚豔。

她早就不是那個投奔而來的孤女了。

她隱忍這麼久，也暗暗籌謀這麼長的時間。如今，她終於無須忍氣吞聲、卑躬屈膝。

方瑾枝輕鬆地回到自己的小院，跑回寢屋，從妝檯的抽屜裡翻出藏在最裡面的錦盒。她打開盒蓋，裡面是塞得滿滿的信。

這些信都是她母親陸芷蓉臨終前幾日日夜不歇寫出來的，記著溫國公府裡錯綜複雜的人物關係，寫著他們每個人的癖好、優缺，還有她留給方瑾枝那些下人的好壞，以及該如何安置；還有如何管家、如何管理生意，甚至連點茶的技法都有。

陸芷蓉故去那日，拉著方瑾枝說了許多話，那時方瑾枝尚且認不得太多字，她就一遍遍重複講、一遍遍地教，還叮囑她，等她長大，若是忘記，再去看信。

這些信裡，除了她要教方瑾枝的做人處事外，還有母親留給女兒的十封家書。這些年，每年到了陸芷蓉的忌日，方瑾枝就會拆開一封，被拆開的家書已被翻看無數遍。還有幾封信捨不得拆，若早早把最後一封也拆了，方瑾枝覺得，就少了一份支撐她的信念。

方瑾枝又把這些信看一遍，眼圈不由紅了。吸吸鼻子，將眼底的氤氳壓回去，將信收回錦盒，小心翼翼地放進妝檯抽屜的最深處。

陸家與林家商議後，陸無硯和方瑾枝的婚期訂在四月初八；陸佳茵和秦錦峰的則在四月十二，如今距離婚期已不足兩個月。

按照榮國公府的意思，是想把方瑾枝接回去待嫁。方瑾枝想想，還是拒絕了。她要從姚氏手中接過原本屬於方家的各處田莊和商鋪，一時之間根本走不了；而且，她不能丟下兩個妹妹。算了算，花莊的別院應當可以在婚禮前修葺完畢，不如出嫁前一日再過去。

於是，林家不再堅持，只要方瑾枝出嫁時，花轎是從榮國公府接人就好。

第二天，是陸無硯回來的日子。

方瑾枝早早起來，讓丫鬟們服侍著梳洗完畢，就急忙去垂鞘院等陸無硯。

一進去，她便吩咐入茶和新來的入熏仔細打掃垂鞘院裡的淨室，又讓她們準備陸無硯愛吃的菜。

吩咐完畢後，方瑾枝像小時候那般，趴在窗口高腳桌旁，逗青瓷魚缸裡的兩條大肥魚。

「快點游呀！」方瑾枝折了花枝輕碰水面，才引得兩條動作緩慢的紅鯉魚慢騰騰地動兩下，忍不住道：「太慢啦，再這麼慢吞吞，就把你們下鍋煮了吃。」

兩條紅鯉魚竟像是聽懂了一樣，甩甩魚尾，打起幾顆水珠，濺到方瑾枝臉上。

方瑾枝擦臉，不再理牠們，放下手裡的花枝，跑到頂樓餵鴿子。餵完了，便跑到院子裡張望，等著陸無硯。

當陸無硯的腳步聲由遠及近時，方瑾枝立在院子裡，負手望著他，等他走到她面前時，伸出胳膊環住他的腰，將臉埋在他的胸口。

陸無硯垂首，輕輕擁著她。

婚期一定，心好像就定了大半。兩人之間已不需要言語，便能知曉對方的心意。

接下來的日子十分忙碌，方瑾枝不僅從姚氏手中接過方家的莊子、商鋪，還要關心花莊別院的修葺。

她也得忙自己的婚事。榮國公府與溫國公府給了嫁妝，連封家也準備了，封陽鴻的妻子還親自來溫國公府見方瑾枝，把她接到封家作客。

除了這些，方家留給她的嫁妝自不待言，甚至連嫁衣都早早備好。

另外，晉為煦貴妃的陸佳蒲，直接賞下千疋上等綢緞和兩大箱金銀玉石首飾給方瑾枝。

方瑾平和方瑾安心疼方瑾枝因忙碌消瘦，卻幫不了忙，便親手繡了出嫁當日要穿的繡花鞋給她，聊表心意。

為了這場婚禮，多年沒管過後宅的孫氏親自過問，絕不允許出現一丁點差錯。

相較之下，陸佳茵的婚事顯得無人聞問，大抵只會走個過場，辦完便罷。

第二十八章

宮中。

三月中旬的風已經開始暖人，陸佳蒲讓嬤嬤把楚雅和包得嚴嚴實實，才抱著她出寢宮，到御花園裡逛逛。

楚雅和很喜歡陸佳蒲，直往她懷裡鑽，只要陸佳蒲垂眸溫柔凝視她，就會格格笑出聲。清風拂過，帶來孩子身上的奶香味，陸佳蒲喜歡得很，眉眼間是如水的溫柔，陪著小公主一起笑起來。

「喲，原來是煦貴妃。」麗貴妃扶著小宮女的手立在路旁，身後還跟了七、八個宮女。

陸佳蒲柔聲道：「麗貴妃也出來逛逛，真巧。」

「當然。太醫說了，每日出去走走，對大的、小的都好。」麗貴妃扶著自己的肚子，趾高氣揚地朝陸佳蒲走去。

楚懷川子嗣單薄，除了楚雅和，只有麗貴妃肚裡這個，因此，誰也不敢招惹麗貴妃。

麗貴妃走到陸佳蒲身邊，命宮女去御膳房端來精緻糕點，又拉著陸佳蒲進涼亭，隨即逕自坐在椅子上，讓陸佳蒲站在旁邊，硬生生拉著陸佳蒲陪她說了一個半時辰的話。

直到天色逐漸暗下，麗貴妃才懶洋洋地從椅子裡站起來。「時辰不早了，姊姊先回去，妹妹也不要逛得太久。雖然已經開春，可傍晚的風還是涼，別讓小公主染了風寒。」

於是，麗貴妃一手扶著小宮女的手臂、一手扶著高挺的肚子，回宮去了。

等麗貴妃一走，陸佳蒲身後的宮女立刻上前，急忙從她懷中抱過楚雅和。

「輕一點。」陸佳蒲輕聲吩咐，捏捏自己發疼的小臂，沒有說話，帶著宮女與睡沈的楚雅和回去。

回到寢宮，晚膳擺好，陸佳蒲剛剛坐下，楚懷川就來了。

陸佳蒲不及多想，急忙起身迎接。「妾身參見陛下。」

「起來吧。」楚懷川扶起陸佳蒲。「朕餓了。」越過陸佳蒲望向身後的八仙桌，不由蹙起眉。

陸佳蒲道：「妾身不知陛下要過來，這就讓御膳房再添菜。」

楚懷川古怪地看著陸佳蒲。「朕不來的時候，妳就整日吃清粥小菜？陸佳蒲，不知道的人，以為妳不是在當貴妃，而是當尼姑呢。」順手在她臉上捏一把，嘖了聲。「妳進宮沒兩個月，怎麼就瘦了一圈？有人欺負妳嗎？還是朕對妳不好？」

「沒有，只是妾身的口味偏淡些罷了。」陸佳蒲叫來宮女，吩咐她們去御膳房添菜。

「朕聽說，今天妳被靜妃欺負了？」楚懷川追問。

陸佳蒲有些詫異地抬頭看楚懷川，張了張嘴，不知該不該糾正他說的話？如果糾正他不是靜妃而是麗妃，豈不是承認了她被欺負？想了想，才說：「沒有的事。」

小太監彎下腰，在楚懷川耳邊輕聲地說：「陛下，是麗貴妃娘娘，靜妃娘娘正病著呢……」

楚懷川並不是故意將麗貴妃說成靜妃，而是他根本分不清誰是誰。

「誰能記住這些人啊，麻煩！」楚懷川不耐，伸手指指面前的空碗。

陸佳蒲忙問：「陛下想吃什麼？」

楚懷川沒搭理她，陸佳蒲便挑了幾道平日裡喜歡的小菜，挾給楚懷川。不久，御膳房派人送菜上桌，直到楚懷川用完膳他才發現，陸佳蒲幾乎沒吃東西。

楚懷川皺眉，責問道：「陸佳蒲，妳是蠟燭嗎？只會照顧別人，不曉得照顧自己嗎？」看著陸佳蒲消瘦的臉，他就生氣，將手中茶盞重重一放，宮女和太監立刻跪了一地。

「全給朕滾出去！」

小宮女和太監們急忙起身，輕手輕腳地退下。

「吃！」楚懷川瞪著陸佳蒲。

「妾身遵旨。」陸佳蒲這才端起碗，吃著清粥鹹菜，後來添的菜卻一樣也沒有動。

看著陸佳蒲小口小口吃東西，楚懷川心裡那團火逐漸消下去，嘆了口氣。「妳這樣，讓朕怎麼放心啊？」

陸佳蒲擱下碗筷，望著楚懷川，真誠地說：「妾身一切都好。麗妃娘娘有孕，本來就應該讓著她。妾身並沒有受到欺負，也不覺得委屈。」

「妳啊……」楚懷川又嘆氣。「真是夠笨的，連被別人欺負都不知道。」

這時，小太監在外面稟報：「啟稟陛下，到該用藥的時辰了。」

陸佳蒲看看楚懷川的臉色，起身走到門口，將湯藥端進來，放在桌上，吹了吹，才說：「不熱了，陛下請用。」

楚懷川沈默半天，忽然問：「陸佳蒲，妳知道朕現在活著的意義是什麼嗎？」

這話，陸佳蒲可不敢接。

「生兒子。」楚懷川的臉上溢出滿滿的厭惡。「朕每日喝藥吊著一口氣，就為了睡不同的女人，只等誰生個兒子出來。兒子生出來，朕才能死！」

說完，他端起桌上的湯藥一飲而盡，隨即起身往床榻上走。

「陛下……」陸佳蒲拉住他明黃的袖子。「陛下會長命百歲。」

「妳只會說這句啊？」楚懷川突然一樂。「行了，別哭。朕不是早就答應過妳，縱使朕不在了，也不會讓妳有事。」

陸佳蒲抹去眼淚，低頭猶豫半天，哽咽地說：「可妾身只有您一個親人了……」

楚懷川聞言，收了笑，嚴肅起來。「陸佳蒲，妳喜歡朕嗎？」

陸佳蒲沾了眼淚的睫毛顫了顫，低頭咬唇，沒有回答。

「那朕換個問題。」楚懷川微頓。「妳喜歡秦錦峰嗎？」

陸佳蒲猛地抬頭，驚慌的眼對上楚懷川墨色的眸，看不懂楚懷川藏在眼裡的情愫。

她怔了半晌，緩緩道：「如果我嫁給他，那我便會喜歡他。可是妾身入了宮，那妾身的心裡就只能有陛下一人，也只會喜歡陛下一人。」

陸佳蒲不知道這麼說，會不會又引得向來陰晴不定的楚懷川發怒？可是她不想說假話，只想把自己的心裡話說出來。

「陸佳蒲啊陸佳蒲，妳真是……」楚懷川的嘴角流露出嘲諷的笑。「可惜了，如果妳不進宮就好了，妳適合嫁給一個好人。」

楚懷川轉身往外走。

「陛下！」陸佳蒲追上去。「妾身知道，無論是將小公主交給妾身照顧，還是提位分的事，您都想著如何讓妾身在宮中活下去。可是……」

她咬牙跪下。「妾身冒死說句大不敬的話，他日陛下駕崩時，請恩准將妾身鑄在銅人裡，日夜守在陛下棺旁。」按照大遼習俗，只有皇后能與皇帝合葬，殉葬妃嬪的棺木要放在遠處四角；而皇帝的棺木，則由數百個銅人守護。

說到這裡，陸佳蒲泣不成聲，眼前好像已經浮現楚懷川駕崩的場景。

楚懷川聞言，用手指狠狠戳了陸佳蒲的腦袋兩下，把她拎起來，恨鐵不成鋼地說：「陸佳蒲，妳再這麼蠢，朕可要嫌棄妳了，信不信朕把妳打入冷宮！」

但望著那張梨花帶雨的臉，楚懷川不由慢慢鬆開手，有些洩氣地用袖子幫她抹眼淚。但他從沒幹過替姑娘擦眼淚的事，掌握不好力道，不小心就把陸佳蒲的眼下揉得紅起一大片，只得訕訕收手。

「別哭，朕不欺負妳，也不罵妳蠢了行不行？朕答應，以後不會丟下妳，就算死，也拉妳陪著好不好？」

「好。」陸佳蒲重重點頭。

楚懷川搖頭。這麼蠢，實在拿她沒辦法啊……

第二日下了早朝，楚懷川嚷著要陪陸佳蒲歸寧。

「念妳入宮這般久，想家心切，特地陪妳回溫國公府省親。朕對妳好吧？」楚懷川笑得像個孩子。

陸佳蒲怎麼可能會想家？從離開那日起，便沒想過回去。她略琢磨，就知道楚懷川是想去溫國公府給陸無硯和方瑾枝道喜，自然不會揭穿，笑著說：「妾身謝陛下恩典。」

貴妃歸寧不算稀奇，但皇帝陪著回去的例子，還真是少見。

楚懷川擔心遭到反對，決定拉著楚映司一起去。楚映司本就不放心他，而且她這個做母親的也得關心兒子的婚事，遂安排一番，帶著入醫和幾個太醫，陪楚懷川回溫國公府。

歸寧當日，溫國公府的男人們全在前院候著，女人們則在裡門迎接。

楚懷川走在前面，楚映司和陸佳蒲跟在他身後。

陸家男人們上前接駕，說了幾句話，楚懷川便不耐煩地咳嗽兩聲。

楚映司道：「陛下龍體不適，不如先去休息。」

「好啊。」楚懷川側過頭，看陸佳蒲一眼。「等會兒朕來接妳。」

「是。」陸佳蒲目送楚懷川離開。

楚懷川去了垂鞘院。今日溫國公府裡的人都出來了，唯獨陸無硯沒到。並非他故意給楚懷川臉色看，實在是……還在睡覺。

而陸嘯、陸文岩和陸佳蒲說了幾句話，就讓她去後宅看望祖母、母親並一干姊妹。

楚映司想了想，沒有先去垂鞘院，而是去找方瑾枝，兩人說完話，才去見陸家女眷。

陸佳蒲重新回到溫國公府時，心裡平靜得讓自己都很意外，看著姚氏和陸佳茵，還可以如往昔那般，淺淺地笑。

「我就知道我的孩子有福氣……」姚氏紅了眼睛。自從上次被方瑾枝狠狠算計後，她過得頗為不好。陳氏見縫挖苦她，陸申松一直宿在新抬的妾屋裡，小女兒又整日不省心，甚至娘家也因她失勢而冷落她。如今看著被她賣進宮中的大女兒，心裡說不出是什麼滋味。

而陸佳茵好像失憶一樣，全然不記得自己對陸佳蒲做過什麼，親暱地挽著陸佳蒲的胳膊，一口一個姊姊，喊得甜到膩人。

陸佳茵當初對陸佳蒲做的事，誰都知道，女眷看著陸佳茵的目光都帶著詫異。陸佳茵是在演戲嗎？什麼時候這樣會演了？

陸佳茵喊完人，對陸佳蒲說：「姊姊，我看見妳賞方瑾枝的綢緞和首飾了，真好看！」

溫國公府的女眷們聽了，這才恍然大悟。當初陸無硯和方瑾枝的婚期定下後，陸佳蒲送了一份厚禮，陸佳茵的婚期只比方瑾枝晚兩天，但做事向來周到的陸佳蒲，對於這個親妹妹，反倒什麼都沒送。

孫氏看不過去，還以為陸佳茵知錯，心中愧疚，沒想到她居然打著這個主意。

誰又能看得上陸佳茵的所作所為呢？廳裡一時安靜無聲。

一片死寂裡，陸佳蒲輕笑，望著陸佳茵，用溫柔的聲音說：「我的嫁妝，不是已經全部給妳了嗎？」

陸佳茵聞言，臉上立刻紅一道、白一道。陸家的確幫陸佳蒲準備好嫁妝，但後來出事，就直接給了陸佳茵。

然而，又何止是嫁妝給了她？

「怎麼這麼安靜，都沒人說話？」楚懷川背著手走進來。

眾人見到他，便要起身行跪拜之禮。

「都起來吧，今天不用跪。」楚懷川說著，仔細打量了陸佳蒲的臉色。

陸佳蒲走到楚懷川身邊，扶他到上首位置坐下。

「剛剛妳們在說什麼？」楚懷川環顧四周，目光落在陸佳茵身上。

陸佳茵看著陸佳蒲，賭氣地說：「我們剛剛在討論姊姊和秦錦峰之前的婚事。」

此話一出，屋中所有人的臉色都變了。

姚氏嚇傻，怎麼也沒想到陸佳茵會說出這樣的蠢話。這是想害死陸佳蒲，害死整個陸家啊！這一刻，她才感覺到，這些年的嬌養，真是害了陸佳茵！

「哦。」楚懷川點點頭。「妳是不是希望朕成全妳姊姊和秦錦峰，然後妳陪朕回宮？」

看著陸佳茵的眼神，像看一個傻子。

姚氏踉踉蹌蹌地站出來，拉著陸佳茵跪地，顫聲道：「陛下，佳茵病了，這才口不擇言，請陛下降罪！」

「陛下，佳茵年紀小不懂事，還請陛下原諒。」孫氏也沈聲解釋。她並不是為陸佳茵求情，而是不希望陸佳茵的蠢話連累陸家。

話落，孫氏抬起眼皮朝陸佳蒲看去。雖然她也知道，陸佳茵實在不值得讓人再為她出頭，但心裡何嘗沒有一絲僥倖，希望向來疼愛妹妹的陸佳蒲可以幫忙說說好話。

姚氏又何嘗沒將希望寄託在陸佳蒲身上？

其他人也望向陸佳蒲，神色各有不同，自有人懷著看戲的意味。

陸佳蒲坐在楚懷川身邊，無視那些或企盼、或看戲的目光，嫻靜地垂著頭，目光落在手中的橘子上，白皙玉手剝去橘皮，又仔細將橘瓣上的絲絡一根根扯下，再遞給楚懷川吃。

孫氏收回目光，已經看明白了。以前她一直覺得陸佳蒲是個溫柔良善的孩子，永遠為別人著想，忽略自己。這樣的孩子是最容易被忽視的，好像無論怎麼對她，只要一句感謝、一塊糖，就能收買她的心。但如今看來，即使是最柔嫩的蒲草，也是有個性的。

不久，楚映司領著方瑾枝從偏屋進來。方瑾枝的眼睛紅紅的，顯然是哭過了。

楚懷川打量方瑾枝一眼，然後湊到楚映司面前，嬉笑著說：「皇姊是不是拿出做婆婆的氣勢來欺負瑾枝了？小心無硯跟妳鬧啊。」

楚映司瞥他一眼，問：「無硯起來了嗎？」

「嗯……」楚懷川的目光有些猶疑。「不過他怎麼還是一身怪癖？睡醒便黑張臉，還說要洗澡，讓朕等會兒再過去。」又笑著說：「時辰差不多了，咱們走吧，朕不想再待在這兒。」牽起陸佳蒲的手離開。

按理說，陸佳蒲歸寧，要陪著家中祖母、母親和一干姊妹，但楚懷川看出她不喜歡那些人，這才把她帶走。

「咱們也過去吧。」楚映司對一旁的方瑾枝說。

「好。」方瑾枝低低應了。

他們就這樣離去，全然不顧還跪在地上的姚氏母女。

孫氏望著楚懷川牽陸佳蒲同行的背影，心裡又多了幾分思量。照如今情景，陸佳蒲已是宮中最得寵的貴妃，日後有沒有登后位的緣分，可是難說。她不敢確定陸佳蒲心中對她母親和妹妹有沒有恨意，倘若有，那她是不是要站出來做些事情，表示溫國公府的態度？

孫氏不動聲色地看向雖然低著頭，但仍舊滿臉不甘心的陸佳茵，甚至眼中多了一抹狠色。若能讓陸佳蒲如往昔那般，把陸家的利益放在心上，犧牲一個愚蠢的曾孫女，又算得上什麼？

陸佳蒲走到垂鞘院門口時，不由停下腳步，有些猶豫地在楚懷川耳邊小聲說：「陛下，妾身還是別進去了吧。」

「怕無硯趕妳出來啊？」楚懷川笑嘻嘻地說：「怕什麼，朕被他趕過好多次，朕都不怕丟人，妳怕什麼？」

陸佳蒲聽了，忍不住彎起嘴角，默默跟著楚懷川進去。

陸無硯沒趕陸佳蒲離開，相反地，用午膳時還看她好幾眼，心中多了一分思量。

陸佳蒲被他瞧得不自在。這些年，對於這個哥哥，她一直是能避就避，完全沒有交集，甚至是有些怕陸無硯的。

陸無硯在想前世的事。他知道陸佳蒲日後會懷上楚懷川的孩子，而且是個小皇子。但小皇子還沒出生，就和陸佳蒲一起死了。

對於這個死心眼的妹妹，陸無硯真是又氣又惋惜。多少人罵她自私，陸無硯曾掐著她的脖子，逼她把孩子生下來再去死。可是她說楚懷川一直想要個小皇子，她要帶著他們的孩兒去陰間陪他，一家人團聚。

說陸佳蒲重情義吧，但全然不顧風雨飄零的楚氏江山；說陸佳蒲自私吧，卻又為了楚懷川的一句話，義無反顧地帶著腹中胎兒赴死。

煩！女人固執起來太可怕。就算重來一世，陸無硯也覺得自己無法改變她的死心眼。

為了早些回宮，不耽誤明日早朝，今天溫國公府提前了用晚膳的時辰。

眾人用過晚膳，送走楚映司、楚懷川和陸佳蒲，陸無硯便拉著方瑾枝回垂鞘院。

「說吧，我母親又跟妳講什麼了？」陸無硯有些無奈。方瑾枝並不是個無法控制情緒的人，低落到現在，定是楚映司對她說了很過分的話。

方瑾枝忍了一天的眼淚，終於一滴一滴落下，捂著自己的心口，哽咽地說：「三哥哥，我疼。」一抱住陸無硯的腰，把臉埋在他的胸上，低聲說：「三哥哥，以後我會保護你……」

陸無硯想了半晌，搖搖頭。「原來她說我的壞話了。」又沈默好一會兒，才皺眉抱怨：「這母親當得可真稱職，不是幫著妳防我，就是說我壞話。」

原來，楚映司把陸無硯小時候的事一五一十告訴了方瑾枝，詳細到方瑾枝閉上眼睛，就可以看見陸無硯待在荊國那兩年裡發生的一切。

她能猜出陸無硯小時候過得很不好，也猜到他殺過很多人，可是被楚映司用最直白的言語說出來，還是讓她驚懼。

這下，陸無硯不得不哄著依偎在自己懷裡哭的小姑娘，抱著人回到屋中，把她輕輕放在臥榻上，替她擦眼淚，哄道：「別哭了，妳不是要保護我嗎？哭哭啼啼的，怎麼保護？」

方瑾枝仍哭個不停，抬起盈淚的明眸凝視陸無硯。「三哥哥，我要是早點認識你就好了，便能陪你去荊國做質子，保護你。你冷了，我抱著你；你餓了，我把吃的給你；你不喜歡做的事，我替你做！」

陸無硯聞言，擰了眉。他一點都不喜歡她的保護和犧牲，甚至有些畏懼。

「妳暫時還不需要懂這些。」陸無硯放柔了聲音。「妳只要記住，無論什麼時候都要保護好自己，不要為了別人犧牲，不值得。」

他終於明白，人心最是難以改變，尤其是女人心，就算他再活一次，也無法扭轉，比如陸佳蒲的死心眼，比如方瑾枝的義無反顧。

陸無硯伸手，重新把方瑾枝攬進懷裡，輕輕拍著，直到她哭累睡去。

「如果重生一世都無法護妳，那我重生的意義何在？今生，我再也不會讓妳難過，再也不會讓妳受到一丁點傷害。不管是誰，都沒辦法阻止我娶妳。我早已滿手鮮血、滿身罪孽，是以無所畏懼。即使用整個大遼、整個天下來換，我也不會讓妳離開……」

他的聲音很輕，輕到恍若聽不見，卻是壓在心中多年的誓言，壓得他喘不過氣來……

楚懷川回到宮中時，已是深夜，可是他的興致很高，拉著陸佳蒲吃消夜，甚至喝了兩杯酒，然後，忽然吐出一口鮮血。

「陛下！妾身去喊太醫……」陸佳蒲驚了，一邊哭、一邊發抖，搖搖晃晃地要起身。

楚懷川拉住她的手，虛弱地說：「不用了，讓宮女熬一副朕平日吃的藥就好。朕有些累，去床上睡一會兒，等湯藥熬好，喊朕起來喝。」手撐在桌上，艱難地站起來。

陸佳蒲應好，扶著楚懷川上床，隨即轉身衝出去，吩咐宮女熬藥。接著又跌跌撞撞地跑回床邊，眼睛一眨不眨地望著楚懷川，生怕一閉上眼睛，他就不在了。

她害怕至極，恨不得大哭一場，眼淚一顆一顆由眼眶中滾落，但怕吵了楚懷川，只能壓抑著哭聲。

楚懷川察覺動靜，疲憊地睜開眼，對陸佳蒲笑笑，拉住她的手說：「別怕，朕現在死不了。妳握著朕的手，朕還在的話，就會一直握著妳，若妳怕了，便捏捏朕。」

陸佳蒲哭著使勁點頭。

楚懷川很快就睡著了，陸佳蒲睜大眼睛盯著他。時間恍若靜止了，不過煎藥的工夫，好像有一輩子那麼長。她盼啊盼，終於盼到小宮女將煎好的藥端進來。

「陛下，該喝藥了。」陸佳蒲起身，彎腰在楚懷川耳邊輕喚。

楚懷川睡得很沈，似乎沒有聽到。

陸佳蒲慌了，連喊幾聲，楚懷川都沒醒。她傷心地低頭，把他的手捧在掌中，眼淚落在上面。

「陛下，妾身怕……」

「陸佳蒲，妳怎麼那麼蠢啊？朕睡得沈，就不能喊大聲點？聲音像蚊子似的……」

陸佳蒲淚眼朦朧地抬頭，看見楚懷川嫌棄的表情，趕緊扶他坐起來，餵他喝藥。

楚懷川喝完藥，閤目靜靜坐了一會兒，臉色才好些，張開眼睛，十分嫌棄地看著陸佳蒲。「妳真是蠢死了……」

陸佳蒲哭著點頭。

楚懷川嘆氣，無奈地說：「別擔心，朕的身體，自己明白，還沒到油盡燈枯呢。朕快死的時候，提前告訴妳成不成？」

他明明想哄陸佳蒲，卻反而惹陸佳蒲哭得更凶了。

楚懷川頓時黑了臉，狠狠戳陸佳蒲的頭。「不許哭！這是聖旨！」

「是。」陸佳蒲低頭，死死忍住哭聲。

「睏死了，睡覺！」楚懷川拉過陸佳蒲，揉揉她的頭。「戳疼了？」

陸佳蒲不由點頭，又匆忙搖頭。

楚懷川更無奈，長長嘆氣，決定以後不使勁戳她的頭了。再戳下去，更蠢了。

第二日一早，陸佳蒲發現楚懷川的臉色恢復正常，鬆了口氣。但接下來幾日，她仍一直懸著心，最終忍不住，派人去請入醫過來，仔細詢問楚懷川的病症。

入醫告訴她，這些年楚懷川一直都是這樣，身體時好時壞，還給她一只雪白的小瓷瓶，若楚懷川日後忽然不適，倒出裡面的藥給他服下。

另一邊，楚懷川下朝，回了自己的寢宮。

「陛下，蘭妃娘娘送來蓮子羹，問您今日過去嗎？」朱公公把藥碗放在楚懷川的案上。

楚懷川怔了片刻，點點頭。「去吧。」

路上，楚懷川一直在想——蘭妃是誰？長什麼樣子？他完全想不起來。

直到進了蘭妃的寢宮，見到蘭妃，楚懷川還是認不得她。按理說，既然已經給了妃位，那她肯定有侍寢過，為何他還是一點印象都沒有？

後宮的妃嬪實在太多了。這兩年，滿朝文武都在催促他，好像所有人都默認他快死了，那就趕緊為楚氏王朝誕下下一位帝王，這好像是他現在唯一能做的事。

思及朝局，對楚懷川來說，楚映司幾乎是母親的存在，這些年看著大臣故意刁難她，他怎能不心疼？

可是他能怎麼辦？他長大了，可以自己理政，卻故意裝成毫無主見、懦弱無能的樣子，處處詢問楚映司。因為他是將死之人，如果握權，等他駕崩，朝中大亂，楚映司的地位會不穩。甚至不用等到那日，楚映司即有危險，那還不如一直當個傀儡皇帝呢。

「陛下……」

耳畔傳來酥可入骨的嬌聲輕喚，楚懷川回過神，望著眼前媚眼如絲的蘭妃，忽然想起一張哭到肝腸寸斷的臉，遂推開她，大步往外走。

「陛下、陛下……」蘭妃慌忙去追，楚懷川的腳步卻毫不停滯，瞬間走遠了。

楚懷川一路衝向陸佳蒲的寢宮。

為了生皇子，他有過太多女人，但根本記不清她們是誰，也從沒喜歡過任何一個。直到有一天，他在名冊裡發現熟悉的名字——那個自小便蠢得要死的小姑娘。

她怎麼會入宮呢？真可惜，要嫁給他這個將死之人。

因了那一點點舊時相識的情分，又因那一點點惋惜，他難得心善地想給她一條活路。可是那蠢姑娘居然要陪著他去死，真是笨死了！

未曾動情時，不知情滋味；情起時，再也無法擁抱除了她以外的女人。

楚懷川進門，搖醒已經睡著的陸佳蒲，開心地說：「陸佳蒲，陪朕去看星星！」

陸佳蒲揉揉眼睛，仍舊有些迷迷糊糊，望著眼前的楚懷川，點頭應好。看他笑得像個孩子，雖然不知他為什麼高興，卻也跟著笑了起來。

——未完，待續，請看文創風612《瑾有獨鍾》2

屬於我的開心果

第269期：阿默　LAN

第一次見阿默時，牠在約三尺的籠子裡。中途說，阿默很兇且不親人。和牠對上的第一個眼神，確實不太友善，可當我用逗貓棒和牠互動後，默默的眼神立即從防備轉為渴望，我驀地想起牠只是一歲半的貓，還是小朋友呀！現在我仍常想起那個眼神，正因為那個眼神，我才決定帶牠回家。

我花了很多時間陪牠、等牠適應。起初，牠一見到人就躲起來，靠近牠就揮舞牠的貓拳，而現在，牠願意讓我摸摸、抱抱牠，無論是牠多討厭的事牠永遠不會出爪，甚至喊牠名字也會過來，也會等門、陪我一起睡覺。

當我收到編輯請我分享和阿默的小故事時，我發現，只要關於牠的事我都覺得有趣，像是牠有時會偷撈魚、有客人來就消失在家裡之類的；然而，讓我最高興的是牠的轉變。我覺得，只要阿默在我家能感到快樂，我就開心了！直到現如今我都很感謝中途沒有放棄牠，所以我才能和阿默相遇。

我也想當開心果

第276期：白白

白白這隻「好漢」，有著漂亮的臉蛋，身材也很健壯，雖然個性有些好強，但是有顆善良的心，懂得保護、照顧弱者，甚至也懂得分享食物。白白很期待可以找到專屬牠的主人喔～

第278期：Sun

想要可愛的米克斯汪汪作伴嗎？想要天天紓壓，趕走生活中的疲憊感嗎？可以選擇帶Sun回家唷！Sun很活潑，不怕生，極為聰明靈巧，相信Sun也能像阿默一樣，讓主人每天都感到開心唷！

第279期：黑美

溫柔的黑美，個性很開朗，也很親人，對人較為倚賴，體型亦算是嬌小玲瓏；而牠最喜歡做的事，就是「求抱抱」。所以，快來給黑美一輩子「愛的抱抱」吧！

（以上三期聯絡人：陳小姐→leader1998@gmail.com／Line：leader1998）

第280期：小八

小八是隻個性很穩重、親人，又十分乖巧的成貓，連剪指甲都能輕鬆搞定，很適合沒養過貓貓的新手們喔！快來給可愛的小八一個安心的家～（聯絡人：林小姐→dogpig1010@hotmail.com）

為流浪貓狗加油 和貓寶貝 狗寶貝 廝守終生(一定要終生喔！)的幸福機會

對人來說，貓寶貝狗寶貝只是生活的一部分，但妳(你)對牠們來說，卻是生活的全部，領養前請一定要考慮清楚——

▲ 慢熱卻開朗的橘子貓　小金桔

性　　別：女生
品　　種：米克斯
年　　紀：1歲
個　　性：慢熱，熟了以後很好動
特　　徵：閃亮亮無斑紋橘橙毛
健康狀況：已結紮，已施打二合一疫苗呈陰性，
　　　　　兩次三合一預防針。
目前住所：台北市信義區

『小金桔』的故事：

會遇見小金桔，是有一天，牠突然出現在中途慣常餵養的地方。當時的小金桔有些怯生生的，但很惹人憐愛；後來中途發現，小金桔並未結紮，因此就將牠帶去做絕育手術。

和小金桔相處一段時間後，中途察覺，牠的個性很溫和，雖然有些怕人，但若是摸摸牠、抱抱牠，小金桔都不會排斥。之後，中途的朋友過來幫忙照顧小金桔，更進一步發覺到，小金桔是隻非常聰明的貓咪，且很會跳上跳下，就像飛天小女警一樣！

中途這才了解，原來小金桔是隻「慢熟」的毛小孩，不但很喜歡人的陪伴，且偶爾也會調皮淘氣，甚至有古靈精怪的模樣。中途表示，如果想要帶小金桔回家的拔拔或麻麻，要有耐心慢慢跟牠混熟相處唷！歡迎來電0918-498-029，或來信yinchen2007@gmail.com（陳小姐）。

認養資格：

1. 認養者須年滿20歲，有穩定經濟能力，以雙北市為主，家庭尤佳。
2. 須同意簽認養寵物切結書（附身分證影本）及合照，並核對身分資料。
3. 須做居家防護，並讓中途家訪，瞭解小金桔以後的生活環境。
4. 同意送養人日後之追蹤探訪（回傳照片及能接受訪視）。
5. 須讓小金桔每日至少一餐濕食。

注意事項：

☆認養流程：電話訪談→面談看貓→家訪並溝通防護→防護完成→送貓到府並簽訂同意書→認養後聯繫。

來信請說明：

a. 個人基本資料：姓名、性別、年齡、家庭狀況、職業與經濟來源等。
b. 想認養小金桔的理由。
c. 過去養寵物的經驗，及簡介一下您的飼養環境。
d. 若未來有結婚、懷孕、出國或搬家等計劃，將如何安置小金桔？

風 文創 611

瑾有獨鍾 1

國家圖書館出版品預行編目資料

瑾有獨鍾 / 半卷青箋著. --
初版. -- 臺北市 : 狗屋, 2018.02-
冊 ; 公分. --（文創風）
ISBN 978-986-328-832-9（第1冊：平裝）. --

857.7 106023734

著作者	半卷青箋
編輯	安愉
校對	黃亭蓁　簡郁珊
發行所	狗屋出版社有限公司
地址	台北市104中山區龍江路71巷15號1樓
電話	02-2776-5889～0
發行字號	局版台業字845號
法律顧問	蕭雄淋律師
總經銷	知遠文化事業有限公司
電話	02-2664-8800
初版	2018年2月
國際書碼	ISBN-13　978-986-328-832-9

本著作物由北京晉江原創網絡科技有限公司授權出版

定價250元

狗屋劃撥帳號：19001626

網址：love.doghouse.com.tw　E-mail：love@doghouse.com.tw